JAN BEINSSEN
Goldfrauen

STRENG GEHEIM Die Nürnberger Antiquitätenhändlerin Gabriele Doberstein bekommt Besuch von einer Journalistin, die sie für den Stadtanzeiger interviewen will. Doch allem Anschein nach interessiert sich die Frau viel mehr für einen alten Biedermeiersekretär. Ebenso wie ein Geschäftsmann, der ein paar Tage später auftaucht. Als in derselben Nacht in den Laden eingebrochen wird, schwant Gabriele nichts Gutes. Sie versucht, Kontakt zu der Journalistin aufzunehmen, muss jedoch erfahren, dass diese gekündigt hat. Auch ihre Wohnung ist verlassen. Zusammen mit ihrer Freundin Sina Rubov nimmt sie den Sekretär genauer unter die Lupe – und wird fündig. Unter einer Schublade entdecken die Frauen einen Umschlag mit einer Adresse eines Informanten und geheimen Dokumenten, die in das Berlin der Vorwende-Zeit weisen ...

Jan Beinßen, geboren 1965 in Stadthagen, studierte Germanistik und arbeitete viele Jahre in großen Zeitungsredaktionen. Seit 1993 lebt er als Journalist und Autor in Nürnberg. Bislang hat er acht Kriminalromane veröffentlicht, bekannt wurde er vor allem durch seine beliebte Paul-Flemming-Serie. Der Roman »Goldfrauen« ist der zweite Teil seiner neuen Krimiserie um das ungleiche Ermittler-Duo Gabriele Doberstein und Sina Rubov.

Bisherige Veröffentlichungen im Gmeiner-Verlag:
Feuerfrauen (2010)

JAN BEINSSEN

Goldfrauen

Kriminalroman

GMEINER Original

Besuchen Sie uns im Internet:
www.gmeiner-verlag.de

© 2010 – Gmeiner-Verlag GmbH
Im Ehnried 5, 88605 Meßkirch
Telefon 07575/2095-0
info@gmeiner-verlag.de
Alle Rechte vorbehalten

Lektorat: Claudia Senghaas, Kirchardt
Herstellung/Korrekturen: Daniela Hönig / Susanne Tachlinski,
Katja Ernst
Umschlaggestaltung: U.O.R.G. Lutz Eberle, Stuttgart unter
Verwendung eines Fotos von: © mishahu / sxc.hu Druck: Libri
Plureos GmbH, Friedensallee 273, 22763 Hamburg
Printed in Germany
ISBN 978-3-8392-1097-0

1

Nürnberg, im Sommer 1992

Gabriele Doberstein fuhr mit ihrem Zeigefinger langsam über die blank polierte Oberfläche eines Nussbaumtisches. Ihre langen, gelockten Haare hatte sie wie meist mit einem Haarreif gebändigt. Ihr Kleid war konservativ, fast schon eine Spur spießig, was ihr durchaus bewusst und sogar gewollt war. Ihre graugrünen Augen wurden von Fältchen umspielt, die ihr die Reife einer Frau gaben, die der Jugend schon seit mehr als zwei Jahrzehnten entwachsen war.

Während sie ihre Finger die kaum wahrnehmbare Maserung des weichen Holzes spüren ließ, beobachtete sie eine Kundin, die sich schon über eine Viertelstunde in Gabrieles Antiquitätenhandlung aufhielt, sich die verschiedensten Dinge ansah, dabei aber auf unbestimmte Weise ziellos wirkte. Diese Art von Kunden mochte Gabriele gar nicht. Erschwerend kam hinzu, dass die Frau sie von der Haarfarbe, der Frisur und sogar von den dunkel umschminkten Augen her an Ulrike Meinhof erinnerte. Ausgerechnet – das Ebenbild einer Terroristin in Gabrieles gutbürgerlichem Nürnberger Antiquitätengeschäft!

Natürlich war Gabriele bewusst, dass sie sich als Geschäftsfrau Vorurteile dieser Art nicht erlauben durfte. Aber niemand kann aus seiner Haut, und

Gabriele war nun mal ein von Grund auf konservativer Mensch mit starken Vorbehalten gegenüber Personen, die ihr – sei es auch nur durch ihr Äußeres – zu weit ›links‹ erschienen. Bei Kundin Meinhof war dies zweifellos der Fall.

Umso erleichterter war Gabriele, als sich die Frau endlich auf eines der Exponate festzulegen schien – entgegen jeder Erwartung sogar auf eines der kostspieligeren Ausstellungsstücke aus Gabrieles Sortiment. Die Kundin richtete ihre Konzentration auf einen Biedermeiersekretär, ein hübsches, ausgesprochen gut erhaltenes Exemplar, welches Gabriele vor geraumer Zeit im Zuge einer Haushaltsauflösung zu einem Spottpreis ergattert hatte. Das schlanke Möbelstück hatte es seitdem schon so manchem Besucher angetan, aber Gabrieles stolze Forderung von 3.900 Mark hatte die Interessenten abgeschreckt. Nun wollte sie nicht den gleichen Fehler wiederholen und die Kundin erst einmal in Ruhe sondieren lassen, bevor sie sie mit der zu zahlenden Summe konfrontieren würde. Also zog sich Gabriele dezent ins Hinterzimmer zurück und ließ einige Minuten verstreichen.

Plötzlich hörte sie ein aufgesetztes Husten, zog den trennenden Vorhang zum Verkaufsraum zurück und sah sich der Kundin unmittelbar gegenüber: »Huch«, entfuhr es Gabriele.

»Entschuldigen Sie«, sagte die Frau mit freundlicher, klarer Stimme. »Ich wollte Sie nicht erschrecken.«

Gabriele erholte sich schnell. »Haben Sie sich denn für etwas entschieden?«, spielte sie die Ahnungslose und sah sich bereits die Geldscheine für den Sekretär zählen.

Die Frau blickte sich um, schielte in Richtung des Biedermeiersekretärs und nickte verhalten. »Sagen wir so: Ich habe einen Favoriten, den ich gern reservieren lassen würde, wenn das möglich ist. Meine endgültige Entscheidung kann ich unmöglich in so kurzer Zeit treffen.«

»Nicht?«, fragte Gabriele sichtlich enttäuscht. »Wollen Sie denn wissen, was er kosten soll?«

Die Kundin schüttelte lächelnd den Kopf. »Ich bin sicher, dass der Preis diesem schönen Stück angemessen ist.« Und dann legte sie, als wäre es ein leichter Mantel, ihren Namen ab, den Gabriele doch so treffend fand: »Wenn ich mich vorstellen darf: Cornelia Probst.« Sie reichte Gabriele eine schmale Hand mit farblos lackierten Fingernägeln. »Ich bin Redakteurin beim Stadtanzeiger.«

»So?« Gabriele zog augenblicklich ihre Hand zurück. »Da war doch letzte Woche erst ein Herr bei mir. Dem habe ich klipp und klar gesagt, dass ich zurzeit keine Anzeigen schalten möchte.«

»Nein, nein«, korrigierte die Frau geflissentlich. »Sie haben mich da falsch verstanden. Ich bin nicht von der Anzeigenabteilung. Ich schreibe für die Redaktion und möchte ein Interview mit Ihnen führen. Das kostet Sie selbstverständlich gar nichts.«

»Ach so«, sagte Gabriele noch immer misstrauisch.

Dann aber erkannte sie die Chance, kostenlose Werbung für ihr Geschäft machen zu können. »Wird das eine Reihe über exklusive Läden in der Nordstadt? Das ist eine gute Idee, gerade für etwas abgelegene Standorte wie hier in der Pirckheimerstraße.«

Abermals verbesserte die Journalistin: »Nein. Ich würde mit Ihnen gern über die Ereignisse des vergangenen Jahres sprechen. Es geht mir darum, Ihre Erlebnisse auf der Insel Usedom wiederzugeben: ihre Tage in Peenemünde.«

»Was?« Gabriele versteifte sich. Bei dem Stichwort Peenemünde durchströmte sie eine Flut unangenehmer Erinnerungen. Impulsiv zog sie den Vorhang zurück und verschwand wieder im Hinterzimmer.

Cornelia Probst folgte ihr. »Die Öffentlichkeit hat bis heute keine Kenntnis genommen von dem, was Ihnen und Ihrer Begleiterin Sina Rubov widerfahren ist«, argumentierte sie. »Es gab damals nur kleine Meldungen in der örtlichen Presse. Hier in Nürnberg hat das Ganze niemand mitbekommen.«

»Ja, weil es keinen interessiert hat«, gab Gabriele schroff zurück. Sie griff energisch zur Kaffeekanne und goss sich ein, ohne ihrem Gast ebenfalls einen Kaffee anzubieten.

Cornelia Probst ging auf Gabriele zu und suchte den Augenkontakt: »Frau Doberstein, glauben Sie mir: Mich interessiert Ihre Geschichte. Und ich bin sicher, dass sich auch die meisten unserer Leser dafür begeistern werden.«

»Das bezweifele ich«, sagte Gabriele und setzte sich an einen schäbigen Holztisch, eine unverkäufliche Antiquität, die ihr als Unterlage in der Frühstückspause und während der Brotzeit diente. »Niemand hat uns vor einem Jahr unsere Story abgekauft. Warum sollte das plötzlich anders sein?«

Die Journalistin zog sich einen betagten Schemel heran und setzte sich Gabriele gegenüber. »Ich möchte dafür sorgen, dass endlich Ihre Version der Geschichte gedruckt wird. Unzensiert und ungekürzt. Erzählen Sie mir, wie es sich wirklich zugetragen hat!«

Gabriele stutzte. Die Hartnäckigkeit dieser Reporterin beeindruckte sie. Trotzdem hatte sie nach all den Ernüchterungen der zurückliegenden Monate keine besonders große Lust, die Peenemünder Geschehnisse noch einmal aufzukochen. Zu viel Tragik und Schmerz waren damit verbunden – und bis heute nagten an ihr die Erinnerungen an Stunden lähmender Angst. »Nein«, sagte sie schließlich. »Ich glaube nicht, dass das eine gute Idee ist.«

Cornelia Probst gab nicht auf: »Sie und Ihre Bekannte haben damals angegeben, dass sie in einem Bunker auf der Insel an der Ostsee auf eine alte Schaltzentrale der Nazis gestoßen waren. Von dort aus bestand noch immer eine Verbindung zu einer Rakete, die in den letzten Kriegstagen abgefeuert worden war und die seitdem in einer Erdumlaufbahn kreiste. Richtig?«

»So in etwa, ja«, antwortete Gabriele ausweichend.

»Unbekannte hatten die Zentrale mit zeitgemäßer Technik zu neuem Leben erweckt und Kontakt zu dieser Rakete aufgenommen. Ebenfalls korrekt?«

»Mmm.« Gabriele deutete ein Nicken an.

Die Journalistin machte sich Notizen, bevor sie anschloss: »Die alte Nazi-Rakete sollte offenbar für eine groß angelegte Erpressung eingesetzt werden. Doch ehe es zum Schlimmsten kommen konnte, kollidierte das Geschoss mit einem erdorbitalen TV-Satelliten. Damit wurde eine Katastrophe verhindert, Sie und Ihre Freundin jedoch beinahe von den Fremden getötet. Entspricht das ebenfalls den Fakten?«

»Fakten, Fakten!« Gabriele schob ihre Kaffeetasse beiseite. »Wenn Sie die Ost-Polizisten fragen, die den Fall untersucht haben, werden Sie hören, dass alles nur Ausbund unserer Fantasie ist. Gesponnen in den verqueren Hirnen von zwei verschrobenen West-Frauen.«

»Ich frage aber Sie.«

»Mich? – Nun gut. Dann sage ich Ihnen, dass ich inzwischen selbst Zweifel daran habe, ob wir das damals alles richtig interpretiert und gedeutet haben«, antwortete Gabriele grimmig. »Immerhin standen wir unter einem enormen Druck – unsere Nerven waren zum Zerreißen gespannt. Da geht einem schon mal der Bezug zur Realität verloren.«

Cornelie Probst sah nachdenklich von ihrem Schreibblock auf. »Nein, ich glaube nicht. Ich bin überzeugt davon, dass Sie alles, woran Sie glauben, sich zu erinnern, auch tatsächlich erlebt haben.«

»Was macht Sie da so sicher?«, wollte Gabriele wissen. »Ich meine – eine Nazi-Rakete, die bis in die 90er-Jahre überlebt hat, ist ja allein schon unwahrscheinlich. Aber dann auch noch die Kollision mit dem Satelliten und unsere wundersame Rettung ... – Nein, ich glaube mittlerweile selbst Tag für Tag weniger daran. Wir haben uns von unseren Ängsten leiten lassen und die falschen Schlüsse gezogen.«

»Sagen Sie das nicht«, beharrte die Journalistin. »Es mag sein, dass Ihre Satelliten-Theorie nicht zutrifft. Denn niemand wird dies mit letzter Gewissheit feststellen können. Es gibt keine Spuren mehr, die man untersuchen könnte. Aber der Rest der Story – die weiterentwickelte V2-Rakete, die tödliche Fracht und der Versuch der Erpressung durch eine stark aufgestellte verbrecherische Organisation – all das entspricht meiner Ansicht nach der Wahrheit. Und diese Wahrheit ist verifizierbar. Gemeinsam können wir Beweise suchen und diese publik machen.«

»Wie gesagt: Ich denke nicht, dass ich ein Interesse daran habe«, sagte Gabriele matt.

»Ich will Sie nicht drängen.« Cornelia Probst legte eine Visitenkarte auf den Tisch. »Aber vielleicht überlegen Sie es sich anders. Sprechen Sie mit Ihrer Freundin darüber! Sagen Sie ihr, dass es mir um eine seriöse Recherche geht. Dass ich entschlossen dazu bin, die Sache aufzuklären. – Und dass ich über gewisse Unterlagen verfüge, die dazu beitragen könnten, die Angelegenheit zu klären.«

»Unterlagen?« Gabriele sah auf.

Die Journalistin machte bereits Anstalten, aufzubrechen. »Ja. Wenn Sie meine Fragen beantworten, bin ich durchaus bereit, Ihnen Einsicht zu gewähren. Dafür muss ich allerdings auf etwas mehr Entgegenkommen Ihrerseits zählen können.« Sie streckte Gabriele ihre Hand entgegen. »Auf Wiedersehen. Und hoffentlich auf bald.«

»Ja, auf bald«, entgegnete Gabriele verdattert. Dann fiel ihr ihre eigentliche Rolle als Geschäftsfrau wieder ein. »Was ist denn nun mit dem Biedermeiersekretär?«

Cornelia Probst drehte sich noch einmal zu ihr um. »Oh, ja. Reservieren Sie ihn mir? Sagen wir für eine Woche?«

Gabriele sah sie scheel an.

»Okay, dann eben nur für drei Tage?«, reduzierte die Reporterin ihre Ansprüche und Gabriele willigte ein.

Kaum hatte die Journalistin das Geschäft verlassen, griff Gabriele zum Telefon. »Sina? Du wirst es nicht glauben: Gerade war Ulrike Meinhof bei mir. Sie will unsere Peenemünde-Story noch einmal ganz groß rausbringen. – Was? Nein! Natürlich nicht die echte Ulrike Meinhof, die ist doch längst begraben. Nur eine Reporterin vom Stadtanzeiger, die der Meinhof ähnelt. – Ob sie es ernst meint? Ich hatte zumindest den Eindruck.«

Nachdem Gabriele sich mit Sina für einen der folgenden Tage verabredet hatte, um das Ansinnen der Journalistin gemeinsam durchzusprechen, blieb sie noch eine ganze Weile neben dem Telefonapparat stehen und zwirbelte nachdenklich die Schnur des Hörers zwischen ihren Fingern. Cornelia Probst hatte ein Thema angesprochen, mit dem Gabriele eigentlich längst abgeschlossen hatte. Eigentlich. Denn die Wahrheit sah so aus, dass sie in beinahe jeder Nacht von Erinnerungen an die traumatischen Erlebnisse in den Raketenbunkern von Peenemünde heimgesucht wurde. Sie wälzte sich regelmäßig in ihrem Bett, wachte schweißgebadet auf und meinte, erneut den Schmerz spüren zu müssen, den sie erlitten hatte, als ihre Kleider Feuer fingen.

»Nein!« Gabriele schüttelte es bei den Gedanken an die schrecklichen Stunden der Ungewissheit. An die klaustrophobischen Attacken, von denen sie in der Enge und Abgeschiedenheit der dunklen, klammen Bunkeranlage befallen wurde, als Sina und sie in der Tiefe eingeschlossen waren, ohne Hoffnung auf Rettung. An das Inferno, das ihre unbekannten Peiniger anrichteten, als sie ihre Spuren zu verwischen versuchten, indem sie Räume und Flure in Brand setzten.

Beide Frauen waren nur mit knapper Not entkommen. Sie hatten ihre Haut gerettet und waren körperlich genesen – aber Gabriele fragte sich in Momenten wie diesen, ob auch ihre Psyche jemals wieder gesunden würde.

Die Glocke an der Ladentür läutete und kündigte einen weiteren Kunden an. Gabriele tauchte aus ihrer

Selbstversunkenheit auf, strich sich das Kleid glatt, ging mit souveränem Ausdruck in den Verkaufsraum – und erstarrte zur Salzsäule.

»Friedhelm«, stieß sie ebenso überrascht wie abweisend aus.

Ihr Bruder sah sie mit seiner immergleichen Miene an, die man ebenso als ernsthaft, melancholisch, betrübt oder einfach nur gelangweilt deuten konnte. Friedhelm war mit seinen 43 etwas jünger als Gabriele, von der Kleidung und seinem Auftreten her hätte er aber auch gut zehn Jahre älter sein können. Friedhelm hatte eine fahle Gesichtsfarbe, kleine Augen in tief liegenden Höhlen und grau durchsetztes blondes Haar, dass er mit viel Pomade von der Stirn ausgehend zurückkämmte. Langsam öffnete er seinen knielangen, sandfarbenen Trenchcoat.

»Den kannst du anlassen.« Gabriele hielt ihm ihre Hände abweisend entgegen. »Ich habe gerade überhaupt keine Zeit.«

Friedhelm hob kaum merklich die rechte Braue. »Das solltest du aber. Immerhin könnte ich ein Kunde sein«, sagte er mit seiner sonoren Stimme.

»Geht das schon wieder los?« Gabriele sah ihn feindselig an. »Die Nachfolgeregelung für die Antiquitätenhandlung ist im Testament eindeutig geregelt. Ich führe das Geschäft, du bekommst jeden Monat deinen Scheck. Was willst du denn noch mehr?«

»Genau darum geht es ja«, sagte Friedhelm nun etwas kleinlauter.

»Worum?«

»Um mehr Geld.«

»Was?« Gabriele griff sich mit beiden Händen ins Haar. »Ich fasse es nicht! Ist mein verehrter Herr Bruder wieder einmal pleite?«

»Nicht pleite – es ist nur eine … eine Durststrecke.«

Gabriele zwang sich, langsam zu atmen und ihren Puls unter Kontrolle zu bringen. Dann ging sie mit energischen Schritten zu einer altmodischen Registrierkasse, ließ das Geldfach herausspringen und drückte ihrem eingeschüchtert dreinblickenden Bruder ein nicht abgezähltes Bündel Scheine in die Hand.

»So! Da hast du deinen Zuschlag«, sagte sie scharf. »Aber damit das klar ist: Ab jetzt erwarte ich eine Gegenleistung von dir.«

»Was denn für eine … äh, Gegenleistung?«

»Ich will, dass du für mich arbeitest. Zumindest ein paar Stunden die Woche.«

»Aber … mein Kreuz, das Rheuma, und du weißt doch, dass ich wegen meiner Krampfadern nicht lange …«

»Schluss mit den Ausreden!«, herrschte Gabriele ihn an. »Morgen fängst du an. Du kümmerst dich ums Inventar, schaffst Platz für neue Ware und bringst ein wenig mehr Pep in die Ausstellung.«

»Pep?«

Gabriele musste nun doch schmunzeln. »Ach ja: Du und Pep – das sind zwei Welten.«

2

»Hör zu, Kleine: Bevor wir reden, husche ich schnell um die Ecke zum Bäcker und hole uns ein paar süße Teilchen«, wurde Sina Rubov von einer überschwänglich wirkenden Gabriele begrüßt, noch ehe sie richtig eingetreten war. Gabi hatte sich für ihre Verhältnisse recht flott zurechtgemacht und hatte sogar darauf verzichtet, ihre Haare zurückzustecken. »Sei so gut und pass in der Zeit auf den Laden auf!«

»Hui!«, stieß Sina aus, als Gabriele verschwunden war, und wunderte sich über den Elan ihrer Freundin. Sie streifte durch das Antiquitätengeschäft, legte ihr rotes Lederjäckchen, das so schön mit ihrem kurzen, kastanienbraunen Haar harmonierte, über die Lehne eines verschnörkelten Lehnstuhls mit abgeblätterter Goldfarbe und sah sich erst einmal in Ruhe um. Es war eine ganze Weile her, dass sie zum letzten Mal hier gewesen war. Ihre Freundschaft mit Gabriele war keinesfalls eingeschlafen, aber beide hatten eben viel zu tun, jede in ihrem Job. Und die gemeinsamen Touren, angespornt durch die Aufbruchstimmung der Wendezeit, waren spätestens seit der Zäsur von Peenemünde seltener geworden.

Aber nun wollte Gabriele sie unbedingt mal wieder treffen. Am Telefon hatte sie sich ziemlich geheimnisvoll gegeben – so, wie sie es nun mal gern tat. Sie hatte lediglich angedeutet, dass die Presse Interesse an ihren gemeinsamen Erlebnissen zeigte. Sina konnte ihr noch aus der Nase ziehen, dass sich eine Journalistin um eine Story über sie bemühte und dass dieselbe Frau eventuell auch als Käuferin für einen kostspieligen Sekretär infrage käme. Ein ziemlich teures Stück, soweit Sina wusste. Weitere Details über die Interessen dieser Redakteurin hatte Gabriele ihr am Telefon aber vorenthalten. Um mehr zu erfahren, war sie nun hier – und musste sich wiederum in Geduld üben, bis ihre Freundin vom Einkaufen zurückkkam. Sina stellte sich auf eine längere Wartezeit ein.

Mit etwas Muße betrachtet, machte Gabrieles Geschäft einen alles in allem verstaubten Eindruck auf sie. Staub gehörte zwar dazu, wenn mit alten Möbeln gehandelt wurde, aber warum musste der Verkaufsraum denn so dunkel sein? Und so vollgestellt mit Schränken, Truhen, Vasen, Lampen, Sofas und großformatigen Ölschinken, dass man sich nur in eng begrenzten Schneisen fortbewegen konnte? Gabrieles Laden fehlte einfach das gewisse Etwas, ein wenig mehr Esprit, überlegte Sina. Sie war sich sicher, dass man mit einer besseren Ausleuchtung, größeren Räumen und geschickterem Arrangement der Exponate viel mehr Kunden gewinnen könnte. Vielleicht sollte sie mit Gabriele mal darüber reden.

Als sie die Türglocke hörte, erwartete sie ihre Freundin. Doch anstelle von Gabriele trat ein hochgewachsener Herr ein. Sina scannte ihn augenblicklich und stufte ihn als ziemlich attraktiv ein. Der Kunde vom Typ eloquenter Geschäftsmann trug einen gut sitzenden Anzug, der sicher nicht billig gewesen war. Seine blank geputzten Schuhe sahen ebenso nach Markenware aus wie die korrekt gebundene Krawatte. Sina registrierte noch die maskulinen Attribute – breite Schultern, markantes Kinn und volles schwarzes Haar –, bevor sie ihren Männer-Check beenden musste, da ihr Gegenüber sich räusperte und Anstalten machte, etwas zu sagen.

»Grüß Gott«, beeilte sich Sina ihm zuvorzukommen und überspielte ihr rein privates Interesse an dem Mann mit einem aufgeräumten Gesichtsausdruck. »Was kann ich für Sie tun?«

»Tag«, grüßte der Mann knapp zurück.

Seine Stimme war tief, ein angenehmer Bass. Rrrrrrr – Sina war mehr als angetan. »Suchen Sie nach etwas Bestimmtem?«, flötete sie und ärgerte sich, dass sie den Lippenstift nicht erneuert hatte.

Der Mann sah sich um, ohne Sina weitere Beachtung zu schenken. Sehr schnell richtete sich seine Aufmerksamkeit auf ein Möbelstück, das an der Wand seitlich des Schaufensters stand. Sina überlegte, ob es sich um eine Anrichte handelte. Oder nein, es war doch eher ein Sekretär.

»Das ist ein, äh … eines unserer Highlights«, rang sich Sina ab, ohne eine Ahnung davon zu haben, was sie da sagte. »Uraltes Tropenholz.«

Der Mann strich mit beiden Händen über die Oberfläche des Möbelstücks. »Das ist kein Tropenholz«, sagte er trocken. »Biedermeierstil. Nussbaum. Echte deutsche Wertarbeit.« Endlich wandte er sich Sina zu: »Ich nehme ihn. Was bekommen Sie von mir?«

Auf diese Frage wäre Sina spontan so einiges eingefallen, aber sie riss sich zusammen. »Es tut mir leid. Ich bin hier nur eine Art Aushilfe. Ich kann Ihnen nichts verkaufen.« Weil der Mann sie so intensiv ansah, fügte sie eilig hinzu: »Wenn Sie mögen, reserviere ich den Schrank für Sie.«

»Ja«, entgegnete der Mann und wirkte ungeduldig. »Ja, unbedingt. Ich will diesen Sekretär haben. Der Preis spielt keine Rolle.« Er griff in die Innentasche seines Jacketts und holte mit einer fließenden Bewegung eine Visitenkarte hervor, die er Sina reichte.

Bei der Übergabe berührte Sina kurz seine Finger. »Danke, Herr ...« Sie las den Namen von der Karte ab. »Herr Kilian.«

»Bitte. Melden Sie sich, sobald Sie das Okay Ihres Chefs haben?«

»Ja, natürlich«, erwiderte Sina. Dabei lächelte sie wie ein Teenager, kam sich allmählich aber albern vor wegen ihres pubertären Verhaltens. Single-Frauen können schrecklich penetrant sein, rügte sie sich selbst.

Herr Kilian reagierte mit einem verhaltenen Schmunzeln. Dann neigte er den Kopf und verabschiedete sich mit einem gemurmelten: »Schönen Tag noch.«

Als er den Laden verließ und die Türglocke zum Bimmeln brachte, atmete Sina erleichtert auf. »Puh!« Solche Verkaufsgespräche waren ganz und gar nicht ihr Ding. Sie war froh, als wenige Minuten später Gabriele zurückkam und eine Tüte mit Quarkbällchen schwenkte. In der anderen Hand hielt sie eine Einkaufstasche mit Lebensmitteln und Getränken.

»Hilf mir, die Sachen in den Kühlschrank zu packen«, befahl sie gehetzt. Sie drückte Sina die Tasche in die Hand und drehte das Türschild um. »Das Geschäft sperren wir so lange zu.«

Sina wartete, bis sie die Wohnung im Stockwerk über dem Laden erreicht und die Vorräte verstaut hatten, bevor sie auf den von ihr vertrösteten Kunden zu sprechen kam. In der Annahme, dass Gabriele sie für ihr Handeln loben würde, traf sie die Schelte umso heftiger:

»Du hast was?« Gabriele riss die Augen auf. »Da hat sich endlich ein Kunde für diesen Ladenhüter gefunden, noch dazu einer, der nach Geld riecht, und dir fällt nichts besseres ein, als ihn fortzuschicken?«

»Ja, aber …« Sina war baff.

»Kein Aber! Du hast mir möglicherweise das Geschäft der Woche verdorben. Ach, vielleicht sogar des Monats«, ärgerte sich Gabriele. Sie durchstreifte mit ausladenden Schritten ihre kleine Küche.

»Aber ich konnte nicht wissen, ob ich den Sekretär herausgeben durfte und zu welchem Preis. Außerdem hattest du doch gesagt, du hättest so ein Teil bereits für diese Journalistin reserviert.«

»Die Kundin hat sich aber nicht mehr gemeldet.

Die hat sicher längst das Interesse verloren. Wahrscheinlich war es sowieso nur ein Vorwand, um mich über Peenemünde auszuquetschen«, fuhr sie Gabriele an. »Als Geschäftsfrau muss man flexibel sein, wenn sich eine neue Chance bietet.«

Sina stieß sich mit den Füßen vom Boden ab und schwang sich auf die Küchenanrichte. »Das ist ziemlich fies von dir, so auf mir herumzuhacken. Ich dachte, ich hätte dir einen Gefallen getan«, schmollte sie.

Gabriele baute sich vor ihr auf und holte zu einer weiteren Standpauke aus, doch dann besann sie sich. Sie strich Sina mit freundschaftlicher Geste übers Haar, sah auf ihre altmodische Wanduhr und beschloss: »Es ist fast sechs. Wir lassen den Laden für heute geschlossen. – Was hältst du anstelle der Quarkbällchen von einem Versöhnungsschlückchen?«

Bei dem Versöhnungsschlückchen – einem vollmundigen, barriquegereiften Spanier – blieb es nicht. Sehr bald hatten die Frauen die Flasche geleert, wobei Gabriele ihrer Freundin endlich alle Details über den Besuch von Cornelia Probst verriet. Sina hörte aufmerksam zu, dabei keimten auch in ihr die schmerzlichen Erinnerungen an die Zeit auf der Ostseeinsel Usedom wieder auf.

Sie hatten gerade die zweite Flasche geöffnet und sich ein provisorisches Abendessen aus Salami, Käse und Baguette hergerichtet, als Sina versuchte, das

Ansinnen der Journalistin zu bewerten: »Du bist hin- und hergerissen, was?«, fragte sie.

Gabriele kaute auf einem Salamistück und mied den Blickkontakt. »Ja, so kann man es sagen. Im Großen und Ganzen bin ich der Meinung, dass man alte Wunden nicht noch einmal aufreißen sollte.«

»Andererseits«, Sina blieb am Ball, »interessiert es dich brennend, ob Cornelia Probst dabei helfen könnte, die vielen bis heute offenen Fragen zu beantworten, stimmt's?«

»Stimmt«, sagte Gabriele leise und stopfte sich sofort ein neues Salamistück in den Mund.

»Mir geht es nicht anders.« Sina nahm einen ausgiebigen Schluck aus ihrem Glas. Dann sagte sie energisch: »Ich bin Technikerin und gehe die Dinge gern analytisch an. Folgender Vorschlag: Lass uns rekapitulieren, welche Fakten uns von den damaligen Vorfällen bekannt sind. Ich meine: wirklich *bekannt*, keine Spekulationen! Und dann schauen wir, welche Punkte offen bleiben und ob es sich lohnt, sie zu klären.«

Gabriele lächelte milde. »Die nackten Fakten? Das ist schnell erledigt: Wir waren auf der Suche nach verschollenen Kunstwerken und vermuteten sie in einem Bunker auf der Insel Usedom. Statt auf Kunst stießen wir auf eine wieder instand gesetzte Raketenleitwarte. Von dort aus hatten Unbekannte Kontakt zu einem Interkontinentalgeschoss aufgenommen, das seit dem Zusammenbruch des Dritten Reichs auf einer Erdumlaufbahn kreiste. Als wir den Fremden dazwischenfunkten, gaben sie ihren Plan auf und legten Feuer.«

»Fakt ist auch, dass durch das Feuer jegliche Beweise zerstört wurden und uns niemand unsere Geschichte abnahm«, ergänzte Sina. »Es bleibt also spekulativ, wer die großen Unbekannten waren, was sie wirklich vorhatten und …«

»… und ob es diese alte Nazirakete tatsächlich gab oder alles nur ein großer Bluff war.«

»Genau«, sagte Sina etwas resigniert. »Denn angekommen ist dieses ominöse Geschoss nirgendwo, und die hanebüchene Theorie, dass der Sprengkopf auf seinem Weg ins Ziel mit einem Fernsehsatelliten zusammenstieß und dadurch pulverisiert wurde, ist mehr als nur abenteuerlich. Im Grunde genommen tappen wir auch ein Jahr nach den Vorfällen vollkommen im Dunkeln.« Sina wollte erneut zum Glas greifen, doch ihre Freundin hielt sie zurück.

Gabriele sah sie intensiv an. »Dann lass es uns machen! Die Ungewissheit wird uns sonst bis ans Ende unserer Tage begleiten und uns zermürben.«

Als Gabriele ihre Hand ausstreckte, schlug Sina spontan ein. Sie kam nicht dazu, sich tiefere Gedanken darüber zu machen, ob ihre Entscheidung richtig oder aber ein Fehler war, denn in ihrer überschwänglichen Geste stieß sie das Weinglas um, das seinen Inhalt über Tisch und Boden ergoss.

Beide Frauen sprangen auf, suchten nach Lappen und Küchentüchern. Als sie das Malheur beseitigt hatten, beschlossen sie, dass es das Beste wäre, wenn Sina heute Nacht bei Gabi übernachtete. Wie in alten Zeiten würde Gabrieles Sofa heute Nacht Sinas Schlafstätte sein.

»Ich nehme mir einen Schlummertrunk mit«, sagte Sina und goss sich ein letztes Mal ein, während ihre Freundin schon in ihr Schlafzimmer wankte. Sina zog sich bis auf den Slip aus, kuschelte sich in eine Wolldecke und fiel bald darauf in einen tiefen Schlaf.

3

Gabriele wachte als Erste auf. Viel zu früh. Draußen war es stockfinster, und ein Blick auf den Wecker bestätigte ihr, dass es mitten in der Nacht war. Seltsam, dachte sie sich. Normalerweise hatte sie einen festen Schlaf und wurde so gut wie nie wach, bevor sie der Wecker gegen acht aus dem Schlaf klingelte. Ob das bereits erste Anzeichen des Älterwerdens waren? Die senile Bettflucht?

Gabriele drehte sich zur Seite und schloss die Augen. Doch kurz darauf öffnete sie sie wieder. Ein Geräusch! Jetzt wusste sie, was sie geweckt hatte. Es war dieses Geräusch gewesen! Langsam richtete sie sich in ihrem Bett auf und knipste die Nachttischlampe an. Angestrengt lauschte sie in die Stille.

Sie hörte das Ticken ihres Weckers. Die Motoren vereinzelter Autos, die die Pirckheimerstraße entlangfuhren. Das Tropfen eines Wasserhahns, der nicht ganz zugedreht war. Das Miauen einer Katze. Und dann … – es war eindeutig dasselbe Geräusch, das sie aus dem Schlaf gerissen hatte: ein Poltern! Ein Quietschen! So, als würde jemand ein schweres Möbelstück verrücken. Gabi war wie elektrisiert: Das Geräusch kam ohne Zweifel aus ihrem Haus. Von unten. Aus ihrem Antiquitätengeschäft!

Für einen Moment war sie starr vor Schreck. Natürlich dachte sie sofort an Einbrecher. Sie überlegte, zum Telefon zu greifen und die Polizei zu alarmieren. Doch was, wenn sie sich täuschte? Wenn alles wieder nur ein Hirngespinst war? Keinesfalls wollte sie sich noch einmal vor den Bullen blamieren.

Also schob sie die Bettdecke beiseite und schlich sich leise ins Wohnzimmer, wo Sina auf dem Sofa lag, Arme und Beine von sich gestreckt, und leise schnarchte. Gabriele rüttelte sie erst sachte, dann stärker an den Schultern.

»Was ... was ist denn?« Sina rieb sich die Augen.

»Einbrecher!«, flüsterte Gabriele. »Ich glaube, es sind Einbrecher im Haus!«

»Was?« Sina war sofort hellwach.

»Ich habe verdächtige Geräusche aus dem Laden gehört.« Gabriele wirkte unentschlossen, beinahe hilflos.

Sina setzte sich auf. »Einbrecher sagst du? Das werden wir gleich sehen. Hast du eine Taschenlampe? Und eine Sprayflasche mit Reizgas?«

»Taschenlampe: ja. Reizgas: nein«, antwortete Gabriele. Dann musterte sie ihre Freundin: »Zieh dir erst mal ein T-Shirt über. Halb nackt, wie du bist, wirst du sonst selbst geklaut.«

Sina schnappte sich ihre Bluse und spurtete zur Wohnungstür. »Wo ist jetzt die Taschenlampe?«, trieb sie Gabi zur Eile. »Und nimm irgendeine Waffe mit. Meinetwegen ein Messer oder eine Schere.«

Mit Bratengabel und Kartoffelmesser bewaffnet wagten sich die Frauen ins Treppenhaus. Sie verfluchten bei jedem Schritt abwärts die hölzernen Treppenstufen, die selbst bei sachtem Auftreten verräterische Geräusche von sich gaben. Sehr langsam und überaus vorsichtig näherten sie sich dem Hintereingang des Ladens. Die Tür war mit einer Milchglasscheibe versehen. Sina und Gabriele blieben stehen, konnten jedoch nichts Verdächtiges hören und auch keine ungewöhnlichen Lichtreflexe aus dem Inneren des Verkaufsraums erkennen.

»Klopft dein Herz auch so wie meins?«, fragte Sina mit gedämpfter Stimme.

Gabriele fasste sich an die Brust und nickte.

»Also dann«, machte sich Sina Mut. »Los geht's!« Mit Schwung riss sie die Tür auf. Sie knipste die Taschenlampe ein und leuchtete in den Raum. »Kommen Sie raus!«, rief sie in die Leere. »Die Polizei wird jeden Moment hier sein!«

Auch Gabriele traute sich jetzt vor. Sie stellte sich an die Seite ihrer Freundin, folgte mit ihren Blicken dem Strahl der Taschenlampe. Im Kegel des Spots tauchten einzelne Antiquitäten auf, die im diffusen Licht einen unheimlichen Eindruck machten: ein in Stein gehauener Erzengel, der grotesk verzogene Schattenwurf eines mundgeblasenen venezianischen Glasschwans, ein Kruzifix. Gabriele gab sich einen Ruck und ging die wenigen Schritte bis zur Schalterleiste. Mit einem Klick wurde der Verkaufsraum in ein helles Licht getaucht.

Die lähmende Anspannung der Dunkelheit wich dem Adrenalinschock des blendenden Weiß. Beide

Frauen, die bis eben mit weit aufgerissenen Augen in die Finsternis gestarrt hatten, hielten zum Schutz vor den aufflackernden Neonleuchten ihre Arme vors Gesicht. Sie brauchten einige Sekunden, um sich an die Helligkeit zu gewöhnen.

Dann aber taxierte Gabriele den Raum genauso, wie es Sina tat. Beide erkannten schnell, dass sie allein waren. Sie fühlten es mehr, als es zu sehen, doch sie waren sich bald sicher: Der oder die Einbrecher waren längst fort.

Aber es war zweifelsfrei jemand hier gewesen, davon waren sie ebenso fest überzeugt: In dem Laden hatte sich vor gar nicht langer Zeit ein Unbefugter herumgetrieben! Gabriele spürte es in allen Poren. Zielstrebig ging sie auf eine Vitrine zu, deren Tür offen stand und noch leise in den Scharnieren schwang. »Da hat sich jemand dran zu schaffen gemacht!«

Sina sah sie gebannt an. »Was haben die gewollt?«

»Im Zweifelsfall die Kasse.« Gabriele stürzte sich auf die antiquierte Registrierkasse, zog das Geldfach heraus und zählte hektisch nach.

Sina stellte sich neben sie, schaute sich dabei aber wiederholt um. »Und? Ist alles da?«

»Geduld«, beschied sie Gabriele. »Erst noch das Münzgeld überprüfen.«

»Du willst auch das Kleingeld zählen?« Sina fasste Gabriele am Oberarm. »Das kannst du dir sparen. Welcher Dieb klaut Münzen, wenn gleich daneben Scheine liegen?«

Gabriele runzelte die Stirn und ließ die Geldstücke zurück in die Kasse fallen. »Das stimmt natürlich. Wie einfältig von mir.«

»Liegt an der Aufregung«, lieferte ihr Sina einen Grund für die deplatzierte Pfennigfuchserei. »Schau lieber nach den Wertgegenständen. Was ist mit dem Schmuck, dem Tafelsilber?«

Sina hatte kaum ausgesprochen, als Gabriele herumfuhr, um zu einer Vitrine neben dem Verkaufstresen zu eilen. Sie war mit einer Glasplatte geschützt, unter der verschiedene alte Schmuckstücke auf einer grünen Vliesauslage präsentiert wurden. Gabriele beugte sich über das Glas, kontrollierte ihren Bestand und richtete sich mit fragendem Blick wieder auf. »Es ist alles da. Da hat keiner dran gerührt.«

»Na, fein«, sagte Sina, die das genauso merkwürdig fand. »Dann also das Silber!«

Wieder fegte Gabriele durch den Raum. Sie zog die mit rotem Samt ausgelegten Schubladen einer Kommode auf. Zutage kam Besteck verschiedener Dekaden, protzig oder zierlich, filigran graviert oder mit auffälligen Monogrammen versehen. Viele Stücke waren durch die lange Lagerzeit angelaufen. Zwar konnte Gabriele in der Kürze der Zeit nicht jede Gabel und nicht jeden Löffel abzählen. Aber allein die Tatsache, dass die Schubladen bis zum Rand mit Silber gefüllt waren, verriet ihr, dass der Dieb die alten Bestecke links liegen gelassen hatte. »Wieder Fehlanzeige.«

Sina wurde immer unruhiger. Sie sah sich abermals um und stierte düster in jede Ecke des Verkaufsraums. »Auf was konnte es der Einbrecher denn sonst abgesehen haben? Auf ein wertvolles Bild? Hast du gerade etwas Besonderes in der Auslage?«

»Nein, Kleine.« Gabriele schaute missmutig. »Außerdem machst du mich ganz nervös mit deinem Gestarre. Denkst du etwa, hier ist doch noch einer?«

Sinas Körperhaltung blieb angespannt. »Wer kann das denn so genau wissen? Was, wenn im nächsten Moment jemand hinter diesem Ohrensessel hervorspringt? Oder hinter der Theke dort drüben? Oder hinter deinem Biedermeiersekretär?«

Sina wusste in dem Moment, als sie das letzte Wort gesprochen hatte, dass etwas nicht stimmte. Gabriele, die bei jedem von Sinas Beispielen mit ihren Blicken gefolgt war, schoss der gleiche Gedanke durch den Kopf. Wie benommen näherten sich beide Frauen der Wand, an dem der Sekretär am Tag zuvor noch gelehnt hatte.

Der Schrank war weg! Verschwunden! Wie vom Erdboden verschluckt!

»Das kann gar nicht sein«, meinte Gabriele und ging die Wand von links nach rechts ab. Aber es war nicht wegzudiskutieren: Der Sekretär stand nicht mehr an seinem Platz, und wie die Frauen sehr schnell festgestellt hatten, auch an keiner anderen Stelle im Verkaufsraum.

»Nicht zu fassen«, stieß Sina aus. »Völlig verrückt: Da hat dir wer ein Möbelstück geklaut.« Sie konnte nicht anders und musste auflachen. »Lässt das ganze Geld, den Schmuck und das Silber liegen und türmt mit einem alten Schrank.«

»Das ist gar nicht komisch«, wies Gabriele sie zurecht. »Und auch nicht verrückt. Du weißt doch selbst, wie begehrt der Sekretär war. Der ist ein hübsches Sümmchen wert.«

»Gabi, ich bitte dich! Selbst wenn er ein paar Hunderter auf dem Schwarzmarkt bringen würde, wäre das nicht den Aufwand wert. Überleg doch mal: Da riskiert jemand, als Einbrecher geschnappt zu werden, bloß wegen eines einzelnen Möbelstücks. Und noch dazu musste er es herauswuchten. Wahrscheinlich waren es also sogar zwei, die einen Gefängnisaufenthalt riskiert haben, bloß um einen alten Sekretär zu erbeuten, der noch dazu in ziemlich schlechtem Zustand war.«

»Er war tipptopp gepflegt.«

»Erzähl das deiner Großmutter.«

Gabriele zog sich einen reichlich wackligen Lehnstuhl heran und setzte sich. »Und was machen wir nun?«

»Die Polizei rufen, würde ich vorschlagen.«

Gabriele schüttelte langsam, aber nachdrücklich den Kopf. »Du weißt, was ich von der Polizei halte. Man sollte die Kontakte auf das Nötigste begrenzen.«

»Du willst die Sache unter den Teppich kehren

und den Schrank abschreiben?«, fragte Sina etwas erstaunt.

Gabriele sah sie verschlagen an. »Unter den Teppich kehren? Vielleicht. Abschreiben? Nein!« Dann stand sie auf. »Lass uns den Rest der Nacht drüber schlafen. Morgen sehen wir weiter.«

Gabriele hatte ihre überlegene Zuversicht und innere Ruhe wiedererlangt. Doch bevor sie gemeinsam mit Sina zurück in die Wohnung ging, überzeugte sie sich davon, dass die Ladentür diesmal wirklich fest verschlossen war. Sie drehte den Schlüssel entgegen ihrer Gewohnheit sogar zweimal um.

4

Sina ging durch die Bahnhofsunterführung, mit nicht gerade bester Laune. Zwei Tage waren seit dem nächtlichen Zwischenfall bei Gabriele verstrichen. Zwei Tage, an denen sich nichts getan hatte und an denen Sina wieder ihrer normalen Beschäftigung nachgehen konnte. Sie hatte einige Jobs erledigt, den Haushalt auf Vordermann gebracht – und damit begonnen, das Rätselraten um den Diebstahl des alten Sekretärs einzustellen und die Sache auf sich beruhen zu lassen. Doch nun wollte Gabriele sie sprechen. Eben wegen jenes Sekretärs. Ein Gespräch, auf das Sina keine besonders große Lust hatte. Tröstlich war einzig und allein der Treffpunkt: Gabriele hatte sie auf einen Kaffee ins Bahnhofsrestaurant eingeladen.

Ein hoher weiter Raum, vielleicht in den 50ern renovierter Jugendstil. Ein Paradies der Fahrgäste mit Zwischenstopp, wie es sonst kaum noch zu finden war. Eine Oase der Geräumigkeit, aus Sinas Sicht eigentlich mehr ein Wartesaal mit Bewirtung, aber einer mit heimeliger Atmosphäre. Hier atmete sie die Luft aus längst vergangenen Zeiten, eine wienerische k.-und-k.-Melancholie schwebte im Raum – und wahrscheinlich war genau das der Grund, warum auch Gabriele diesen Treffpunkt vorzog.

Sina machte ihre Freundin an einem runden Marmortisch mit gusseisernem Fuß aus. An den Tischen links und rechts von ihr saßen ein zeitungslesender Rentner und ein Liebespärchen. Gabriele winkte ihr freudig zu. »Da bist du ja endlich, Schätzchen.«

»Lass doch bitte dieses ewige ›Schätzchen‹«, zischte Sina, als sie sich niederließ. »Das ist einfach nur …«

»Anzüglich?«, fragte Gabi.

»Nein, blöd«, stellte Sina klar.

Als sie beide ihre Kännchen Kaffee vor sich stehen hatten, kam Gabriele ohne Umschweife auf den Punkt. »Ich habe mir die Sache noch einmal durch den Kopf gehen lassen. Da sind mir insgesamt zu viele Zufälle im Spiel.«

»Was meinst du?« Sina stellte ihre schon leicht angeschlagene Porzellantasse vorsichtig ab und beugte sich vor. »Das plötzliche Interesse an einem Ladenhüter und kurz darauf der Diebstahl?«

»Genau das ist es, was mich stutzig macht.«

»Vielleicht hattest du dich in der Bedeutung des Sekretärs verschätzt. Kann doch sein, dass das gute Stück aus irgendwelchen Gründen Kultstatus genießt und daher einen hohen Sammlerwert besitzt. Gehörte der Sekretär etwa mal einer hochstehenden Persönlichkeit?«

»Nicht dass ich wüsste.«

»Dann sollten wir das recherchieren«, schlug Sina vor. »Bismarcks Sekretär dürfte tatsächlich etliche Tausender wert sein.«

»Warum gerade Bismarck?«

»Okay, meinetwegen können wir auch einen Nürnberger nehmen. Was hältst du von Dürer?«

Gabriele verzog das Gesicht. »Zu Dürers Zeiten gab es keine solchen Möbel. Nein, Sina, auf diese Weise fischen wir im Trüben.« Sie nahm einen Schluck aus ihrer Tasse. »Ich habe mir etwas überlegt …«

»Ich bin ganz Ohr.«

»Wir hatten zwei Interessenten an dem guten Stück, bevor es mir entwendet worden ist.«

»Ja: die Journalistin und den Geschäftsmann, Herrn Kilian.«

»Richtig.«

»Denkst du …« Sinas Pupillen weiteten sich. »Denkst du, dass einer von den beiden mit dem Diebstahl zu tun hat?«

»Nicht unbedingt. Denn ich war ja prinzipiell bereit, den Sekretär zu einem angemessenen Preis auf legalem Weg abzugeben. Und doch …«

»Spann mich nicht auf die Folter! Was geht in deinem Kopf vor?«

»Nun: Ich vermute, dass die beiden Kaufinteressenten möglicherweise etwas wissen, das zumindest einen Grund für den nächtlichen Einbruch liefert.«

Sina hob die Brauen. »Wenn du das vermutest, also, wenn du ganz sicher bist – dann ruf sie doch an!«

Gabriele lächelte milde. »Das habe ich bereits getan. Das heißt, ich habe es versucht.«

»Erzähl!«

»Ich habe Cornelia Probst angerufen, sie aber nicht erreicht. Jedenfalls nicht unter ihrem Privatanschluss.«

»Und?«

»Dann habe ich es im Büro probiert, also in der Zeitungsredaktion, für die sie arbeitet.«

»Weiter!« Sina spürte bereits wieder ihren wohlbekannten Zorn darüber, dass sie ihrer Freundin in kniffligen Angelegenheiten immer jedes Wort aus der Nase ziehen musste.

»Ich hatte eine sehr auskunftsfreudige Sekretärin am Apparat, eine Frau Popp. Die berichtete, dass es keine Frau Probst mehr in ihrem Hause gibt.«

»Wie das?«, fragte Sina irritiert.

»Ganz einfach: Cornelia Probst hat Knall auf Fall gekündigt. Nach 17 Jahren als Reporterin von heute auf morgen aufgehört. Aus persönlichen Gründen, hieß es.«

»Das ist wirklich merkwürdig«, sinnierte Sina.

»Allerdings.«

»Und – hast du auch bei dem zweiten Kaufinteressenten angerufen?«

Gabriele verneinte. »Wir sollten uns erst einmal um die erste heiße Spur kümmern, bevor sie erkaltet.«

Sina, die Gabrieles Bericht bis eben gespannt gefolgt war, wurde misstrauisch: »Was stellst du dir darunter vor?«

Gabriele lächelte jovial. »Dass wir da mal hinfahren.«

»Da mal hin …«

»Ja. Zu ihr nach Hause.« Gabriele wirkte jetzt sehr resolut. »Ich will meinen Sekretär wiederhaben. Oder wenigstens das Geld dafür! Außerdem wollten wir mit ihr doch über Peenemünde reden «

Sie hatten das Bahnhofsgebäude gerade verlassen und standen nun auf dem betriebsamen Vorplatz, der auch wichtigster Knotenpunkt des städtischen Straßenbahnnetzes war.

Als sie sich schon verabschieden wollten, fasste Sina ihre Freundin am Ärmel. »Augenblick noch, Gabi.«

»Ja?«

»Sag mir eines: Was magst du besonders gern an Nürnberg?«

»An Nürnberg?« Gabriele pustete ihre Backen auf und stieß die Luft aus. »Alles! Die Menschen, die Bauten, das Essen und am liebsten, ja, am liebsten habe ich die Farben.« Versonnen sah sie sich um. »Das erdige Rot und steinige Ocker der Stadtmauer und ihrer Türme, das silbern schimmernde Grün der Bäume, das träge Kobaltblau des Himmels …«

»Genau so geht es mir auch«, sagte Sina mit Nachdruck. »Deshalb möchte ich hier in Nürnberg bleiben. Ich habe keinen Bock auf einen weiteren, mit Gefahren verbundenen Ausflug an die Ostsee oder sonst wohin!«

Gabriele lächelte verständnisvoll. »Dazu sehe ich auch keinen Anlass. – Jedenfalls im Moment noch nicht.«

5

Cornelia Probst wohnte im Nürnberger Norden, dem Stadtteil Ziegelstein, unweit des Flughafens und des Reichswaldes. Die Effeltricher Straße lag inmitten des Viertels, und Gabriele und Sina brauchten eine Weile, bis sie die richtige Hausnummer gefunden hatten. Cornelia Probst lebte in einem schlichten Einfamilienhaus älteren Baujahres, das zwar gut in Schuss, aber nicht übermäßig liebevoll gepflegt wirkte. Es gab einen kleinen, sparsam bepflanzten Vorgarten und eine etwas nach hinten versetzte Garage. Wahrscheinlich verbrachte die Journalistin den Großteil ihrer Zeit mit ihrem Job und nicht mit der Haus- und Gartenarbeit, schloss Sina.

Beide Frauen standen vor der dunkelbraunen Haustür, Sina suchte den Klingelknopf. Doch Gabi hielt sie zurück. Wortlos deutete sie auf den Briefschlitz am unteren Ende der Tür. Die Klappe stand offen, denn sie war durch einen Stapel Zeitungen, Werbewurfsendungen und Briefe blockiert. Sina beugte sich herunter und zog den Papierstoß heraus. Am Datum auf einer der Zeitungen las sie ab, dass diese Ausgabe bereits vom vergangenen Wochenende stammte.

»Kann es sein, dass deine Kundin verreist ist?«, fragte sie.

Gabriele guckte skeptisch. »Kann sein. Aber wenn

ich verreise, bestelle ich normalerweise die Zeitung ab oder sage zumindest einem Nachbarn Bescheid, dass er sie reinholt.«

»Nicht jeder ist so gewissenhaft wie du«, meinte Sina, war aber selbst im Zweifel.

Gabriele entfernte sich von der Haustür und spähte durch eines der zur Straße zeigenden kleinen Fenster. Gardinen versperrten ihr die Sicht. »Lass es uns mal von hinten probieren.«

»Nein, Gabi, das können wir nicht machen«, gab Sina zu bedenken. »Du darfst nicht einfach in einen fremden Garten spazieren!«

Gabi zeigte, dass sie sehr wohl konnte, und Sina folgte ihr – wenn auch missmutig und mit einem mulmigen Gefühl. Der eigentliche Garten unterschied sich kaum von dem Vorgarten: eine große Rasenfläche, ansonsten nur Büsche und niedrig wachsende Bäume, die kaum Pflege benötigten. Der Blick durch die Terrassentür blieb Gabriele verwehrt. Sämtliche Rollläden waren heruntergelassen worden. »Mist!«, stieß sie aus.

Gabriele zog es zurück zum vorderen Teil des Grundstücks. Eine Weile trat sie unentschlossen von einem Bein auf das andere, dann steuerte sie zielstrebig auf das Garagentor zu.

»Was hast du vor?«, wollte Sina wissen, die am liebsten längst gegangen wäre.

»Ein letzter Versuch.« Gabriele stöhnte, als sie das Garagentor aufhievte.

»Das darfst du nicht!«, ermahnte sie Sina erneut.

»Wieso? Es war nicht verschlossen.« Gabriele schlug ein feucht modriger Geruch entgegen, als sie die Garage betrat. Vorsichtig sah sie sich um. Ein großer weißer Ford Sierra füllte den Raum fast vollständig aus. An einer Wand lehnten einige Ersatzreifen, daneben standen Ölkanister und ein Werkzeugkoffer. Ohne Skrupel probierte Gabriele aus, ob die Türen des Wagens verschlossen waren. Sie waren es, und sogleich verlor sie das Interesse an ihrer eigenmächtigen Aktion.

Doch Sinas Interesse war in diesem Moment erwacht. Zunächst legte sie nur den Kopf schief, dann bückte sie sich und schließlich kroch sie unter das Heck des Fords.

»Was sollen denn diese akrobatischen Übungen, Kleine?«, erkundigte sich Gabriele. »Hast du etwas entdeckt?«

Sina ließ sich Zeit mit ihrer Inspektion. Als sie wieder unter dem Wagen hervorkroch, waren ihre Wangen verschmiert. Aber sie grinste zufrieden. »Diese Familienkutsche hat wohl jemand mit einem Geländewagen verwechselt. Der Unterboden ist völlig verdreckt«, stellte sie fest.

Gabriele wusste nicht so recht, was sie mit dieser Information anfangen sollte. »Na und?«

»Überall hängen verkrustete Schlammbatzen, als wäre das Auto über einen schlecht befestigten Feldweg gelenkt worden. Die gute Frau Probst hat ihrem Ford einiges zugemutet.«

»Na und?«, wiederholte Gabi.

»Wohl eher aufgeweichter Waldboden«, präzisierte Sina ihre Beobachtung und förderte einen Dreckklumpen zutage, an dem Kiefernnadeln klebten. »Möchte wissen, wo die Probst unterwegs gewesen ist. Um zu ihrer Arbeit zu kommen, musste sie jedenfalls durch keinen Wald fahren.«

»Um meinen Biedermeiersekretär zu klauen, aber ganz gewiss auch nicht«, meinte Gabriele und zog das Garagentor hinter ihnen wieder zu. »Das bringt uns alles nicht weiter«, ärgerte sie sich. »Wir müssen die Nachbarn ausquetschen, ob die etwas über den Verbleib von Cornelia Probst wissen.«

Sina riet ab: »Wir haben uns in den letzten zehn Minuten schon verdächtig genug gemacht. Ein Wunder, dass die Anwohner nicht längst die Polizei gerufen haben. Lass uns lieber so schnell wie möglich verschwinden.«

Gabriele war anderer Meinung. Das Argument mit den Nachbarn fand sie zwar einleuchtend, sie war jedoch nicht bereit, so einfach das Feld zu räumen. Sie sah sich um, wobei ihr Blick auf eine Gestalt auf der gegenüberliegenden Straßenseite fiel. »Den fragen wir!«

»Was?« Sina wusste sofort, von wem Gabriele sprach, und protestierte heftig: »Das ist ein Penner. Was erwartest du dir denn von dem für Auskünfte?«

Gabriele sah sie befremdet an: »Derartige Vorurteile hätte ich eher von mir als dir erwartet. Nur Mut, Schätzchen!«

Ehe sich Sina versah, ging Gabriele mit großen Schritten auf den Obdachlosen zu. Eine wahrhaft schillernde Persönlichkeit: Der Hausierer, dessen Alter irgendwo zwischen 40 und 60 liegen mochte, hatte langes, ungepflegtes Haar und ein wettergegerbtes Gesicht, das von einem Leben unter freiem Himmel zeugte. Das Ungewöhnliche an ihm war seine Garderobe. Er trug ausschließlich Kleidungsstücke in Violett. Vom Hemd bis zur Hose, vom Halstuch bis zu den Ohrringen – alles changierte farblich zwischen Violett und Lila. Sogar einen farblich passenden Ring hatte er sich übergezogen.

Als die Frauen auf ihn zu kamen, versuchte er, sich aus dem Staub zu machen. Doch Sina und Gabriele waren schneller und stellten sich ihm in den Weg. »Tach auch«, sagte Sina flapsig, weil sie hoffte, so den geeigneten Ton zu treffen.

»Grüß Gott«, antwortete der Obdachlose mit vernehmbarem Widerwillen. Er vermutete in ihnen offenbar zwei Frauen vom Sozialamt oder – schlimmer noch – von der Polizei.

»Wir hätten da ein paar Fragen an sie«, sagte Gabriele und musterte ihn streng.

Der Mann schlug die Augen nieder. »Sind Sie vom …«

»Keine Sorge, wir kommen von keiner Behörde«, stellte Sina klar. »Sind Sie öfter hier in der Gegend?«

Der Mann kniff die Augen zusammen. »Ja, ich habe in Ziegelstein mein Quartier. Manchmal bin ich auch drüben im Marienbergpark.«

»Sie kommen ja viel herum in der Gegend«, griff Gabriele den Faden auf. »Dann kennen Sie sicher auch den ein oder anderen Anwohner, oder?« Sie zeigte auf das Haus von Cornelia Probst. »Zum Beispiel die Dame, die dort drüben wohnt.«

Der Mann rieb sich die Nase. »Ja, schon.«

»Und? Wie ist sie denn so?«

»Hübsch«, brachte er zögerlich hervor. »Aber auch etwas arrogant. Und knauserig. Hat selten mal eine Mark für mich übrig.« Mit diesen Worten streckte er seine rechte Hand aus.

»Wie bedauerlich. Da wollen wir gleich mal für Ausgleich sorgen«, sagte Gabriele und drückte ihm ein Fünfmarkstück in die Hand. »Derzeit scheint sie ja ohnehin nicht da zu sein. Urlaub, was?«

»Glaube ich nicht«, sagte der Obdachlose und musterte etwas enttäuscht das Geldstück in seiner Hand. Ein Schein wäre ihm wohl lieber gewesen.

»Nicht?« Gabi sah ihn erstaunt an. »Warum denn nicht? Das ganze Haus ist doch verrammelt.«

»Sie ist nicht verreist, weil …« Er zögerte.

»Weil?«, fragte Gabriele ungeduldig.

Sina erkannte, warum ihr Gesprächspartner plötzlich nicht mehr weitersprechen wollte. Sein Blick heftete fest an Gabrieles Haarspange – sie war lila.

»Reden Sie schon!«, forderte Gabriele.

»Ich glaube, du musst ihm erst noch etwas Gutes tun«, meldete sich Sina zu Wort und zeigte auf Gabrieles Spange.

»Ich muss ... was?« Nun begriff Gabriele. Sie haderte mit sich selbst. Dann brachte sie das Opfer und fasste sich ins Haar. »Hier. Behalten Sie sie.«

»Danke!« Der Obdachlose strahlte sie an. »Was wollten Sie gleich wissen?«

»Warum Cornelia Probst Ihrer Meinung nach nicht verreist sein soll.«

Der Mann lächelte noch immer. »Weil sie frisch verliebt ist. Sie wartet ganz bestimmt, bis ihr neuer Liebhaber sie wieder besucht.«

»Was denn für ein Liebhaber?«, fragte Sina.

»Die Frau war alleinstehend«, erklärte der Obdachlose. »Aber in letzter Zeit hatte sie oft Besuch. Und seitdem wirkte sie viel zufriedener als in der Zeit davor.«

»Männerbesuch?«, fragte Gabriele.

»Ja, das sage ich doch.«

»Was war denn das für ein Mann?«, versuchte Sina zu konkretisieren.

»Ein ganz normaler Mann.«

»Groß, klein, dick, dünn?«, fragte Gabriele.

Der Obdachlose zuckte die Schultern. »Ganz normal eben.« Dann hob er wissend den Zeigefinger seiner rechten Hand. »Aber sein Auto war was ganz Besonderes. Sieht man nicht so oft in unserer Gegend.«

»Was war es für ein Typ? Welche Marke?«, fragte Gabriele.

»Es war so ein großes, dunkles. Sicher hat es viel gekostet.«

»Das ist ja interessant«, meinte Sina mit aufkeimender Ungeduld, »aber können Sie nicht etwas präziser werden?«

Der Mann sah sie fragend an. »Ich soll es genauer beschreiben? Meinen Sie das Nummernschild oder so?« Er kratzte sich am Kopf. »Es begann mit N ... – äh, N-HA...«

»Und weiter?«, fragte Gabriele energisch.

»Weiter weiß ich nicht.«

Sina überlegte, ob sie vielleicht auch etwas lilafarbenes bei sich trug, das sie dem Stadtstreicher schenken und seinem Gedächtnis damit auf die Sprünge helfen könnte. Doch der Mann hatte wohl nur noch eines im Sinn, nämlich seinen Weg fortzusetzen. Die Fragerei ging ihm ganz offensichtlich gegen den Strich. Er stahl sich an den Frauen vorbei und ging zügig weiter, ohne sich noch einmal umzudrehen.

»Soll ich ihm nach?«, schlug Sina halbherzig vor.

»Das bringt nichts«, wiegelte Gabriele ab. Dann sagte sie nachdenklich: »N-HA. Cornelia Probst hat also einen Lover, und der ist Nürnberger. So viel wissen wir jetzt. Immerhin.«

Sina wirkte etwas verdrießlich, als sie zustimmte: »Ja – immerhin.«

6

»Schaust du noch auf einen Kaffee mit herein?«, fragte Gabriele, als beide zurück zum Antiquitätenladen kamen. Sina setzte zu einer Antwort an, als die Ladentür von innen aufgezogen wurde.

»Lassen sich die Damen auch mal wieder blicken?« Friedhelm hatte sich im Türrahmen aufgebaut. Vorwurfsvoller Spott stand in seinen Augen.

»Friedhelm? Du?« Gabriele war sehr verwundert.

»Ja, im Gegensatz zu meiner Schwester, die sich während der Ladenzeiten sonst wo herumtreibt, sorge ich für Umsatz. Ich habe in den letzten beiden Stunden einen Bilderrahmen und einen Serviettenring verkauft.«

»Tolle Leistung«, meinte Gabriele bissig und schob sich an ihrem schlaksigen Bruder vorbei in den Laden. Sina folgte ihr.

»Und …« Friedhelm eilte ihnen nach und wedelte mit seinem dürren Zeigefinger. »Und ich habe weiter umgeräumt und Platz geschaffen. So wie du es wolltest.«

Gabriele sah sich skeptisch um. »Stimmt. Du hast einige Möbel verrückt. Soll ich dich dafür loben?«

Friedhelm wippte nervös mit den Füßen. »Ja. Warum denn nicht? Ich gebe mir Mühe, und das solltest du honorieren.«

»Meinetwegen«, sagte Gabriele wenig überzeugend: »Gut gemacht, Brüderchen.« Sie strich mit prüfenden Blicken durch das Geschäft. Dann blieb sie stehen. Sie deutete in eine Ecke. »Wo hast du denn den großen Spiegel hingeräumt, der dort hing?«

»Der war doch fast blind. Nichts mehr wert. Den habe ich drüben in die Abstellkammer geräumt«, rechtfertigte sich Friedhelm.

»Völlig idiotisch«, schalt ihn Gabriele. »Der Spiegel ist frühes 18. Jahrhundert. Eine Rarität! – Was hast du bloß noch alles in die Rumpelkammer verbannt?«

Friedhelm schluckte. »Nicht viel. Nur …«

»Nur?« Gabriele fixierte ihn aus zusammengekniffenen Augen.

»Heute eigentlich nur den Spiegel und eine Standuhr, die sich nicht mehr aufziehen ließ. Und neulich halt diesen Sekretär.«

»Sekretär?« Die Frage stellten Gabriele und Sina fast gleichzeitig.

Friedhelm wich zwei Schritte zurück. »Ja. Dieser Kasten stand so ungünstig im Weg, und da dachte ich –«

Sina war die Erste, die losspurtete. Gabriele folgte ihr auf den Fuß. Sie rissen die Tür zu einem angrenzenden fensterlosen Raum auf, der Gabriele als Lager und Abstellmöglichkeit diente. Gleich im vorderen Bereich stand heil und unversehrt der gestohlen geglaubte Biedermeiersekretär.

»Das gibt es nicht!« Gabriele schlug sich mit der

flachen Hand vor die Stirn. Wutschnaubend drehte sie sich zu ihrem Bruder um: »Wann genau hast du den Sekretär hier deponiert, du …« ›Hornochse‹, ergänzte sie im Stillen

Friedhelm konnte den Grund der Aufregung zwar nicht verstehen, dennoch wurde er ganz blass. »Ich …, äh, – gleich nach unserem Streit von neulich. Ich wollte zeigen, dass ich sehr wohl anpacken kann und eine große Hilfe bin …«

»Große Hilfe«, wiederholte Gabriele verächtlich. Dann machte sie auf dem Absatz kehrt und ging mit Sina im Schlepptau ins hintergelagerte Büro. Friedhelm schlich sich auf leisen Sohlen aus dem Laden.

Gabriele füllte Wasser in die Kaffeemaschine und schaufelte mit groben Bewegungen Kaffeepulver in den Filter. »Die ganze Aufregung war umsonst«, ärgerte sie sich. »Wir jagen einem möbelklauenden Phantom nach, und in Wirklichkeit ist das Teil die ganze Zeit über genau dort gewesen, wo es sein sollte: in meinem Geschäft. Ich könnte meinen Bruder auf den Mond schießen!«

Sina versuchte die Wogen zu glätten: »Freu dich einfach, dass der Schrank wieder da ist. Das ist es doch, was du wolltest.«

»Hach!« Gabriele ließ ihren Zorn an den Kaffeebechern aus, die sie mit Wucht auf den Tisch knallte. »Trotzdem ärgert es mich, dass Friedhelm mir dauernd dazwischenfunkt. Es hat sich nichts verändert, seit wir Kinder waren.«

»Tust du ihm da nicht Unrecht?«, traute sich Sina

zu fragen. »Zeigt er nicht immer wieder guten Willen? Und war es nicht Friedhelm, der eure Mutter am Schluss gepflegt hatte, als sie allein nicht mehr zurechtkam?«

»Ja. Zu Tode gepflegt«, sagte Gabriele bitter.

Der dampfende Kaffee stand vor ihnen, als Sina meinte: »Der Einbruch ist jetzt allerdings noch rätselhafter. Nichts fehlt, folglich ist nichts gestohlen worden. Wozu hat sich jemand nachts in deinen Laden geschlichen und in den Auslagen gewühlt?«

Gabriele rieb sich das Kinn. »Weiß nicht. Vandalismus war es nicht, denn es ist alles heil geblieben. Vielleicht eine Mutprobe? Von jungen Leuten, die drüben im Biergarten ›Anderland‹ einen über den Durst getrunken haben?«

»Schon möglich«, stimmte Sina grüblerisch zu. »Aber auch das Verschwinden von Cornelia Probst bleibt seltsam …«

Gabriele leerte ihren Becher in vier großen Zügen. »Weißt du, was Cornelia Probst kann?«, fragte sie dann mit altbekannter Überheblichkeit.

»Nein? Was?«

»Mir den Buckel herunterrutschen.« Gabriele stand auf und holte einen braunen, ledernen Karteikasten aus einem Regal. »Wenn Frau Probst weiterhin Interesse an einer Story mit uns haben sollte, wird sie sich melden. Aber den Sekretär«, sie durchsuchte den Karteikasten, »bekommt jemand anders. Den hat sie sich durch ihre Unzuverlässigkeit nämlich ein für allemal verspielt. – Ah, hier ist sie ja!« Sie zog eine

Notizkarte hervor. Die, auf der Sina die Reservierung des zweiten Kaufinteressenten aufgenommen hatte: »Rainer Kilian, Rufnummer 0911 73 76...« Gabriele zog ihr Telefon zu sich heran und gab die Nummer ohne weitere Umschweife ein. Sina sah ihr dabei etwas ratlos zu. Sie fand Gabrieles Vorgehen zu überstürzt. Andererseits: Es war ja Gabis Job, Dinge zu verkaufen und nicht auf ihnen sitzen zu bleiben.

»Ja? Herr Kilian? Schön, dass ich Sie erreiche. Doberstein hier. Ja, aus dem Antiquitätengeschäft in der Pirckheimerstraße ...« Das Gespräch war in weniger als zwei Minuten beendet. »Er kommt gleich«, gab Gabriele das Ergebnis triumphierend bekannt. »Und er zahlt bar.«

»Was?« Sina sah auf die Uhr. »Heute noch?«

»Hast du etwas dagegen einzuwenden? Man muss das Eisen schmieden, solange es glüht, Kleines.« Gabriele knuffte sie an die Schulter. »Nun hilf mir, den Sekretär aus der Rumpelbutze zu holen und abzustauben, bevor der Kunde da ist.«

Die beiden Frauen erledigten das in kurzer Zeit. Während Gabriele mit einem Tuch die etwas stumpfe Seitenfront des Möbels polierte, stellte sich Sina ans Fenster, um auf den Kunden zu warten. Ob ihr Herr Kilian heute immer noch so gut gefallen würde wie bei ihrer ersten Begegnung? Sina hatte eine Schwäche für Männer, die wussten, was sie wollten. Auf Kilian traf das offensichtlich zu. Sein ausgeprägtes Kinn kündete von eben jener Entschiedenheit, die er nun auch beim Kauf des Sekretärs an den Tag legte.

Sina wischte die beschlagene Schaufensterscheibe frei, um eine bessere Sicht nach draußen zu haben. Es dämmerte bereits, die Autos fuhren mit Abblendlicht. Auch die Straßenbahn, die beim Vorbeirollen den Boden zum Zittern brachte, hatte die Scheinwerfer eingeschaltet. Sina beobachtete, wie direkt vor dem Antiquitätenladen eine der in dieser Gegend sehr raren Parklücken frei wurde. Gleich darauf bremste ein herannahender Wagen ab und setzte den Blinker. Eine dunkle Limousine, ein großer Audi Kombi. Sina drückte ihre Nase an die Scheibe und sah genau hin, als der Fahrer ausstieg.

Ja, es war Kilian! Er trug einen Anzug und war perfekt frisiert, wie beim letzten Mal. Sina bewunderte verstohlen seine Figur: Dieser Mann füllte seinen maßgenau sitzenden Anzug optimal. Sina kam sich ein wenig voyeuristisch vor. Aber wenn Männer Frauen nachstarren durften, musste es ja auch umgekehrt erlaubt sein, dachte sie sich. Eher zufällig fiel ihr Blick noch einmal auf das Auto. Beiläufig las sie das Nummernschild, das das Licht einer eben aufflackernden Straßenlaterne reflektierte: ›N-…‹ Sina stutzte und sah genauer hin: ›N-HA‹.

In ihrem Kopf schlugen die Gedanken Kapriolen. Was hatte das zu bedeuten? Zufall? Aber so viele Zufälle in so kurzer Zeit konnte es nicht geben! Sina sah wieder aus dem Fenster: Kilian schloss gerade die Wagentür ab. In wenigen Sekunden würde er den Laden betreten. Sina hatte keine Zeit, sich weitere Gedanken zu machen. Sie musste handeln!

»Gabi!« Sie fasste ihre Freundin mit beiden Händen fest an den Oberarmen: »Hör mir jetzt zu und stelle keine Fragen: Du musst Herrn Kilian vertrösten. Sag ihm, dass er den Sekretär bekommt, aber nicht heute!«

»Bist du von allen guten Geistern …«

»Vertrau mir, Gabi! Nimm meinetwegen Kilians Geld, aber schick ihn ohne den Schrank fort. Denk dir irgendetwas aus, doch der Sekretär muss hierbleiben.«

»Was soll der Unsinn? Warum sollte ich das tun?«

»Weil Kilians Auto …«

Die Klingel über der Ladentür schellte. Sina ließ Gabriele los. Beide Frauen gingen mit leicht gezwungenem Lächeln auf Kilian zu.

Dieser zog seine Brieftasche aus dem Jackett. »Grüß Gott«, sagte er freundlich. »Schön, dass wir das Geschäft nun doch zügig abwickeln können.«

»Ja«, sagte Gabriele mit leicht erröteten Wangen. »Wenn Sie mir bitte zur Kasse folgen.«

Sina blieb wie angewurzelt stehen. Sie hatte ihre Freundin nicht überzeugen können. Doch als Gabriele den Betrag in die Kasse eingab und das Geld entgegennahm, hörte Sina sie sagen: »Vielen Dank für Ihr Vertrauen, Herr Kilian. Wir liefern das gute Stück dann gleich morgen früh. Welche Adresse darf ich unserem Spediteur nennen?«

»Spediteur?« Kilian sah fragend auf.

»Ach, keine Sorge«, Gabriele lächelte, »die Lieferung ist selbstverständlich im Preis inbegriffen.«

Sina atmete auf. Nicht aber Kilian: Er wirkte mit einem Mal angespannt: »Eine Lieferung ist nicht notwendig. Ich nehme das Möbelstück gleich mit.«

»Das geht nicht. Der Sekretär ist viel zu unhandlich für einen Pkw«, entgegnete Gabriele. »Er könnte bei unsachgemäßem Transport beschädigt werden.«

»Ich fahre einen Kombi«, erklärte Kilian, und es klang, als dulde er keinen weiteren Widerspruch.

Für bange Sekunden glaubte Sina, dass Gabriele nachgeben würde. Doch sie hielt das Tuch in die Höhe, mit dem sie bis vor Kurzem die Front poliert hatte. »Es müssen noch einige Kleinigkeiten nachgebessert werden. Sie wollen das Schmuckstück doch in einwandfreiem Zustand übernehmen.«

Kilian zog die Augenbrauen zusammen. »Mir wäre sehr daran gelegen, den Sekretär möglichst schnell zu bekommen.«

»Gar kein Problem«, versicherte Gabriele mit gekünsteltem Lächeln. »Ist 8 Uhr früh genug?«

Kilian hob zu einem Protest an, besann sich aber eines Besseren: »Also gut. Morgen, 8 Uhr.«

»Darf ich dann um die Lieferadresse bitten?«, fragte Gabriele höflich.

»Nicht nötig«, sagte Kilian im Gehen. »Wie gesagt: Mein Wagen ist groß genug. Ich hole den Sekretär selbst ab. Pünktlich um acht bin ich wieder da. Guten Abend.«

Sina hörte, wie die Reifen quietschten, als Kilian seinen Audi mit zu viel Gas aus der Parklücke trieb.

Zunächst schwiegen Sina und Gabriele. Doch sehr bald hatten sich die beiden in beste Streitlaune hinaufgeschaukelt, wodurch sie vergaßen, die Ladentür abzuschließen.

Ein weiterer Besucher, der leise hereinkam, wurde dadurch Augen- und Ohrenzeuge einer lautstarken Auseinandersetzung.

»Mich würde es nicht wundern, wenn er es sich über Nacht anders überlegt und morgen sein Geld zurückverlangt«, sagte Gabriele. »Warum – um alles in der Welt! – sollte ich Kilian die Ware nicht aushändigen?«

»Weil ich etwas beobachtet habe, an seinem Wagen.«

»Jedenfalls war dieser Wagen groß genug, um ein zierliches Möbelstück zu transportieren. Ich habe mich gerade zum Affen gemacht und möchte von dir einen triftigen Grund dafür hören.«

»Den bekommst du: Sein Wagen hat das Kennzeichen N-HA!«

Gabrieles Pupillen weiteten sich. Aber sie ließ sich nicht zu übereilten Rückschlüssen verleiten. »Na und? Auf diese Buchstabenkombination wirst du in Nürnberg schätzungsweise mindestens ein Dutzend Mal stoßen.«

»Denk an die Worte des Stadtstreichers: Ein großer dunkler Wagen – Kilian ist unter Umständen derselbe Mann, der Cornelia Probst besucht hat.«

»Große Autos gibt es wie Sand am Meer«, hielt Gabriele dagegen. »Sicher auch große Autos mit den

Buchstaben HA im Nummernschild. Du siehst ja Gespenster.«

Sina fühlte sich gekränkt. »Ich sehe nur, dass wir drauf und dran sind, uns abermals in eine unangenehme Situation zu manövrieren. Wenn ich eine Gefahr erkenne, will ich auch auf sie hinweisen dürfen.«

Gabriele schüttelte den Kopf. »Sei nicht kindisch. Von einer Gefahr kann keine Rede sein.« Und versöhnlicher: »Ist dir denn noch nicht der Gedanke gekommen, dass Kilian – wenn er denn tatsächlich der Freund von Cornelia Probst ist – ihr eine Überraschung bereiten möchte?«

Sina sah ungläubig auf: »Du meinst …«

»Ja! Ich meine, dass er den Sekretär unbedingt haben möchte, weil er sein Herzblatt damit überraschen will.«

»Ja, aber dann …« Sina kam sich mit einem Mal töricht vor.

Gabriele griff ihren Gedanken auf: »Dann hast du wirklich nur Gespenster gesehen und alles stellt sich als völlig harmlose Liebelei heraus.«

»Oder es handelt sich bei beiden Fahrzeugen um Dienstwagen aus einer Firmenflotte. Die haben oft die gleichen Buchstabenkombinationen.« Beide Frauen sahen sich um, als sich ihr heimlicher Besuch mit diesem Einwurf bemerkbar gemacht hatte.

»Klaus?« Sinas Gesichtsausdruck war mehr entsetzt als erschreckt. Klaus, ihr Exfreund, Gelegenheitsgeliebter und mitunter auch der meist gehasste

Mensch in ihrem Leben, war so plötzlich aufgetaucht, dass sie prompt einen Schluckauf bekam. Mit Klaus verband sie eine emotionsgeladene Zeit voller leidenschaftlicher Gefühle, aber auch Enttäuschung, Schmerz und missbrauchtem Vertrauen. Und, ja, bis vor Kurzem die Fürsorge für einen gemeinsam angeschafften Hund: Tom musste vor einem halben Jahr eingeschläfert werden, und mit seinem Tod drohten auch die letzten Bande zwischen Sina und Klaus zu zerreißen. – Dass er nun hier war, nahm Sina mit widersprüchlichen Gefühlen auf.

»Firmenwagen?« Gabriele fasste sich als Erste. Sie sah Klaus forschend an und musterte sein klassisches Profil, die klaren Augen, gerade Nase, das volle, dunkle Haar. »Wie lange belauschst du uns schon? Und was ist das für eine Theorie mit den Firmenwagen?«

Klaus, der Charmeur, kam näher, tätschelte Gabis Hand und holte aus: »Firmen, die etwas auf sich halten, lassen bestimmte Buchstabenfolgen auf ihren Nummernschildern für sich reservieren. Das hat dann denselben Effekt wie Initialen eines Namens.«

»Mag sein, aber für was sollte N-HA stehen?«, wollte Gabi wissen. Sina fuchste es, dass sie Klaus' unangekündigtes Auftauchen so einfach akzeptierte und bereitwillig auf seinen ungebetenen Redebeitrag einging – dennoch war auch sie neugierig.

»Das weiß ich nicht«, räumte Klaus ein. »Aber es ist nicht schwierig, das herauszubekommen. Wir müssen uns nur bei der Kfz-Zulassungsstelle erkundigen.«

»Das wäre eine Möglichkeit«, wog Gabriele ab.

»Ja, ganz simpel«, sagte Klaus, zufrieden mit seinem Vorschlag. »Hast du ein Telefonbuch greifbar? Dann rufe ich gleich mal an.«

Sina, der das souveräne Gehabe ihres Ex gar nicht passte, erkannte ihre Chance. Sie griff in die Schublade von Gabrieles Schreibtisch. »Hier hast du dein Telefonbuch. Aber bilde dir ja nicht ein, dass du um diese Uhrzeit noch jemanden in einer Behörde erwischt.«

Klaus vermasselte ihr die Tour, als er das Amt anrief und wider Erwarten einen verspäteten Mitarbeiter an den Apparat bekam. »Hallo? – Ach, das ist ja fein, dass ich noch jemanden erreiche«, meldete Klaus sich übertrieben freundlich. »Es geht nämlich darum: Ich bekomme nächste Woche meinen neuen Wagen. Ein schickes Teil, sage ich Ihnen. Cabriolet – mit einem noch freien weißen Ledersitz für eine hübsche Beifahrerin.« Spätestens jetzt wusste Sina, dass Klaus eine Frau in der Leitung hatte. Sie versetzte ihm einen Tritt mit ihrer Schuhspitze. Doch Klaus säuselte weiter in den Hörer: »Jedenfalls muss jedes Detail passen, wenn ich den Spider abhole. Das Nummerschild soll deshalb meine Initialen tragen. Können Sie das arrangieren? – Was, wie mein Name lautet? Äh, Aust. Hans Aust. – Wie bitte? Die Buchstabenkombination HA ist schon belegt? Das ist aber schade. Da lässt sich nichts machen? – Ach so, eine Firma hat das Kennzeichen reserviert. Die Nürnberger Hotellerie- und Gaststätten-Akademie, NHA. Verstehe. Trotzdem danke für Ihre Mühe. 'nen schönen Abend wünsch ich Ihnen. Vielleicht klappt's ja trotzdem mal mit einer gemeinsamen Spitztour.«

Sina beendete das Gespräch, indem sie ihren Finger auf die Gabel legte. »Du hast überhaupt kein Cabriolet mit Ledersitzen, sondern einen klapprigen Golf, Herr Aust.«

Klaus sah sie pikiert an. »Na und? Das gehörte alles zur Tarnung. Sonst hätte mir das Fräulein vom Amt nie im Leben verraten, wer Autos mit dem Kennzeichen N-HA fährt.«

»Was ist diese Hotelakademie?«, mischte Gabi mit. »Eine Art Interessengemeinschaft, eine Gewerkschaft?«

»Eher ein Schulungszentrum«, meinte Sina zu wissen. »Ich habe darüber neulich mal etwas in der Zeitung gelesen: In der NHA lassen mehrere angesehene Tagungshotels ihre Nachwuchskräfte schulen. Die haben wahrscheinlich ziemlich viele Autos im Einsatz. Es wird schwierig werden, den richtigen herauszupicken.«

»Das glaube ich nicht«, entgegnete Gabriele. »Wir bräuchten nur dort anzurufen und uns nach Rainer Kilian zu erkundigen. Wenn er eine NHA-Limousine fährt, liegt es auf der Hand, dass er dort arbeitet.«

»Klar«, meinte Klaus flapsig. »Aber was bringt euch das? Kilians Job bei einem Hotelverband wird kaum etwas mit seinem Interesse an einem alten Möbelstück und erst recht nichts mit seiner Affäre mit dieser Journalistin zu tun haben.«

Sina nickte. Vielleicht war die ganze Angelegenheit wirklich völlig belanglos, und sie interpretierten viel zu viel hinein. Es war wohl übertrieben gewesen, Gabriele an der Herausgabe des Sekretärs zu hindern. Bloß wegen eines Nummernschilds, das sich nun als völlig harmlos erwies.

Gabriele hegte die gleichen Gedanken. »Wenn Herr Kilian morgen früh vorbei kommt, soll er seinen Sekretär bekommen«, entschied sie. Doch dann trat ein abenteuerlustiges Funkeln in ihre Augen. »Aber vorher werden wir das gute Stück genau unter die Lupe nehmen.«

Klaus lachte auf. »Ihr seid wirklich witzig! Was glaubt ihr denn zu entdecken? Ein Geheimfach mit einem verborgenen Schatz?«

Gabriele strafte ihn mit finsterer Miene. »Wer weiß? Hat es alles schon gegeben.«

»Lächerlich«, kommentierte Klaus, folgte den beiden Frauen aber zurück in den Verkaufsraum.

Der Sekretär stand unverrückt an der Stelle, an der sie ihn zurückgelassen hatten. Schmal, elegant, mit der Patina eines jahrhundertealten Gebrauchsgegenstandes. Gabriele umrundete ihn mehrfach, betrachtete ihn von allen Seiten. Sie ging in die Knie und begutachtete den Boden. Mit beiden Händen fuhr sie tastend die Seiten, die Front und schließlich die Rückwand ab. Sie öffnete die kleinen Schubladen, die zur Unterbringung von Federkielen und Pergamenten gedient hatten. Sie klappte die lederbeschichtete Schreibunterlade aus und wieder ein. Sie klopfte das edel verzierte Holz des bogenförmigen Frontabschlusses ab. – Ohne Resultat.

»Sag ich doch«, triumphierte Klaus. Da ihn beide Frauen mit weiteren bösen Blicken traktierten, sagte er schnell: »Ich muss jetzt eh los.« Er verzog sich eilig. »Bis bald, Mädels.«

»Lass dir ruhig Zeit mit deinem nächsten Besuch!«, rief Gabriele ihm nach.

»Das hättest du dir sparen können«, schalt Sina sie.

»Wenn es doch wahr ist«, gab Gabi zurück. »Er ist und bleibt ein …«

»Na?«

»Ach – schon gut.«

Vom Frust erfüllt, ließ sich Gabriele dazu verleiten, gegen das zierliche Bein des Sekretärs zu treten. Dieser begann bedrohlich zu schwanken. Sofort stützte Sina ihn mit beiden Armen. Durch die plötzliche abrupte Bewegungsänderung fuhr eine der schmalen Schubladen auf. Ehe Gabriele sie halten konnte, rutschte sie aus den schmalen hölzernen Führungsschienen und polterte zu Boden.

»Mist!«, fluchte Gabi. Sie hob die Schublade auf und nahm sie prüfend in Augenschein. »Hoffentlich ist nichts abgesplittert.«

Sina hatte sich genauso erschreckt wie Gabi. Im nächsten Moment jedoch erregte etwas anderes ihre

Aufmerksamkeit. In dem Hohlraum, den die Schublade hinterlassen hatte, war etwas verborgen. Ein sorgsam verschnürtes Bündel Papier. Sina streckte ihre Hände danach aus und hielt es ins Licht der Deckenlampen.

Gabriele legte die Schublade beiseite und starrte jetzt ebenfalls auf den Fund: Es handelte sich um einen ausgebeulten braunen Umschlag im Format DIN-A4, der an den Ecken bereits angestoßen und mehrmals mit einem Bindfaden umwickelt war. »Mach ihn auf«, befahl sie.

Sina zögerte kurz. Dann löste sie die Schnur und fuhr mit ihrem Zeigefinger durch den Falz des Kuverts. Sie schüttete den Inhalt auf die Schreibunterlage des Sekretärs. Zum Vorschein kamen Kopien von behördlichen Dokumenten. Eng beschriebene Seiten, Zahlenkolonnen und Tabellen. Der Inhalt war auf die Schnelle nicht zu ergründen. Eines aber hatten alle Dokumente gemeinsam.

»Siehst du diese Stempel?«, fragte Sina.

»Ich bin ja nicht blind.«

»Das sind – Hammer und Zirkel«, stellte Sina ungläubig fest. »Die stammen wohl aus der Ex-DDR.«

»Und der Vermerk ›Geheim‹ lässt darauf schließen, dass es Akten von der Stasi sind.« Gabriele sah Sina ernst an. »Das gefällt mir gar nicht. Wie kommen die Unterlagen in meinen Schrank?«

»Vielleicht waren sie schon drin, als du ihn eingekauft hast«, mutmaßte Sina.

»Unsinn. Der Sekretär stammt aus einem Nürnberger Nachlass. Die Papiere muss jemand dort nachträglich hineingestopft haben.«

Sina sah sich den Umschlag noch einmal genauer an. Er war stark zerknickt. »Auf jeden Fall wurde er mit Gewalt unter die Schublade geschoben. Wahrscheinlich war derjenige in Eile.« Sie dachte nach. »Sag mal, Gabi, hast du nicht erzählt, dass du Cornelia Probst eine Weile mit dem Sekretär allein gelassen hattest?«

»Ja, weil sie sich so lange nicht entscheiden konnte, wollte ich ihr die Gelegenheit geben …« Nun zog auch sie dieselben Rückschlüsse. »Du spielst darauf an, dass es die Probst gewesen sein könnte?« Gabriele riss die Augen auf. »Aber weshalb? Warum ausgerechnet bei mir? – Und weiß Kilian von diesen Dokumenten?«

Sina kaute auf ihrer Unterlippe herum. »Ich kann mir nur eine Erklärung dafür vorstellen: Cornelia Probst wollte die Unterlagen aus irgendeinem wichtigen Grund verstecken, um sie später zurückzuholen. Deswegen die Reservierung des Sekretärs. Sie wollte verhindern, dass du ihn mitsamt der Dokumente in der Zwischenzeit verkaufst.«

»Gabriele nahm einen der Bögen zur Hand. »Lauter wirres Zeug. Zahlen, Buchungsnummern. Was soll das alles bedeuten?« Dann straffte sie die Schultern. »Jedenfalls werde ich den Sekretär wie geplant morgen früh an Rainer Kilian verkaufen.« Sie lächelte hintergründig. »Allerdings zu einem abermals gestiegenen Preis – und ohne die Dokumente.«

Ans Schlafen war in dieser Nacht nicht zu denken. Dafür waren die beiden Freundinnen viel zu besessen davon, herauszufinden, was es mit den gefundenen Papieren auf sich hatte. Beide schlangen eine Fertigpizza aus dem Tiefkühlfach herunter, breiteten die mysteriösen Unterlagen auf dem Parkettfußboden von Gabrieles Wohnung aus und vertieften sich in deren Inhalt. Während Sina sich auf die Textpassagen der offensichtlich als vertraulich gehandelten Dokumente konzentrierte, war Gabriele sehr bald gefangen von den Zahlen: Riesige Summen in DDR-Währung, die selbst in Westmark umgerechnet gigantische Ausmaße annahmen. Es handelte sich um Aufstellungen von stabilen Reserven, hin und wieder fielen Schlagworte wie ›Feinunze‹ und ›Barren‹. Gabi war bald Feuer und Flamme, ihre Wangen färbten sich rosa.

Sinas Fokus lag dagegen auf der Ermittlung der Quelle dieser Informationen. Wer hatte die Akten zusammengestellt? Und welchen Zweck verfolgte er damit? Die meisten womöglich schlüssigen Zeilen waren geschwärzt oder auf andere Art unkenntlich gemacht worden. Fast alle Namen und Adressen ließen sich zu Sinas Verdruss ohne größeren Aufwand nicht mehr rekonstruieren. Sie hatte die Hoffnung fast aufgegeben, als sie am oberen rechten Rand eines der Blätter ein verschwommenes Adressenfeld fand.

Hier hatte der Ersteller der Kopien geschlampt. Sina hielt das Blatt Papier ganz dicht vor ihr Gesicht. Es gelang ihr, einen Namen zu lesen sowie den Teil einer Anschrift. Die Adresse war unvollständig, doch der Name allein reichte Sina, um Rückschlüsse zu ziehen. Es handelte sich um einen Nürnberger Namen – einen recht bekannten noch dazu. Sina lächelte mit einer gewissen Genugtuung.

7

Klaus hatte sich von Gabrieles Polemik nicht abschrecken lassen – und er brachte sogar frische, duftende Brötchen mit, als er am nächsten Morgen an die Ladentür des Antiquitätengeschäftes klopfte. Zwei angeschlagene Gestalten mit tiefen Augenringen öffneten ihm. »Na, alles paletti?«, fragte er gut gelaunt.

Gabi führte ihn ins Hinterzimmer, wo bereits die Kaffeemaschine gurgelte. Klaus schüttete das frische Gebäck in einen Brotkorb und stellte ihn auf den alten Tisch in der Mitte des Raums. »Für Butter und Marmelade seid ihr zuständig.«

»Pass mal auf, Klaus«, setzte Sina an und biss in ein Brötchen ohne Belag. »Wir sind auf eine große Sache gestoßen.«

»DDR-Unterlagen«, ergänzte Gabriele und nahm sich ebenfalls ein Brötchen, ohne sich um Butter oder Aufstrich zu kümmern. »In dem Sekretär steckten Buchhaltungsauszüge des sozialistischen Regimes.«

Klaus verzog das Gesicht. »So wie du das sagst, klingt es ziemlich abwertend. Ich weiß ja, dass du eine schwarze Seele hast und durch und durch CSU-Frau bist. Aber bring doch bitte ein bisschen Verständnis für Leute wie mich auf: Ich habe nie etwas gegen die DDR gehabt. Und wenn die PDS auch im Westen kandidieren würde, dann …«

»Das sagst ausgerechnet du?«, blaffte ihn Gabriele an. »Du mutierst doch nur zum Linken, weil es gerade in Mode ist. Aber es ist nicht wirklich deine Überzeugung.«

»Da liegst du falsch«, stellte Klaus klar. »Ich bin sogar aktiv und versuche, die sozialistischen Ideen im erzkonservativen Bayern zu vertreten …«

»Lasst doch diese Streiterei«, unterbrach Sina. »Es gibt wichtigere Dinge zu klären. Die Unterlagen, die in dem Sekretär verborgen waren, sind brisant. Wir müssen verantwortungsvoll damit umgehen.« Sie sah abwechselnd Klaus und Gabriele an. »Ich habe die Quelle von Cornelia Probst ausfindig gemacht. Es handelt sich um Werner Engelhardt.«

Klaus' Kinnlade klappte herunter. »Doch nicht etwa um *den* Engelhardt?«

Sina zwinkerte ihm zu: »Genau den. Den stadtbekannten Philatelisten aus der Königsstraße.«

»Was?«, fragte Gabriele, die von dieser Neuigkeit ebenfalls überrascht war. »Das Unikum aus dem Briefmarkenladen mitten in der Altstadt?«

»Richtig.« Sina deutete auf einen Teil der Kopien, der auf dem Tisch ausgebreitet war. »Es geht hier ja offenbar um eine groß angelegte Finanztransaktion aus Zeiten, in denen es zwei deutsche Staaten gab. Ich weiß zwar nicht, was harmlose Briefmarken mit riskanten Finanzdeals zu tun haben, aber Engelhardt hatte wohl einen triftigen Grund dafür, all diese Blätter zu fotokopieren.«

»Ja«, bestätigte Gabriele. »Sonst hätte er wohl

kaum eine kritische Reporterin wie Cornelia Probst davon überzeugen können, sich der Sache anzunehmen.«

»Welcher Sache denn überhaupt?«, fragte Klaus mit ahnungsloser Miene.

»Das wissen wir nicht«, antwortete Sina. »Noch nicht. Wir müssen mit Engelhardt sprechen. So schnell wie möglich.«

»Moment, Moment!« Klaus hob seine Hände. »Wenn ihr davon ausgeht, dass diese Journalistin Cornelia Probst die Unterlagen bei euch deponiert hat, ist ja wohl sie die Erste, die ihr aufsuchen müsst.«

»Das haben wir bereits versucht, aber die Gute scheint ausgeflogen zu sein«, tat Gabriele seinen Vorschlag ab.

»Dann versucht es eben ein zweites Mal«, beharrte Klaus.

Sina wollte schon aus Prinzip widersprechen, doch sie musste sich eingestehen, dass Klaus recht hatte. »Ja«, sagte sie nach sorgfältigem Abwägen. »Gehen wir einen Schritt nach dem anderen. Versuchen wir es noch einmal bei der Probst. Anschließend können wir uns immer noch den Philatelisten vorknöpfen.«

»Erst einmal«, betonte Gabriele, »werde ich aber den Sekretär verkaufen. Kilian müsste jeden Moment da sein.«

Noch bevor der Kunde eingetroffen war, hatte sich Klaus verabschiedet. Sina bewunderte Gabrieles Geschick, Kilian tatsächlich mehr Geld aus den Rippen zu leiern, als dieser vorgehabt hatte auszugeben. Sie zog ihn augenscheinlich über den Tisch und brachte es dennoch fertig, aufrichtig und seriös dabei zu wirken.

»Auf geht's!«, animierte Gabriele sie zum Aufbruch, kaum dass Kilian mit dem Sekretär im Kofferraum aus der Parklücke vorm Laden gefahren war. »Wir haben die traurige Pflicht, Frau Probst mitzuteilen, dass ihr Lieblingsmöbelstück an jemand anders verkauft worden ist.«

»Ob sie diese Kröte schlucken wird?«, zweifelte Sina.

»Wir werden sehen«, meinte Gabriele siegesgewiss.

Dieses Mal fanden sie die Effeltrichter Straße wesentlich schneller. Die kleinbürgerliche Monotonie aus Jägerzäunen und Lebensbaumhecken entlang der Straße wurde heute allerdings durchbrochen durch ein Bild, das die Frauen ganz sicher nicht erwartet hatten. Die Menschen standen vor ihren Häusern, kleine Kinder mit Sandkastenschaufeln in den Händen zwängten sich zwischen den Beinen ihrer Eltern und Großeltern hindurch, die größeren Kids hielten sich ihre Skateboards vor die Brust. Sie alle starrten auf die Fahrzeugkolonne, die sich vor Cornelia Probsts Haus gruppiert hatte: mehrere Streifenwagen, ein Krankentransporter, Autos mit Schriftzügen bekannter Zeitungen und TV-Sendern.

»Was ist denn hier los?«, fragte Sina, worauf Gabriele ihren VW-Bulli am Straßenrand ausrollen ließ und sie fragend ansah.

»Keine Ahnung. Aber es sieht nicht gut aus.«

Sina öffnete die Beifahrertür. »Ich frag mal nach.«

Gabriele hielt sie am Ellenbogen fest. »Nicht so hastig. Wir sollten uns nicht unnötig verdächtig machen.«

»Aber warum? Vielleicht ist Cornelia Probst etwas zugestoßen. Man wird sich doch wohl erkundigen dürfen, oder?«

Gabriele, die genauso neugierig war wie Sina, stimmte schließlich zu: »Aber nur unter einer Bedingung: Du überlässt mir das Reden, und ich suche denjenigen aus, den wir befragen.«

Sina stöhnte auf. »Warum machst du es bloß immer so kompliziert?«

»Weil frau nicht vorsichtig genug sein kann. Wir haben einige seltsame Dinge erlebt in den letzten Tagen. Davon abgesehen bist es sonst meistens du, die unseren Aktionismus bremst.« Mit diesen Worten schwang sie sich aus dem Wagen und steuerte auf den Menschenauflauf vorm Haus der Journalistin zu.

Während Sina spontan jede Menge potenzielle Ansprechpartner ausmachte, hielt sich Gabriele zurück. Sie wartete oder vielmehr, sie lauerte. Sie ließ sich Zeit, um den geeigneten Augenblick und die richtige Person zu finden.

Sina wurde ungeduldig. Als sie eine kleine Gruppe

weiß gekleideter Personen aus dem Haus kommen sah, war es mit ihrer Beherrschung gänzlich vorbei. »Das ist die Spurensicherung!«, zischte sie Gabriele zu. »Die kommen nur, wenn es Tote gibt. Zumindest ist es im Fernsehen immer so.«

»In der Realität wohl auch«, murmelte Gabriele.

»Aber das bedeutet ...« Sina wurde flau im Magen. »Das bedeutet, dass Cornelia Probst ..., dass sie tot ist!«

Gabriele nickte verhalten. »Das würde erklären, warum sie uns neulich nicht geöffnet hat. Und die viele Post in ihrem Briefkasten.«

»Oh Gott!«, stieß Sina aus und hielt sich die Hand vor den Mund.

Gabriele erwog kurzzeitig, ihren Arm um die Schultern der Freundin zu legen. Sie konnte sich denken, was in Sinas Kopf vor sich ging, und es ging ihr ähnlich: Der Tod der Journalistin beunruhigte sie. Er bedeutete zwangsläufig Ärger, Probleme – Gefahr. Sina wollte ganz sicher nicht noch einmal in Bedrängnis geraten, wie damals in Peenemünde. Auch Gabriele hatte absolut nicht das Bedürfnis nach Schwierigkeiten dieser Art.

Genau in diesem Augenblick erspähte sie jemanden, der ihrem Instinkt nach geeignet für ihre Fragen war: Ein junger Mann, schlank, sportlich, mit dunklem Haar und verschmitzten Gesicht, verließ gemeinsam mit einigen Reportern das Haus. Er trug eine Kamera bei sich, war also wahrscheinlich Pressefotograf. Ein freundlicher, vielleicht eine Spur naiver Ausdruck in seinem Blick verleitete Gabriele zu der Annahme, dass er in seinen jungen Jahren noch nicht ganz so abgefeimt und hart war wie seine Kollegen. Sie stupste Sina an und deutete dezent auf den Mann.

»Den?«, erkundigte sich Sina. »Warum willst du ausgerechnet einen Fotoreporter ausfragen? Ist nicht gerade unverdächtig.« Unbewusst spürte aber auch sie, dass Gabi die richtige Wahl getroffen hatte. Der Mann wirkte auf eine gewisse Art vertrauenserweckend.

Sie gingen näher an die Menschenmenge heran und richteten es so ein, dass sich ihr Weg mit dem des Fotografen kreuzte. Als sie nur noch einen Schritt von ihm entfernt waren, täuschte Gabriele vor zu stolpern und stützte sich am Arm des Mannes ab.

»Hoppla«, sagte er überrascht, lächelte die Frauen dabei jedoch freundlich an. Sina fielen sofort seine gutmütigen braunen Augen auf.

»Tut mir leid«, entschuldigte sich Gabriele, um dann gleich mit der Tür ins Haus zu fallen. »Was ist denn da drinnen passiert? Ein Mord?«

Der Mann lächelte noch immer. »Mord? Das habe ich auch gehofft.« Er biss sich auf die Zunge. »Sorry, ich meine: Das habe ich erwartet. Eine Kollegin ist tot aufgefunden worden.«

»Und – äh, wie ist sie gestorben?«, hakte Sina nach. »Wohl ein Unfall?«

»Nicht einmal das«, gab der Fotograf enttäuscht von sich. »Zunächst sah alles sehr verdächtig aus. Die

Polizei hat das volle Programm abgespult und sogar die Presse informiert. Sonst wäre ich ja nicht hier. Es herrscht ein ziemliches Durcheinander in dem Haus. Sieht verdammt nach Einbruch aus. Und die Tote lag im Treppenhaus, als hätte sie jemand überrascht und getötet. Vielleicht erschlagen.«

»Aber so war es dann doch nicht?«, fragte Gabriele.

Der Fotograf schüttelte den Kopf. »Inzwischen hat sich herausgestellt, dass es sich wahrscheinlich um Herzversagen handelt.«

»Sie war aber doch noch recht jung«, warf Sina ein.

»In einem stressigen Beruf wie dem Journalismus kann es einen früh erwischen«, belehrte sie der Fotograf.

»Und die Unordnung? Die Einbruchsspuren? Wie erklären Sie die?«, fragte Gabriele.

»Na ja.« Der Mann rieb sich am Kinn. »Vertreter unserer Zunft gelten als ziemlich chaotisch. Die Kollegin Probst hat wohl nicht besonders viel von einem geordneten Haushalt gehalten.« Er nickte Gabi zu und wollte weitergehen, doch Gabriele hatte eine weitere Frage.

»Halten Sie mich bitte nicht für unverschämt: Aber wäre es möglich, mal einen Blick auf Ihre Fotos zu werfen, nachdem Sie sie entwickelt haben?«

Der Fotograf sah sie erstaunt an. »Das halte ich für keine gute Idee. Cornelia ist gestürzt, nachdem ihr Herz ausgesetzt hatte. Sie schlug mit dem Kopf auf das Treppengeländer – die Aufnahmen vom Ort des Geschehens sind recht blutig.«

»Wir sind einiges gewohnt«, ermunterte ihn Gabriele.

Der Fotograf sah sich unsicher um. »Eigentlich ist es nicht üblich, Zeitungsfotos herumzureichen, noch ehe sie gedruckt sind. Und da es wohl ein natürlicher Tod war, kommen die Bilder wahrscheinlich sowieso nicht ins Blatt.«

»Dann ist doch erst recht nichts Verwerfliches dabei, wenn Sie uns einen kurzen Blick riskieren lassen«, argumentierte Gabriele. »Denn wie Sie selbst sagten: Es war ein natürlicher Tod. Wir pfuschen also in keinen Kriminalfall hinein.«

»Trotzdem«, sagte der Mann bestimmt. »Ich darf und will es nicht. Das wäre ganz sicher nicht im Interesse der verstorbenen Kollegin.«

Gabriele musste zähneknirschend aufgeben. Nicht aber, ohne sich ein Hintertürchen offen zu halten: »Nur für den Fall, dass Sie es sich anders überlegen: Verraten Sie uns Ihren Namen, damit wir Sie vielleicht noch einmal kontaktieren können?«

Der junge Mann zögerte und ließ sich Zeit mit einer Antwort: »Meinetwegen. Mein Name ist Flemming. Paul Flemming. Ich habe ein Fotoatelier am Weinmarkt«, sagte er reserviert. Dann hellten sich seine Gesichtszüge auf, als er Sina vorschlug: »Sie haben eine interessante Ausstrahlung. Ich mache auch Porträtaufnahmen. Wenn Sie Lust haben – schauen Sie bei Gelegenheit mal bei mir rein.«

»Nicht übel, oder?«, raunte Sina ihrer Freundin zu, nachdem sich der Fotograf verabschiedet hatte.

Gabriele, die seine Offerte an Sinas Adresse ein wenig fuchste, zuckte scheinbar desinteressiert die Schultern. »Ein bisschen jung für meinen Geschmack. Aber zugegeben: Aus dem kann noch mal was werden …«

8

Sina hatte ein schlechtes Gewissen, als sie erneut einen Arbeitstag opferte, um mit Gabriele Detektivin zu spielen. Zwar hatte sie nach ihrem ewig währenden Studium noch immer keinen festen Job gefunden, aber sie verdiente als Zeitarbeitskraft bei einem Elektro- und Installationsbetrieb in der Südstadt gutes Geld – aber eben nur, wenn sie Zeit dafür investierte.

Doch Gabi ließ nicht mit sich reden. Bereits am nächsten Morgen wollte sie unbedingt den Philatelisten aufsuchen, der in Cornelia Probsts Unterlagen aufgetaucht war. Sina konnte es ihr nicht einmal verdenken, denn auch sie wollte wissen, in was für ein Wespennest sie unversehens hineingestochen hatten. Und dennoch: So konnte es auf die Dauer nicht weitergehen. Gabriele durfte sie nicht länger für ihre Zwecke einspannen, wie es ihr gerade passte. Dadurch wurde ihr Leben viel zu unstet.

Missmutig begleitete sie Gabriele durch die Altstadt. Sie hatten den Wagen im Parkhaus am Spielzeugmuseum abgestellt und überquerten den Hauptmarkt, ohne Notiz zu nehmen vom bunten Leben rings um die vielen Marktstände mit frischem Obst und Gemüse, Blumen, Metzgerei- und Backwaren.

Der kleine Laden von Werner Engelhardt lag im Herzen eines Gebäudekomplexes am Pegnitzufer, eingezwängt zwischen Filialisten, die Kaffee und Pralinen anboten. Ein Schaufenster mit Briefmarken, eine schlichte Eingangstür – mehr machte das Geschäft nicht her, dennoch kannten die meisten Nürnberger ihn allein wegen seiner zentralen Lage.

Gabriele und Sina traten ein. Eben noch inmitten des geschäftigen Treibens der Fußgängerzone, umfing sie nach Überschreiten der Türschwelle ein Mantel der Ruhe. In dem winzigen Verkaufsraum herrschte eine eigentümliche Stille, die vielen Folianten, Alben und Pappschatullen schienen jeden Laut zu absorbieren. Es roch nach Staub und einem aus der Mode gekommenen Aftershave.

Da niemand zu sehen war, hustete Gabriele demonstrativ in ihre Faust. Gleich darauf fuhr eine unauffällige Schiebetür beiseite, und ein Männlein mit zurückgehendem grauen Haar und starker Brille betrat den Raum.

»Die Damen – was kann ich für Sie tun?«, begrüßte er seine Kundschaft mit heiserer Fistelstimme.

Gabriele überlegte, ob sie einen sanften Einstieg wählen und zunächst mit einem Gespräch über seltene Briefmarken beginnen sollte. Doch sie war nicht der Typ, der gern um den heißen Brei herumredete. »Herr Engelhardt, ich bin eine Kollegin aus der Branche. Doberstein ist mein Name. Ich führe ein Antiquitätengeschäft in der Pirckheimerstraße.«

»Ah«, sagte der schmale Verkäufer etwas ratlos.

»Um gleich offen zu sprechen: Ich bin durch einen

Zufall auf einige Unterlagen gestoßen, deren Inhalt ich nicht richtig einzuordnen vermag«, legte Gabriele ihre Beweggründe dar.

Engelhardts fahles Gesicht nahm einen verkniffenen Zug an. »Was sind das für Unterlagen? Geht es um Philatelie?«

»Das nicht gerade«, antwortete Gabriele.

»Dann weiß ich nicht, warum Sie damit ausgerechnet zu mir kommen«, sagte Engelhardt abweisend.

Gabriele tauschte einen schnellen Blick mit Sina, bevor sie vorschlug: »Wollen Sie sich die Unterlagen einmal ansehen? Wir sind überzeugt davon, dass Sie der richtige Ansprechpartner für uns sind.«

Bevor Gabriele ihre Aktentasche, die sie bis eben unauffällig unter dem Arm getragen hatte, auf den Kassentisch legen konnte, hob Engelhardt abwehrend seine dürren Arme. »Nicht nötig. Sie vergeuden Ihre Zeit. Ich bin ausschließlich auf Briefmarken und Münzen spezialisiert.«

»Aber Sie können doch wenigstens einmal …«, weiter kam Sina nicht, denn Engelhardt unterbrach sie schroff.

»Ich sagte: nein. Versuchen Sie es woanders. Ich habe kein Interesse.«

Gabriele war mehr als enttäuscht über diese herbe Abfuhr. Sie wollte ihren Ton bereits verschärfen und einen neuen Anlauf wagen, als Engelhardt zu einem Schreibblock griff, einen Stift zur Hand nahm und – ohne ein Wort zu sagen – zu schreiben begann.

Die Frauen beobachteten ihn ebenfalls schweigend und warteten ab. Als Engelhardt geendet hatte, riss er den obersten Zettel aus dem Block, faltete ihn zweimal und reichte ihn Gabriele herüber. Dann sagte er mit demselben abweisenden Ton wie zuvor: »Tut mir leid, dass ich Ihnen nicht helfen kann. Versuchen Sie es woanders. Auf Wiedersehen!«

Noch einmal zögerte Gabriele, doch sie sah ein, dass sie klein beigeben musste. Beide Frauen verließen den Laden.

Ratlos standen sie beieinander, bis Sina schließlich drängelte: »Komischer Kauz. Was steht denn auf dem Zettel? Schau doch mal nach!«

»Nicht hier«, entschied Gabriele und schlug den Weg zurück in Richtung Hauptmarkt ein.

Gedankenverloren nahm sie beim Gehen die geschichtsträchtige Kulisse wahr: Rechts das vom Reichsschultheiß Konrad Groß schon 1330 für die Alten und Kranken gestiftete Heilig-Geist-Spital, in dem man heute fränkisch-rustikal mit Pegnitzblick speisen konnte. Linker Hand die Fleischbrücke, deren kühner Schwung der venezianischen Rialto-Brücke nachempfunden war – ein Indiz für die guten Handelsbeziehungen der Stadt nach Italien.

Als sie den Hauptmarkt erreichten, war der Platz mit noch mehr Menschen gefüllt als vorhin. Gabriele sah auf ihre Armbanduhr und zog die richtige Schlussfolgerung: Es war 12 Uhr mittags. Jeden Augenblick würde das berühmte Männleinlaufen beginnen, ein Glockenspiel an der Fassade der Frauenkirche.

Gabriele kannte die tägliche Touristenbelustigung, die bereits seit Anfang des 16. Jahrhunderts an dieser Stelle stattfand, aus dem Effeff. Ein klassisches Figurenspiel: Kirchenstifter Kaiser Karl IV. thronte in der Mitte, Herolde, Stadtmusikanten und ein Ausrufer standen ihm zur Seite und kündeten den hohen Besuch an, indem sie Posaunen hoben, trommelten, Glocken schwangen. Dann folgten die sieben Kurfürsten, deutlich kleinere Figuren als der Kaiser, von dem sie mit einer huldvollen Bewegung seines Zepters begrüßt wurden ...

»Zeig endlich diesen Zettel!«, forderte Sina erneut ungeduldig.

Gabriele zog sich ein Stück weit aus dem Gedränge zurück und meinte, vor der ›Hofpfisterei‹ den geeigneten Platz gefunden zu haben. Sina drängte sich dicht an ihre Seite, als die das Blatt Papier behutsam entfaltete.

Zum Vorschein kamen ein paar in krakeliger Schrift verfasste Zeilen, die sich nur schwer entziffern ließen. Gabriele musste den Zettel weit von sich halten, um angesichts ihrer allmählich einsetzenden Weitsichtigkeit überhaupt etwas lesen zu können.

Doch dann erkannten und begriffen beide die Botschaft Engelhardts. Er hatte einen Ort und eine Zeit notiert. Das ließ nur einen Schluss zu: Er wollte sich mit ihnen treffen. Um mit ihnen außerhalb der Räumlichkeiten seines Geschäfts zu sprechen? Aber weshalb, fragte sich Sina unwillkürlich. Hatte der alte Kauz die Wahnvorstellung, dass er in seinem eigenen

Laden abgehört wurde? Oder war es nur eine verschrobene Allüre von ihm, wollte er etwa mit Sina und Gabi spielen?

»Was meinst du?«, fragte Gabriele, nachdem sie den Zettel wieder zusammengefaltet und weggesteckt hatte. »Sollen wir uns darauf einlassen?«

Sina wusste zunächst nicht so recht, was sie ihrer Freundin raten sollte. Doch dann sprang sie über ihren eigenen Schatten und schlug mit frischem Elan vor: »Warum nicht? Ich wollte schon lange mal wieder ins Autokino. Vielleicht hat Engelhardt ja eine interessante Neuigkeit auf Lager. Gefährlich werden kann er uns zwischen den vielen Leuten dort jedenfalls nicht.«

Gabriele lächelte. »Engelhardt und gefährlich? Dieses dünne Hemd würde ich mit einem Atemzug umpusten. Ich glaube, der hat mehr Angst vor uns, als wir vor ihm haben müssen.« Sie holte tief Luft. »Also gut: Dann machen wir es! Wir fahren heute Abend ins Autokino am Marienberg. – Welcher Film läuft eigentlich?«

»›Der mit dem Wolf tanzt‹, glaube ich. Spielt das eine Rolle?«

»Kommt drauf an, was uns Engelhardt mitzuteilen hat. Könnte ja sein, dass es spannender ist, sich den Film anzusehen, anstatt ihm zuzuhören.

9

Es blieb noch viel Zeit bis zu ihrer Verabredung am Abend – zu viel Zeit, wie Sina meinte. Denn nun, da sie zu Hause in ihrer Wohnung saß, hatte sie nichts Großartiges mehr zu tun: Die Zeitarbeitsfirma schien keine Aufträge für sie zu haben, zumindest hatte sie sich sich nicht mehr gerührt. Und zum Abarbeiten des Berges ungebügelter Wäsche oder anderer dringend fälligen Angelegenheiten hatte sie keine Lust.

Sina hatte also Zeit zum Nachdenken und ließ sich das Gespräch mit dem verschrobenen Briefmarkenhändler noch einmal durch den Kopf gehen. Ob er wirklich etwas mit den Geschehnissen der letzten Zeit zu tun hatte? Das Signet seines Geschäfts auf den Kopien der Journalistin sprach dafür. Andererseits konnte sich Sina beim besten Willen nicht vorstellen, wie sie die Rollen von Cornelia Probst und dem Briefmarkenhändler zusammenbringen sollte. War Engelhardt wirklich die Quelle ihrer Informationen? Wenn ja, war er dann aktiv auf die Presse zugegangen? Nein, sicher nicht, schloss Sina. Denn in diesem Falle hätte er sich wohl auch Gabriele und ihr gegenüber offener gezeigt und nicht so geheimniskrämerisch getan.

Je länger Sina sich die wenigen Minuten, die sie bei Engelhardt verbracht hatten, vergegenwärtigte, desto suspekter kam ihr der Mann vor. Wenn er ihnen etwas zu sagen hatte, warum hatte er das dann nicht gleich getan? Die Masche mit dem zugesteckten Zettel und das Autokino als Treffpunkt muteten bei näherer Betrachtung ziemlich eigentümlich an. Sina kam zu dem Schluss, dass es dafür eigentlich nur zwei Gründe geben konnte: Entweder hatte Engelhardt sie gehörig verschaukelt. Oder aber er wollte sie – aus welchen Gründen auch immer – in eine Falle locken.

Bei diesem Gedanken wurde ihr ganz anders: Sinas Kehle schnürte sich zu, und sie erwog, die Sache abzublasen. Einzig die Gewissheit, dass Gabriele das konspirative Treffen im Autokino notfalls auch ohne sie durchziehen würde, hielt sie davon ab, sie anzurufen und ihr ihre Vorbehalte zu schildern.

Trotzdem wollte sie ihre warnende innere Stimme nicht ignorieren, denn sie hatte aus früheren Fehlern gelernt. Sie spielte den zu erwartenden Ablauf des Abends durch, überlegte, auf welchem Weg sie zum Kino fahren würden. Da kam ihr der rettende Gedanke: Am Leipziger Platz, den sie passieren mussten, wohnte eine alte Freundin von Sina. Zwar hatten beide seit Ewigkeiten nichts mehr von einander gehört, aber es könnte sich lohnen, den Kontakt aufzufrischen, denn ihre Bekannte hatte am Anfang ihres gemeinsamen Studiums eine Zeit lang im Nürnberger Autokino gejobbt.

Sina wollte es nicht dem Zufall überlassen, ihre Bekannte am Abend womöglich nicht mehr anzutreffen, und nahm sich vor, sie jetzt gleich zu besuchen. Sie zog sich eine Jacke über, schob ihr Fahrrad aus dem Hausflur und trat in die Pedale.

Der Leipziger Platz war eingefasst von mehr oder weniger uniformen Blocks: Wohnsilos mit zehn Etagen oder mehr. Sina war sich zunächst nicht sicher, in welchem der Häuser ihre Bekannte lebte. Erst beim dritten Versuch entdeckte sie ihren Namen auf einem der ausufernden Klingelschilder: Katja Bartels. Sina drückte den Klingelknopf, wartete, drückte erneut, bis das Summen des Türöffners ihr den Weg freigab.

Katja Bartels wohnte im fünften Stockwerk. Als sie die Wohnungstür öffnete, war Sina zunächst überrascht. Sie hatte Katja als hübsche, ja, rassige junge Frau in Erinnerung gehabt. Eine mit guter Figur und der Eigenschaft, den Männern den Kopf zu verdrehen. Katja war intelligent und zeichnete sich schon im ersten Semester ihrer kurzen gemeinsamen Zeit an der Uni durch ihre Cleverness aus. Sie galt als Überfliegerin – bis zu ihrer ungewollten Schwangerschaft. Die Katja von heute stand übergewichtig im Türrahmen, hatte tiefe Ränder unter den Augen und trug einen ausgeblichenen Trainingsanzug. An ihre Beine klammerten sich zwei kleine Kinder mit nutellaverschmierten Mündern und glotzten Sina neugierig an.

»Sina?«, fragte Katja Bartels erstaunt.

Sina nickte etwas betreten. »Ja. Lange nicht gesehen, was?«

»Das kann man wohl sagen …«

»Darf ich einen Moment reinkommen?«

Kurz darauf saß Sina auf einem ausklappbaren Sofa, auf jedem Knie eines der Kinder balancierend, und betrachtete die einfache Ausstattung der Wohnung. Katja drückte ihr einen Becher in die Hand. »Musst du noch umrühren«, erklärte sie knapp. »Ist löslicher Kaffee drin.«

Wie hat es so weit kommen können?, fragte sich Sina. Hatte die Schwangerschaft die Lebensplanung der ehrgeizigen Katja durchkreuzt und sie ins gesellschaftliche Abseits bugsiert?

Katja setzte sich ihr gegenüber. »Dass du mich mal besuchst …« Ihre dunklen Augen glitzerten. »Damit hätte ich nie im Leben gerechnet.«

»Na ja«, Sina war verlegen. »Warum denn nicht?«

Katja verschränkte ihre Arme über ihrem üppigen Busen. »Früher dachte ich, du hältst mich für arrogant.«

»Arrogant?« Sina zögerte. »Zumindest dachte ich, du wärst eine Überfliegerin. Du warst super im Studium und hast dir die besten Jungs geangelt – die Sahneschnitten.«

Katja lachte laut auf. »Ja, eine dieser Sahneschnitten hat mich frühzeitig zur Mama gemacht.« Darauf nahm sie Sina eines der Kinder ab und streichelte es liebevoll. »Weil das eine so schöne Erfahrung war, haben wir das wiederholt.«

Bis eben war Sina davon ausgegangen, dass Katja alleinerziehend war. Doch nun erkundigte sie sich:

»Du bist noch mit ihm zusammen? Mit … – wie hieß er?«

»Rolf«, sagte Katja verschmitzt. »Klar. Wir sind ein Paar. Wir haben beide eine Weile ausgesetzt, wegen der Kinder. Aber er holt jetzt sein Examen nach. Dann bin ich dran. Wir werden das schon schaukeln. Irgendwann haben wir auch unser Häuschen im Grünen.« Sie sah Sina mit glücklichem Lächeln an.

»Das wünsche ich dir«, entgegnete Sina und spürte einen leichten Stich, denn Katja hatte sie soeben an ihre eigene Perspektivlosigkeit erinnert. Sie nahm einen Schluck Kaffee und kam auf den Grund ihres Besuchs zu sprechen: »Du hast doch früher mal im Autokino gejobbt.«

Katja machte große Augen. »Autokino? Ja, das ist eine Ewigkeit her.«

»Mag sein, aber viel wird sich dort seitdem nicht verändert haben.«

Katja zuckte die Schultern. »Das weiß ich nicht. Wie kommst du darauf?«

Sina stellte den Kaffeebecher beiseite. »Das kann ich dir ganz genau sagen. Ich müsste wissen, wofür man das Kino nutzen kann, außer, um darin Filme zu sehen.«

Katja war sichtlich verwirrt. Sie brauchte einen Moment zum Rekapitulieren, schickte die beiden Knirpse zum Spielen ins Kinderzimmer und beugte sich vor: »Was man im Autokino so alles treiben kann, willst du wissen?«, fragte sie mit leicht anzüglichem Unterton. »Da kann ich dir einige nette Storys erzählen.«

»Nein, es geht mir nicht um die berühmt-berüchtigte Autonummer.« Sina weihte Katja so weit in ihr Vorhaben ein, dass diese genug wusste, um einen Rat geben zu können.

»Ein Treffen mit einem Mann also«, fasste Katja nachdenklich zusammen. »Einem weitaus älteren Mann noch dazu. – Wenn du mich fragst, klingt das aber doch nach einer Autonummer.«

»Keinesfalls«, widersprach Sina. »So wie ich den Opa einschätze, weiß der nicht einmal, wie Sex geschrieben wird. Nein, er will uns irgendetwas Wichtiges mitteilen und dabei keine ungebetenen Zuhörer haben.«

»Das halte ich für unwahrscheinlich, denn dafür ist euer Treffpunkt nicht besonders gut geeignet. Selbst wenn sein Wagen neben eurem steht, müsste er sich aus dem Fenster beugen und euch seine Geheimnisse laut erzählen, immerhin stehen zwischen den Autos ja die Rufsäulen für den Service.«

»Und wenn er gar nicht selbst mit dem Auto kommt, sondern bei uns mit einsteigt?«, mutmaßte Sina.

»Gut. Das ist möglich. So könntet ihr ungestört plaudern. – Aber dasselbe ließe sich kostengünstiger auf jedem Supermarktparkplatz praktizieren, wo ihr keinen Eintritt für den Film zahlen müsstet.«

»Das stimmt«, sagte Sina. »Es muss also noch einen weiteren Grund dafür geben, warum er ausgerechnet das Autokino ausgewählt hat.«

Katja zog eine Kindersocke aus der Sofaritze und legte sie beiseite. »Wenn ich es mir genau überlege – einen ganz bestimmten Grund wüsste ich schon.«

»Der wäre?«, fragte Sina mit wieder aufkeimendem Interesse.

»Im Gegensatz zu normalen Parkplätzen hat das Kino eine überwachte Zufahrt: Am Kassenhäuschen muss jeder Besucher anhalten und für sein Ticket zahlen. Dort bekommt er auch seinen Funklautsprecher für den Ton.« Sie zwinkerte Sina zu. »Mitunter ist es vorgekommen, dass Pärchen, die eigentlich keine waren, etwas mehr für ihre Tickets bezahlt haben. Für dieses Trinkgeld erwarteten sie einen Tipp, falls nach ihnen ein Fahrzeug mit bestimmtem Nummernschild eintreffen sollte.«

»Du meinst, falls ein gehörnter Ehemann seiner Frau folgte?«

»Ja, oder umgekehrt. Das Autokino wurde sehr gern genutzt von Pärchen, die die verbotene Liebe suchten.«

Sina nickte zufrieden: »Unser Mann will also sicherstellen, dass er nicht verfolgt wird.«

»Klingt mir schwer nach Paranoia, wenn du mich fragst«, meinte Katja argwöhnisch. »Bist du sicher, dass er nicht doch auf eine schnelle Nummer aus ist?«

»Dieses Wichtelmännchen? Mit zwei gestandenen Weibsbildern gleichzeitig? Nie im Leben!«

Aus dem Flur erklang herzzerreißendes Kindergeschrei. Katja stand auf, behielt aber ihre Ruhe bei.

»Dann wünsche ich dir viel Glück für heute Abend. Ruf mal an und erzähl mir, was der komische Kauz wirklich von euch wollte.«

»Mal sehen«, antwortete Sina ausweichend. Sie sah auf die Uhr. Noch drei Stunden bis zu ihrer Verabredung.

10

Vielleicht lag es am Kevin-Costner-Film, vielleicht auch an der milden Witterung: Vor der Einfahrt des Autokinos Marienberg standen die Autos Schlange. Gabriele reihte sich mit ihrem VW-Bus ein und murrte. Sie waren spät dran, und dass sie nun auch noch warten mussten, brachte den Zeitplan durcheinander.

»Was hat Engelhardt geschrieben? Wo genau ist der Treffpunkt?«, fragte sie mit kaum unterdrückter Aggression in der Stimme.

»Er hat eine Position in der fünften Reihe für uns reserviert«, antwortete Sina. »Im Übrigen kann ich nichts dafür, wenn wir zu spät kommen. Ich war pünktlich in deinem Laden.«

»Ja, schon gut, Kleines. Ich wollte dich nicht anmotzen. Aber ich habe für dieses obskure Treffen einen Kunden vor die Tür setzen müssen und mich womöglich um ein gutes Geschäft gebracht.«

»Tja, Pech gehabt«, gab Sina lapidar zurück.

Endlich passierten sie die Kasse und fuhren auf das weitläufige Areal, das durch Flutlichter hell erleuchtet war. Die riesige Asphaltfläche war durch weiße Markierungen in Reihen und Parkparzellen unterteilt. Dominiert wurde die Freifläche durch eine gigantische, nach innen gewölbte Projektionsfläche. Sie hatte Ausmaße, hinter der sich jede herkömmliche Kinoleinwand verstecken konnte.

»Wow!«, entfuhr es Sina. »Nicht übel. Dagegen ist mein kleiner Röhrenfernseher zu Hause ja gar nichts.«

Gabriele quittierte Sinas Bemerkung mit einem weiteren Grummeln und steuerte den VW-Bus in die auf dem Ticket vorgegebene Parklücke. Kaum hatte sie den Motor abgestellt, erlosch das Flutlicht. Sina nestelte an dem Funklautsprecher, worauf eine scheppernde Stimme ertönte und Werbung für Eiscreme und Popcorn machte. Auf der riesigen weißen Wand erschien ein in überdimensionalen Lettern gesetzter Willkommensgruß.

Sina blickte sich um. Rechts neben ihrem Bus stand ein roter Ford Sierra mit Rallyestreifen. Die Insassen, zwei junge Männer, waren gerade damit beschäftigt, Bierdosen zu öffnen. Auf der anderen Seite parkte ein Mercedes Kombi. Ein älteres Ehepaar hielt den Blick konzentriert geradeaus auf die Filmfläche gerichtet. Durch den Rückspiegel sah Sina einen VW Golf, auf dessen Vordersitzen ein junges Paar knutschte. In dem Wagen vor ihnen, einem dunklen Volvo, konnte sie nicht viel erkennen. Sie sah nur das kurze, rötlich schimmernde Haar eines einzelnen Mannes. Kräftig gebaut mit einem Stiernacken. Ein einsamer Cineast.

Die Luft ist rein, dachte sich Sina. Doch wo blieb Engelhardt? »Meinst du, er kommt noch?«, fragte sie Gabriele.

»Warten wir's ab.« Gabi lehnte sich zurück und verschränkte die Arme.

Nachdem der obligatorische Werbeblock vorüber war und die Eingangssequenz von ›Der mit dem Wolf tanzt‹ anlief, begann Sina, den eigentlichen Grund ihres Kinobesuchs allmählich zu vergessen. Sie tauchte ein in die Welt der Indianer, die Kevin Costner in seinem Film so ganz anders darstellte, als es die üblichen Western aus Hollywood machten. Eine ernsthafte Auseinandersetzung mit der Kultur und Soziologie der amerikanischen Ureinwohner – und eine spannende Romanze noch dazu.

Sina ließ sich ganz auf den Film ein, fieberte mit Costner und lauschte der einfühlsamen Musik von John Barry. Sie hatte abgeschaltet und ihre Erwartungshaltung an diesen Abend auf Null reduziert. Dies war der Moment, als sich die Tür des Wagens öffnete.

»Herr Engelhardt!«, stieß Gabriele mehr erschrocken als überrascht aus.

»Ja, guten Abend«, nuschelte er und beeilte sich, einzusteigen. Auf der Rückbank nahm er Platz. »Könnten Sie dieses Ding«, er deutete auf den Lautsprecher, »könnten sie das bitte leiser drehen?«

Sina gehorchte und sah den späten Besucher erwartungsvoll an. Denn wirklich gerechnet hatte sie mit seinem Erscheinen nicht mehr. Auch Gabriele war nun höchst konzentriert und voll der Neugierde. »'n Abend, Herr Engelhardt. Seltsamer Ort für ein Meeting, meinen Sie nicht auch?«, fragte Sina.

Der Philatelist ging darauf nicht ein. »Ich werde nicht lange bleiben. Also hören Sie mir gut zu.« Er wirkte aufs Äußerste gespannt und nervös. »Frau Probst hat Ihnen die Unterlagen übergeben. Sie haben Sie gelesen und wissen um ihre Brisanz.«

»Nein«, widersprach Gabriele deutlich. »Von wegen übergeben. Wir haben diese Papiere durch Zufall entdeckt und sind nicht schlau geworden aus deren Inhalt.«

Engelhardts Wangenmuskeln zuckten. »Glauben Sie mir: Die Unterlagen waren für Sie bestimmt. Sie enthalten alle wichtigen Informationen über die Goldreserven. Alles, was Sie für die Fortsetzung Ihrer Recherchen benötigen.«

»Augenblick!«, schaltete sich Sina ein. »Wovon sprechen Sie überhaupt? Wir sind keine Journalisten. Wir stellen keine Recherchen an.«

Gabriele schob sie beiseite. »Sagten Sie gerade etwas von Gold?«, fragte sie durchaus freundlich.

Engelhardt nickte verhuscht. »Ja, ich spreche von den Goldreserven der DDR. Cornelia Probst hatte von Ihren Aktivitäten auf Usedom erfahren. Sie nahm an, dass wir bei Ihnen an der richtigen Adresse seien, um unsere Bemühungen mit Ihrer Hilfe fortzusetzen.«

»Ich weiß gar nicht, wovon Sie reden«, sagte Sina verwirrt. Angesteckt von Engelhardts Nervosität blickte sie sich wieder um, sah das innig schmusende Pärchen im Rückspiegel, die beiden Jungs mit den Bierbüchsen nebenan, das ältere Ehepaar im Nachbarauto – nur der Rothaarige im Volvo vor ihnen war nicht zu erkennen. Womöglich war er einge-

schlafen und hatte sich mit dem Kopf auf den Bei-
fahrersitz gelegt.

»Ich rede von 21 Tonnen Gold, die nach der Wie-
dervereinigung verschwunden sind«, präzisierte
Engelhardt.

Gabrieles Kinnlade klappte herunter. »21 Tonnen ... Gold?«

»21,2 Tonnen, um genau zu sein.«

»Aber, das sind ja ...« Gabriele lief vor Aufregung
rot an. »Lassen Sie mich schnell mal überschlagen:
Das ist eine halbe Milliarde Mark!«

»523,5 Millionen D-Mark waren es zum Zeitpunkt
des Mauerfalls«, rechnete Engelhardt vor.

Sina drehte den Rückspiegel jetzt so, dass sie
Engelhardt darin sehen konnte, ohne sich ständig
umdrehen zu müssen. »Ich verstehe noch immer
nicht, warum Sie das gerade uns erzählen. Warum
sollten wir uns für DDR-Gold interessieren?«

Gabriele versetzte ihr einen Stoß mit dem Ellenbogen. »Gold interessiert uns immer. Erzählen Sie
weiter, Herr Engelhardt.«

Der Mann räusperte sich. »Frau Probst hat in dieser Angelegenheit recherchiert, speziell ging es ihr
um den 3. Dezember 1989.«

»Was ist an diesem Tag passiert?«, wollte Gabriele wissen.

»Es war der Tag, an dem sich Alexander Schalck-
Golodkowski des Delikts der Republikflucht aus der
DDR schuldig gemacht hatte.«

»Der berüchtigte Devisenbeschaffer der Deutschen

Demokratischen Republik?«, versicherte sich Gabriele.

Engelhardt nickte. »Ja, der Hüter des DDR-Staatsschatzes. Er hatte den Nimbus des größten Außenhandelsexperten des Landes, weil ihm die Milliardengewinne der KoKo-Unternehmen zugeschrieben wurden, die im nichtsozialistischen Wirtschaftsgebiet erzielt wurden. Er war Verwalter eines riesigen Vermögens, von dem die meisten DDR-Bürger nichts ahnten. Im Keller der KoKo-Schaltzentrale sollen 16.000 Goldbarren verwahrt worden sein.«

»Schön und gut«, sagte Sina mit aufkeimender Ungeduld. »Was passierte mit dem Gold, nachdem Golodkowski seinem Land den Rücken gekehrt hatte?«

Engelhardt wirkte mit einem Mal noch nervöser. »Das ist der springende Punkt. Die DDR-Staatsanwaltschaft forderte im Dezember 1989 die Prüfung der KoKo-Bereiche an. Eine gründliche Finanzrevision. Aber Frau Probst ist beim Einsehen der Unterlagen auf große weiße Flecken gestoßen.«

»Das heißt, jemand hat etwas vertuscht?«, mutmaßte Sina.

»Egal«, fuhr ihr Gabriele über den Mund. »Wichtig ist in erster Linie, was mit dem Gold passiert ist. Können Sie die Geschichte vielleicht etwas abkürzen?«, bat sie mit kaum unterdrückter Gier.

Sina aber wollte sich nicht in die Parade fahren lassen. Energisch brachte sie vor: »Nein, wichtiger ist nach wie vor die Frage, was wir mit all dem zu tun haben. Und auch, welche Rolle Sie dabei spielen. Ein Philatelist, der sich mit Staatsfinanzen beschäftigt – wie passt das zusammen?«

Engelhardts Blicke wanderten zwischen den beiden Frauen hin und her, bevor er an Sina gerichtet sagte: »Frau Probst suchte nach weiteren Informanten für ihre Recherchen. Sie hatte erfahren, dass Sie beide bereits selbst Kontakt mit der Organisation hatten, die auch für die Unterschlagung des DDR-Golds verantwortlich zeichnet.«

»Wir?«, fuhr Sina auf. »Sie sprechen doch nicht etwa von Peenemünde?«

Engelhardt ging nicht darauf ein. »Was meine eigene Rolle anbelangt: Ich war Führungsoffizier der Stasi im verdeckten Dienst. Ich habe von Nürnberg aus jahrelang …«

Weiter kam er nicht, denn die Schiebetür des VW-Busses wurde mit einem heftigen Ruck aufgerissen. Sina und Gabriele zuckten zusammen, als ein kühler Luftzug in den Innenraum des Transporters strömte. Obwohl das flaue Lämpchen der Innenbeleuchtung die einzige Lichtquelle war, erkannte Sina den bulligen, rothaarigen Mann sofort: Es handelte sich um den Fahrer des Volvos, der wie aus dem Nichts aufgetaucht war und jetzt unvermittelt neben ihrem Wagen stand.

Engelhardt hob schützend die Arme vor den Kopf, als wolle er einen Angriff abwehren. Doch der unerwartete Besucher lächelte nur und entblößte dabei eine Reihe großer, weißer Zähne.

Er hob die rechte Hand, in der er die mobile Lautsprecheranlage für den Kinoton hielt. »'Tschuldigung«, sagte er mit einer sonoren Bassstimme. »Mein Ding gibt keinen Mucks von sich. Ist Ihres okay?«

Engelhardt saß wie erstarrt auf der Rückbank, während Sina und Gabriele sich langsam von ihrem Schreck erholten. Gabi drehte am Tonregler ihres Lautsprechers, woraufhin Indianergesang den Innenraum des Busses erfüllte.

Der Rothaarige legte seine flache Stirn in Falten. »Na, dann hat meins wohl den Geist aufgegeben. Ich hol mir ein neues an der Kasse.« Er wandte sich zum Gehen, machte dann jedoch noch einmal kehrt. Mit seiner freien Hand holte er aus und schlug dem verängstigten Engelhardt kräftig auf die Schulter. »Vielen Dank für den Tipp, alter Knabe!« Gleich danach war er in der Dunkelheit verschwunden.

Gabriele lachte erleichtert auf. »Na, das war ja eine seltsame Begegnung. Der Kerl hat einem einen gehörigen Schrecken eingejagt, was?«

Sina nickte verhalten. »Das kann man wohl sagen.« Nachdenklich fügte sie hinzu: »Seltsam ist vor allem, warum er sich bei Ihnen bedankt hat, Herr Engelhardt. Sie haben doch gar nichts zu ihm gesagt.«

Engelhardt rieb sich die Schulter. »Ja, komisch. – Kannten Sie den Mann?«

»Ich?« Sina war verwundert. Und doch hatte sie sich insgeheim genau diese Frage selbst gestellt. Kannte sie ihn? Die roten Haare, die kompakte

Statur? Der Mann hatte den Eindruck gemacht wie ein …

Engelhardt stöhnte plötzlich auf. Abermals rieb er sich die Schulter.

»Was ist?«, fragte Gabriele. Auch Sina war besorgt, während sie aus den Augenwinkeln beobachtete, wie der Volvo vor ihnen gestartet wurde und langsam davonrollte.

»Au …« Engelhardt wirkte nun noch zerbrechlicher, als er ohnehin war. »Mir ist schwindelig.«

In Sinas Kopf platzte ein Erinnerungsknoten nach dem anderen, während sie mit ansah, wie Engelhardt langsam in sich zusammensank. Rotes Haar, Stiernacken, die tiefe, brummige Stimme. Ein Typ wie ein irischer Bauer …

Gabriele fing Engelhardt auf, kurz bevor er vornüber gekippt wäre. »Um Himmels willen, was ist mit Ihnen los?«

Sina war sich jetzt sicher: Sie hatte den Rothaarigen schon einmal gesehen. Im Bunker auf der Insel Usedom! Er war einer ihrer damaligen unbekannten Peiniger gewesen! Prompt wurde sie von einem eiskalten Schauder erfasst.

»Sina, Kind, tu doch was!«, rief Gabriele, die den keuchenden Engelhardt in ihren Armen hielt.

Sina schaltete sofort, betätigte die Rufsäule für den Service: »Ein Notfall! Wir brauchen einen Krankenwagen! Das ist kein Scherz! Beeilen Sie sich!« Dann half sie Gabriele damit, Engelhardt in eine stabile Lage zu bringen.

Er begann zu husten. Sein Körper verkrampfte sich. Mit wirrem Blick sah er auf. »Sie müssen ...«, begann er zu reden, kam aber nicht weiter.

»Was wollen Sie uns sagen?«, fragte Gabriele fürsorglich. Eindringlicher fügte sie hinzu: »Geht es um das Gold?«

»Schmid...«, stammelte Engelhardt und begann am ganzen Leib zu zittern.

»Schmied?«, fragte Gabriele. »Meinen Sie einen Goldschmied?«

Sina stieß sie beiseite. »Konzentrieren Sie sich bitte, Herr Engelhardt. »Von wem sprechen Sie?«

»Schmid..., Schmidbauer«, presste Engelhardt unter heftigem Röcheln hervor. »Emil Schmidbauer.« Sein Atem rasselte, die nächsten Worte waren kaum mehr zu verstehen. »Achten Sie ...« Er hustete schwach. »Achten Sie auf die Steine. Backsteine ...« Sein schmaler Körper bäumte sich auf und fiel gleich darauf in sich zusammen.

»Herr Engelhardt!«, rief Gabriele, und es klang in Sinas Ohren beinahe vorwurfsvoll.

»Verfluchter Mist!«, entfuhr es Sina. »Was sollen wir jetzt machen?« Sie starrte auf den erschlafften Körper vor ihnen. »Der ist tot, oder?«

»Bin ich Ärztin?«, keifte Gabriele. »Aber ich schließe mich dir an: verfluchter Mist!«

Das Geheul des Notarztwagens störte den Showdown des Films und vermasselte wohl etlichen Besuchern des Autokinos den Rest des Abends. Sina und

Gabi aber waren froh, als sie die Verantwortung abgeben konnten und der kollabierte Engelhardt in fachmännische Hände übergeben wurde.

Eine sehr junge Notärztin gab sich redlich Mühe, dem Körper letzte Lebensreste abzutrotzen, bevor sie völlig außer Atem und um Fassung ringend aufgab. »Herzversagen«, urteilte sie abschließend, »da kommt jede Hilfe zu spät.«

11

Sina zog die Reißverschlüsse ihrer Stiefel auf. »Ich bin völlig erledigt«, stöhnte sie.

Gabriele wollte es ihr gleichtun. Denn sie freute sich nach dem schlimmen Erlebnis im Autokino auf die Ruhe ihrer Wohnung, um die Ereignisse verarbeiten zu können. Doch dann besann sie sich auf eine andere Möglichkeit. »Zieh die Stiefel wieder an, Sina«, befahl sie. »Wir bleiben nicht bei mir. Auf den Schreck brauche ich etwas Deftiges zu essen. Ich kenne einen guten Griechen in Schoppershof. Bei dem kriegen wir um diese Uhrzeit noch würziges Bifteki oder herzhaftes Moussaka.« Mit leisem Murren zog Sina die Reißverschlüsse wieder zu.

Zehn Minuten später saßen sie im schummrig beleuchteten Gastraum des Griechen. Sie waren die letzten Gäste, wurden aber herzlich aufgenommen, auch wenn die Wirtsfamilie selbst sich daran machte, nach getaner Arbeit ausgiebig zu tafeln. Die beiden Frauen profitierten davon, denn anstatt ein Standardgericht von der Karte serviert zu bekommen, tischte der Kellner ihnen Kostproben des Familienessens auf.

Zwischen gefüllten Weinblättern und frittierten Sardinen mutmaßte Sina: »Das ist doch nicht normal, dass man einfach so an Herzversagen stirbt.«

Gabriele kräuselte die Stirn. »Nicht normal, sagt

du? Leider doch. Fest steht, dass Herz- und Kreislauferkrankungen hierzulande die häufigsten Todesursachen sind. Gesund und munter sah Engelhardt ja wirklich nicht aus.«

»Schon, aber deshalb muss er nicht gleich tot umfallen, kaum dass wir ein paar Worte mit ihm wechseln«, ereiferte sich Sina. »Meinst du, dass die Aufregung zu viel für ihn war? Und dann der Schreck, als plötzlich dieser große Kerl am Wagen aufkreuzte …«

»Mag sein«, wog Gabriele ab. »Aber was soll's? Lebendig machen können wir ihn nicht.« Sie hielt kurz inne und fügte hinzu: »Schau mich nicht so vorwurfsvoll an. Meine Trauer hält sich in Grenzen, immerhin kannte ich Engelhardt kaum.« Sie schob sich die nächste Weinblattrolle in den Mund. Während sie noch kaute, redete sie weiter: »Weißt du, all das Zeug, das er gefaselt hat, über DDR-Gold und Geldschiebereien – das klang schon sehr nach Spinnerei.«

»Ihm war es aber sehr ernst damit. Er hat daran geglaubt, was er sagte«, hielt Sina dagegen. Sie konnte es nur schwer nachvollziehen, wie leicht ihre Freundin mit dem Tod eines Menschen fertigwerden konnte.

»Vielleicht hat er es nicht verwinden können, dass seine Spitzeldienste für die Stasi im wiedervereinigten Deutschland nicht mehr vonnöten sind«, blieb Gabi skeptisch.

»Du meinst, Engelhardt hat sich das alles nur ausgedacht? Eine Verschwörungstheorie, auf die selbst eine erfahrene Journalistin wie Cornelia Probst hereingefallen ist?« Sina spießte eine Sardine auf ihre Gabel. »Aber warum hat er uns dann einen konkreten Namen genannt? Emil Schmidbauer – wir brauchen doch nur ins Telefonbuch zu schauen und diesen Schmidbauer anzurufen, und schon würde die ganze Lügengeschichte auffliegen.«

Gabriele zuckte die Achseln. »Wahrscheinlich ja. Der Name kommt mir vage bekannt vor. Ist das nicht ein Politiker?«

»Zumindest kein Kanzler und auch kein Minister. Ich kenne ihn jedenfalls nicht.«

»Doch, doch, der Name ist mir geläufig. Aus der Zeitung oder aus dem Fernsehen – ich kann ihn im Moment nur nicht unterbringen.« Sie klopfte sich mit der Fingerspitze gegen die Stirn, als wollte sie ihrem Erinnerungsvermögen damit auf die Sprünge helfen. Schließlich meinte sie: »Hör mal, Schätzchen, das mit dem Telefonbuch ist gar keine schlechte Idee von dir. Neben den Gästetoiletten hängt ein Fernsprechapparat. Da liegt sicher eines. Schlag den Namen Schmidbauer bitte mal nach.«

Sina machte große Augen. »Ich? – Und was machst du in der Zwischenzeit?«

Gabriele grinste selbstgefällig. »Ich bestelle uns den nächsten Gang.«

Sina gehorchte und zog mit leicht säuerlicher Miene ab. Sie ging aufs Klo, verbrachte einige Zeit vor dem Spiegel und nahm sich dann das Telefonbuch neben dem öffentlichen Fernsprecher, einem altmodischen Münztelefon, vor. Unter S stieß sie sehr bald auf den

Namen Schmidbauer, der in Nürnberg üppig vertreten war. Es gab promovierte Schmidbauers ebenso wie einen Frisiersalon gleichen Namens, einen Metzger und ein Anwaltsbüro. Sina fuhr mit dem Finger die lange Liste ab, stieß auf Familien mit fünf Vornamen, Paare und einzelne Personen, darunter aber kein Emil. Auch bei den abgekürzten Vornamen wurde sie nicht fündig. Ein E war nicht dabei.

Als sie zurück zu ihrem Platz ging, beobachtete sie überrascht, wie Gabriele gerade beim Kellner zahlte. Sina beeilte sich, schnell zum Tisch zu kommen: »Hey, wir waren doch gerade erst bei der Vorspeise!«, beschwerte sie sich.

»Ich habe etwas entdeckt«, erklärte Gabriele die plötzliche Eile, nachdem der Kellner gegangen war. Sie deutete auf eine Zeitung, die mit einem hölzernen Bügel zusammengehalten wurde. »Das ist die aktuelle Ausgabe der Nürnberger Nachrichten. Sie hing an dem Zeitungsständer neben der Garderobe.«

»Ja«, sagte Sina verwundert. »Und?«

»Ich wusste doch, dass ich den Namen Emil Schmidbauer schon irgendwo aufgeschnappt hatte.« Gabriele tippte auf einen Artikel in der Mitte der aufgeschlagenen Seite. »Ich bin gerade durch Zufall darauf gestoßen. Was für ein Glück! Hier haben wir ihn, unseren Emil!«

Sina verstand noch immer nicht, schaute sich den Bericht nun aber näher an. Es handelte sich um einen Artikel über die Treuhand-Gesellschaft. Ein typischer Text aus dem Wirtschaftsteil, wie er Sina eigentlich überhaupt nicht interessierte. Aber bereits in der Überschrift war der Name erwähnt, der auch Sina sogleich elektrisierte: Emil Schmidbauer.

»Na, was sagst du dazu?«, fragte Gabriele nach Lob heischend.

Sina unterdrückte eine freudige Reaktion. »Nichts. Den Nachnamen gibt es wie Sand am Meer und dass der Vorname stimmt, kann ein Zufallstreffer sein.«

»Das mag schon sein«, meinte Gabriele eingeschnappt. »Aber du weißt doch: Lesen bildet. In diesem Bericht steht auch etwas darüber, womit sich dieser Emil Schmidbauer bei der Treuhand beschäftigt oder zumindest einige Zeit beschäftigt hat.«

»So?« Sina wollte nun mehr wissen und zog die Zeitung zu sich herüber: Schmidbauer war eine wichtige Figur innerhalb der staatlichen Organisation, die mit der Abwicklung von ehemaligen DDR-Unternehmen, Kombinaten, Kollektiven und der Landwirtschaftlichen Produktionsgenossenschaft beauftragt war. Er spielte eine Schlüsselrolle innerhalb der Organisation und war – so suggerierte es zumindest der Artikel – auch mit vertraulichen internen Angelegenheiten der Treuhand betraut. Seine augenblickliche Aufgabe bestand in der Überführung der DDR-Staatsbank ins gesamtdeutsche Bankenwesen. Sina grübelte. Dann hob sie ihren Blick. »Interessant. Aber wie kommst du darauf, dass genau dieser Schmidbauer unser Mann ist? In dem Text wird das Stichwort ›Gold‹ mit keiner Silbe erwähnt.«

Gabriele wirkte eher nachdenklich denn bestimmend, als sie antwortete: »Kann sein, dass ich wirklich danebenliege. Aber ich bezweifle, dass wir einen zweiten Emil Schmidbauer finden werden, der in ähnlich intensiver Weise mit dem Thema DDR-Vermögenswerte verwoben ist, wie dieser Mann aus der Zeitung. Es wäre also auf jeden Fall den Versuch wert, mal mit ihm zu sprechen.«

Sina musste zugeben, dass Gabriele nicht ganz unrecht hatte. »Na gut. Vielleicht sollten wir es wirklich probieren. Wo wohnt er denn, der Herr Schmidbauer? Erlenstegen, am Schmausenbuck oder in welcher anderen Nürnberger Nobelgegend? Wahrscheinlich hat er eine Geheimnummer. Im Telefonbuch habe ich ihn jedenfalls nicht finden können.«

Gabriele hob die Brauen. »Emil Schmidbauer hat mit Nürnberg nicht das Geringste zu tun. Wir müssen nach Berlin, wenn wir ihn sprechen wollen.«

»Berlin?«, stieß Sina überrascht aus. »Wie kommen wir denn da hin?«

»Mit dem Zug oder besser noch mit dem Flugzeug«, antwortete Gabriele, die sich über das verdutzte Gesicht ihrer Freundin amüsierte. »Ehe du fragst, wer sich in der Zwischenzeit um meinen Laden kümmert: Die Antwort lautet Friedhelm. Er hat sich inzwischen ja recht gut eingearbeitet.«

Sina war überrascht vom plötzlichen Übereifer ihrer Freundin. »Treibt dich wohl die Neugierde?«, fragte sie ziemlich verhalten.

»Eher das Kalkül«, antwortete Gabriele listig schmunzelnd. »Sieh mal, in erster Linie bin ich

Geschäftsfrau. Wenn in Engelhardts Worten nur ein Fünkchen Wahrheit steckt, handelt es sich um eine ganze Menge Gold. Schon ein Bruchteil davon könnte uns zu zwei sehr wohlhabenden Damen machen. Aber wie immer im Business, muss ich wohl zunächst investieren, um in dieses Geschäft einsteigen zu können.«

Sina kratzte sich am Kopf. »Wie stellst du dir das vor?«

»Ich bin weder eine Draufgängerin …«

»Wie man's nimmt!«, warf Sina ein.

Gabriele schüttelte entschieden den Kopf, »… noch spiele ich gern Roulette. Daher setze ich uns ein Limit, mit dem wir bei unserer Exkursion auskommen müssen.« Etwas kleinlauter fügte sie hinzu: »Ich hoffe, dass ich diese Investition später wieder herausbekomme.«

Sina ließ Gabis Worte auf sich wirken. »Klingt sehr vernünftig. Fast *zu* vernünftig.«

»Ja, schließlich will ich alte Fehler nicht wiederholen. Nun lass uns aber gehen. Wir müssen morgen früh aus den Federn, um mit den Vorbereitungen loszulegen.«

Gabriele erhob sich zum Gehen, als Sina sie am Ärmel fasste. »Moment noch«, sagte sie mit ernstem Gesicht. »Dieser Typ vorhin …«

»Von wem sprichst du?«, fragte Gabi und befreite sich aus Sinas Griff.

»Na, von dem Mann, der plötzlich am Wagen aufgetaucht war.«

»Was soll mit dem gewesen sein? Er hatte ein etwas unglückliches Auftreten, aber sonst?«

Sina zögerte. »Dieser Mann … groß, Stiernacken, helle Haut und rötliche Haare. Ich glaube, ich habe ihn schon einmal gesehen.«

Gabriele lächelte. »Wo denn? Im Irish Pub?«

Sina nickte ängstlich. »Ja, irisch hat er wahrhaftig ausgesehen. Wie ein irischer Bauer.« Sie wurde blass. »Einer der Fremden damals, im Bunker, war vom gleichen Schlag.«

Auch Gabriele wich die Farbe aus dem Gesicht. »Du willst doch nicht etwa sagen, dass … dieser Kerl soll einer der Männer aus dem Peenemünder Bunker gewesen sein? Bist du dir sicher?«

»Nein, es ist nur ein Gefühl. Vielleicht Einbildung – aber allein die Vorstellung jagt mir einen Heidenschreck ein.«

Gabriele strich ihr sanft übers Haar. »Das kannst du laut sagen. Eine beunruhigende Vorstellung.« In aufmunterndem Tonfall schlug sie vor: »Lass uns unsere Reise damit verbinden, um ein paar Tage auszuspannen und Urlaub zu machen. Wie heißt es so schön: Berlin ist immer eine Reise wert!«

12

Gabriele buchte den Flug im Reisebüro gegenüber dem Alten Rathaus. Danach ging sie quer durch die Altstadt zum Lorenzer Platz. Unmittelbar neben dem monumentalen Sakralbau St. Lorenz war der Hauptsitz der Sparkasse, wo sie einen Termin mit Fritz Wonker vereinbart hatte. Fritz war ein alter Schulfreund, mit dem sie das Labenwolf Gymnasium besucht hatte. Außerdem war er Anlagenberater und deshalb Gabis erste Wahl bei ihrer Suche nach einem vertrauenswürdigen Gesprächspartner.

Gabi durchquerte die helle hohe Haupthalle und fuhr mit einem gut gepflegten gläsernen Fahrstuhl im original 5oer-Jahre-Stil ins obere Stockwerk. Fritz Wonker, klein, füllig und mit über dem Bauch spannendem Hemd, kam ihr im Flur entgegen und begleitete sie munter plappernd in sein Büro.

Nach einem – Gabrieles Empfinden nach – viel zu langen Smalltalk über die ›alten Zeiten‹, stellte Fritz endlich die erhoffte Frage: »Also, Gabi, was kann ich für dich tun? Du willst investieren? In Gold, ist das richtig? Dann bist du auf jeden Fall auf der sicheren Seite.« Er beugte sich zu ihr vor und verkündete im konspirativen Flüsterton: »Die beste Versicherung gegen staatliche Willkür.«

Gabi heuchelte Interesse für die Anlageformen

des Geldinstituts vor, kehrte kurz darauf jedoch die zögernde Skeptikerin heraus: »Das sagt sich alles so leicht. Aber bevor ich euch mein schönes Geld anvertraue, möchte ich mehr darüber wissen. Was hat Gold, was normale Aktien oder Beteiligungen nicht haben?«

Fritz nahm die Frage mit jovialem Lächeln auf. »Endlich mal jemand, der sich ans Eingemachte wagt.«

»Bitte?«

Fritz lachte, wobei sich sein Hemd gefährlich über dem Ballonbauch spannte. »Du willst mehr über Gold wissen, ja? Willst begreifen, worin seine Faszination begründet liegt?« Er stieß sich von seinem Schreibtisch ab und lehnte sich zurück. »Zunächst mal die Grundlagen: Gold ist selten, es glänzt schön, es ist leicht formbar und es ist im wahrsten Sinne unvergänglich. Gold rostet nicht, Gold verrottet nicht. Gold ist einer der wenigen Stoffe, die sich dem Verbrauch entziehen. Fast. Nur die moderne Mikroelektronik hat es geschafft, das Edelmetall in kleinen Mengen so einzusetzen, dass es anschließend für immer verloren ist.« Die kleinen intelligenten Augen des Bankers funkelten euphorisch, als er weiterredete: »Wen wundert es da, dass das unvergängliche Gold die höchste Wertschätzung gerade in Zeiten der Krise erlebt. Wenn die Aktien schlappmachen, wenn Banken wackeln, dann greift der Mensch verstärkt zum Zahlungsmittel seiner Vorväter.«

»Wir haben zurzeit aber gar keine Krise«, gab Gabriele zu bedenken.

»Die Weitsichtigen decken sich schon vor der Krise ein. Antizykliker sind gut beratene Anleger, die ahnen, dass der Boom der Wirtschaft irgendwann nachlässt.« Augenzwinkernd ergänzte er: »Eines darfst du nicht vergessen. Eine ganz private Währungsreserve in Gold ließe sich nach einem Totalzusammenbruch als Zahlungsmittel für den Kartoffel- und Fleischkauf beim Bauern, draußen auf dem Land, verwenden.«

»Na, so weit wird es hoffentlich nie kommen«, lachte Gabriele.

»Wie es auch kommen mag, das Gold wird alle Turbulenzen überstehen. Die derzeit vorhandene Menge wurde über Jahrhunderte hinweg angehäuft. Das meiste davon hat einen abwechslungsreichen Kreislauf von Verarbeitung und Einschmelzen erlebt.« Fritz suchte nach einem Beispiel. »Der Goldkegel von Ezelsdorf-Buch! Du kannst ihn in der Abteilung Vor- und Frühgeschichte des Germanischen Nationalmuseums bewundern. Das Prachtstück wurde um 1.000 vor Christus gefertigt. Und er existiert nur deshalb noch in seiner ursprünglichen Form, weil der Priesterhut aus der Bronzezeit eine halbe Ewigkeit unter der Erde lag und erst 1953 ausgebuddelt wurde. Normalerweise wäre der Hut in früheren Zeiten schnell mal in der Schmelze gelandet und dabei auf Streichholzschachtelgröße geschrumpft. So wie es die Spanier mit den in Südamerika erbeuteten Inka-Schätzen machten, damit mehr davon aufs Schiff passte.«

»Ihr verkauft euer Gold ja auch in kleinen handlichen Barren«, merkte Gabriele an.

»Ja, aber ich behandle Gold trotzdem stets mit höchstem Respekt. Es ist ja viel mehr als ein Zahlungsmittel oder eine Wertanlage. Gold symbolisierte von jeher den Abglanz des Himmels auf die irdischen Eliten …«

»Jetzt übertreibst du.«

»Das sagen die meisten meiner Kunden«, gab Fritz mit zerknautschtem Gesichtsausdruck zu. »Von solchen Überhöhungsideen sind heutige Goldanleger weit entfernt. Börsenzocker hat Gold ohnehin schon immer gelangweilt.«

Gabriele sah den Moment gekommen, in dem sie konkreter werden konnte. »Sagt dir das Stichwort ›DDR-Gold‹ etwas?«, fragte sie und sah Fritz eindringlich in die Augen.

Dieser verzog den Mund. »Es wurde einmal über eine märchenhafte Goldreserve von über 20 Tonnen im Keller eines Berliner Dienstgebäudes gesprochen. Ja, davon habe ich gehört.«

»Weißt du darüber Näheres?«

Fritz zog ein kariertes Stofftaschentuch aus seiner Hosentasche und tupfte sich die Stirn. »Eine solche Menge an einem ungesicherten Ort zu lagern, wäre recht ungewöhnlich. Immerhin würde es sich um einen beträchtlichen Teil der Weltjahresproduktion an Gold handeln.«

»Ist es deiner Meinung nach möglich, dass das Gold aus dem Bestand der DDR-Staatsbank abgezweigt wurde?«, konkretisierte Gabriele.

Fritz rutschte in seinem Sessel hin und her. »Du bist Geschäftsfrau, Gabi. Denk an die Buchführung. Da sicher auch über die Goldbestände der DDR intern genau Buch geführt wurde, hätte diese Menge in den Prüfungsberichten vermerkt werden müssen. Darüber ist aber nichts bekannt, zumindest habe ich nie etwas in den einschlägigen Fachblättern gelesen.«

»Hältst du es für möglich oder nicht?«, bohrte Gabi tiefer.

Fritz machte keinen sehr glücklichen Eindruck, als er erklärte: »Ich kann es beim besten Willen nicht beurteilen. Ich bin davon überzeugt, dass im Wendewirrwarr so einiges in dunkle Kanäle verschoben worden ist. Viel Geld und vor allem viele wichtige Dokumente. Aber Gold? Allein der logistische Aufwand, um 20 Tonnen Gold zu bewegen, wäre enorm und kaum vor der Öffentlichkeit zu verbergen.«

»Also alles nur ein Märchen?«, versuchte Gabriele, ihren Schulfreund festzunageln.

Der wand sich noch immer. »Das will ich nicht behaupten. Aber ich glaube nicht, dass es das Gold so einfach aus Berlin heraus geschafft hat. Zumindest nicht vollständig.«

Gabriele setzte sich kerzengerade auf: »Du meinst, es wird portionsweise fortgebracht?«

»Wie denn sonst?« Fritz' volles Gesicht war stark

gerötet, als er schilderte: »Gold ist nicht nur beständig, sondern auch schwer. Man braucht Spezialtransporter, um größere Mengen bewegen zu können. Außerdem war das DDR-Gold ganz bestimmt geprägt und damit dem rechtmäßigen Besitzer zuzuordnen. Zum Umschmelzen müsste man es Temperaturen von über 1.000 Grad aussetzen, der Siedepunkt liegt gar bei 3.100 Grad. Eine solche Hitze kann man nicht einfach in einer Hinterhofgarage herstellen.«

»Das heißt, dass es entweder eines bestens ausgerüsteten Verbrechersyndikats bedarf oder aber die Goldreserven nach wie vor an einem geheimen Platz in Berlin lagern«, folgerte Gabriele.

»Oder beides«, meinte Fritz. Seine Stirn war feucht von Schweiß, und er begann erneut, mit dem Taschentuch zu tupfen.

»Wie meinst du das?«

»Das Gold könnte von einer entsprechend organisierten Vereinigung Marge für Marge abtransportiert und umgeschmolzen werden. Aber das ist reine Spekulation.«

»Gut«, sagte Gabriele, nachdem sie sich noch eine Weile über mögliche Wege ausgetauscht hatten, um 20 Tonnen Gold unbemerkt verschwinden zu lassen. »Ich danke dir für deine Tipps.«

Fritz stand auf, um sich zu verabschieden. »Wie sieht es nun mit deiner eigenen Goldanlage aus?«, fragte er wieder etwas entspannter.

»Ich werde es mir überlegen.« Sie schüttelte ihm herzlich die Hand. »Was mich noch umtreibt, ist die

Frage: Wie konnte die marode DDR überhaupt so viele Goldreserven ansammeln?«

»Vielleicht konnte sie es ja gar nicht«, meinte Fritz verschmitzt.

»Also doch bloß ein Märchen?«

»Es gibt noch eine andere Variante.«

»Nämlich?«

»Dass die DDR das Gold nicht selbst erworben, sondern geerbt hatte.«

»Geerbt?« Gabriele sah ihren Schulfreund verwundert an. »Von wem geerbt?«

»Vom Vorgängerstaat. – Das ist zumindest eine Möglichkeit.«

Gabriele verzog das Gesicht. »Das ist jetzt aber nicht dein Ernst, Fritz! Du willst mir nicht wirklich mit ollen Nazi-Gold-Fantastereien kommen, oder?«

Fritz senkte peinlich berührt den Blick. »Nein, ich sagte ja, dass es nur eine von vielen Möglichkeiten ist.«

»Keine sehr wahrscheinliche«, meinte Gabriele noch immer etwas enttäuscht von diesem fachlichen Ausrutscher ihres sonst so kompetenten Bekannten. »Die Nazis haben ihr Gold beizeiten nach Südamerika verschifft, anstatt es darauf ankommen zu lassen, dass es den Russen in die Hände fallen konnte.«

»So denken die meisten«, sagte Fritz kleinlaut. »Aber nachgewiesen wurde die Verschiffung nach Chile, Argentinien oder einen anderen Staat bis heute nicht.«

»Trotzdem«, beharrte Gabriele auf ihrer Meinung. »Ich bin mir sicher, dass die Barren eine Prägung mit Hammer und Zirkel tragen – und nicht mit einem Hakenkreuz.«

»Wenn du es ganz genau wissen willst, musst du dich wohl an Schalck-Golodkowski wenden – einen kompetenteren Insider kann ich mir nicht vorstellen.« Fritz lächelte sie zum Abschied an – doch es war kein glückliches Lächeln.

13

»Was meinst du? Wie lange werden wir bleiben?«
Sina machte sich Sorgen, während sie in einem Taxi
durch das regengraue Berlin chauffiert wurden. Denn
im Kofferraum lag von ihr nur eine kleine, mit dem
Nötigsten bepackte Reisetasche, während Gabriele
einen großen Koffer dabei hatte.

»Das kommt ganz darauf an, wie zufriedenstel-
lend unsere Erkundigungen bei der Staatsbank aus-
fallen, wo Schmidbauer ja zurzeit für die Treuhand
aktiv ist«, redete Gabriele gestelzt daher, als wollte sie
einen besonderen Eindruck beim Taxifahrer hinterlassen. »Mit ein paar Tagen musst du rechnen, Kleines.«

»Aber weshalb denn?«, fragte Sina wenig begeistert. »Wie können wir überhaupt sicher sein, dass
es wirklich der Schmidbauer von der Treuhand ist,
den Engelhardt meinte?«

»Das können wir in der Tat erst dann, wenn wir
mit ihm gesprochen haben. Solch ein Gespräch lässt
sich nicht übers Telefon führen. Wir müssen ihm
dabei in die Augen sehen.«

Der Verkehr war dicht, sodass sich die Fahrt vom
Flughafen bis in die City als Geduldsprobe erwies,
vor allem für Sina. In ihr hatten sich schon im Flugzeug starke Zweifel an der Sinnhaftigkeit ihrer
Unternehmung breitgemacht, die nun mit jedem

zurückgelegten Kilometer weiter wuchsen. Voller Spott und dabei mit Selbstkritik an ihrem eigenen Opportunismus in Bezug auf die Entschlüsse ihrer Freundin machte sie sich klar, dass sie diesmal zwar nicht hinter verschollenen Kunstwerken, sondern hinter Gold herjagten – unvernünftig war ihr blinder Aktionismus aber genauso wie vor einem Jahr an der Ostsee. Warum bloß machte sie diesen Blödsinn ein zweites Mal mit?

Gabriele hegte ähnliche Gedanken, hielt ihren Forschungs- und Abenteuerdrang aber nicht für unvernünftig, sondern allenfalls für verwegen. Ohne ein gewisses Maß an Verwegenheit – so war sie sich sicher – hatte noch niemand etwas Nennenswertes bewegt oder gar ein Vermögen angehäuft. Gabi hatte beides vor und war davon überzeugt, es diesmal zu schaffen. Sie nutzte die Zeit, während sich die Taxe durch den Großstadtverkehr quälte, um Sinas ›Hausaufgaben‹ abzufragen: »Du wolltest dich schlaumachen. Was ist bei deinen Recherchen herausgekommen?« Da Sina nicht sofort begriff, holte Gabi aus: »Ich habe den Goldaspekt abgeklopft, du wolltest dich um diesen Hinweis auf Schalck-Golodkowski kümmern.«

»Ach ja«, bestätigte Sina. Ihre Schulter stieß gegen die ihrer Freundin, als der Wagen über eine Bodenwelle holperte. »Ich habe ein paar Basisdaten zusammengesucht. Viel ist es nicht: Alexander Schalck-Golodkowski war 1966 der maßgebliche Mann beim Aufbau des Bereichs Kommerzielle Koordinierung, in Kurzform KoKo genannt. Er sollte mit verdeckten Geschäften Devisen in harten Währungen beschaffen, die für die DDR ja lebenswichtig waren.«

»Ja, er war ein begnadeter Finanzjongleur, ich weiß«, meinte Gabriele. »Was noch?«

»Er war auch Oberst bei der Staatssicherheit und am Ende Staatssekretär im Ministerium für Außenhandel – mit allen Reiseprivilegien, die dazugehörten.«

»Jaja, Kindchen, mir ist bewusst, dass dieser Golodkowski eine schillernde Persönlichkeit in der tristen DDR darstellte. Aber mich interessieren mehr die wirtschaftlichen Aspekte seines Apparats. Erzähl mir etwas über die KoKo.«

»Die KoKo hatte Zugriff auf Westwaren aller Art und sogar auf Beschlagnahmtes des DDR-Zolls. Diese Organisation war eine Art Krake, die ihre Tentakeln weit ausgestreckt hatte in dubiose Geschäftsfelder auf dem ganzen Globus und im Zweifelsfall sogar nach DDR-Recht illegale Waren beschaffen konnte. Indizierte Pornos zum Beispiel oder Drogen. Beides heiß begehrt, wie du dir vorstellen kannst.«

Gabi nickte stumm. Dann fragte sie. »Die KoKo hatte ihren Hauptsitz hier in Berlin, ist das richtig?«

»Ja, in der Wallstraße, wie Engelhardt es schon angedeutet hatte. Muss sich um einen recht schlichten Bau handeln, aber du kannst davon ausgehen, dass er mit allerlei Extras gespickt war.«

»Wallstraße sagst du – ist das nicht Berlin-Mitte? Da, wo auch das Staatsbankgebäude steht?«

Unerwartet meldete sich der Taxifahrer zu Wort. »Ja klar, liegt ganz in der Nähe.«

Als das Taxi in der Eisenbahnstraße im Stadtteil Kreuzberg das Tempo drosselte und langsam an den Gehsteig rollte, glaubte Sina zunächst an ein Versehen. Die Straße mit ihrem notdürftig geflickten Kopfsteinpflaster machte an sich schon einen trostlosen Eindruck. Bedrückender noch wirkten auf Sina die grauen Wohnblöcke rechts und links der Fahrbahn. Die einzigen Farbtupfen in der tristen Wohngegend waren einige Graffiti an den Wänden, doch auch die waren nicht besonders schön anzusehen.

»Warum halten wir?«, erkundigte sich Sina. »Hier soll doch nicht etwa unser Hotel sein?«

Gabriele bezahlte den Fahrer. »Von einem Hotel war nie die Rede. Da musst du mich falsch verstanden haben.«

»So?«, fragte Sina fassungslos.

»Wir kommen bei einer Bekannten von mir unter, die eine Hinterhofwohnung an Studenten vermietet. Zurzeit steht diese Wohnung leer, und wir dürfen sie nutzen.«

Sina stieg widerwillig aus. »Ich nehme an, damit sparst du eine ganze Stange Geld.«

»Richtig – wir wohnen dort umsonst.«

Der Grund für die Großzügigkeit ihrer Gastgeberin wurde Sina schnell bewusst: Sie passierten einen heruntergekommenen Innenhof mit einer schäbigen Mülltonnenparade, ramponierten und größtenteils zugeklebten Briefschlitzen und einer Flotte Fahrräder, die trotz ihres desolaten Zustands mit dicken Ketten gesichert waren. Das Treppenhaus war zugig und verfügte über abgetretene Holzstufen. Auch die Wohnung selbst war alles andere als ein Lichtblick. Zwar war Sina nicht besonders anspruchsvoll, aber die beiden Zimmer, die sie im dritten Stock vorfand, besserten ihre Laune nicht auf: Die Wände waren in dunklen Tönen gestrichen, die wenigen Möbel sahen aus, als wären sie für die Sperrmüllsammlung bestimmt. Es gab eine winzige Küchenzeile und ein Klo, das lediglich durch einen Vorhang abgetrennt war.

»Ist doch ganz annehmbar«, kommentierte Gabriele, aber es war ihr anzumerken, dass auch sie auf etwas mehr Komfort gehofft hatte. Anstatt aber in Sinas Jammern einzustimmen, stellte sie ihren Koffer ab und suchte zielstrebig nach einem Telefon. Sie fand es neben dem Matratzenlager vor einem hohen, in den Hinterhof zeigenden Fenster. Ein alter Apparat aus schwarzem Hartplastik. Gabriele wählte ihre eigene Nummer. »Ich muss kontrollieren, ob Friedhelm mich im Laden gut vertritt«, erklärte sie Sina.

Ihr Bruder nahm kurz darauf ab und versicherte, dass er alles im Griff habe. Ja, sagte er pflichtbewusst, natürlich halte er die Ladenöffnungszeiten ein. Nein, er mache keine verlängerten Mittagspausen. Und, ja, er werde das Schaufenster morgen umdekorieren.

Gabriele wirkte zufrieden, wenngleich sie Friedhelm sein zur Schau gestelltes Pflichtbewusstsein nicht ganz abnahm. Aber immerhin: Er kümmerte sich, und das war mehr, als man normalerweise von ihm erwarten konnte. Gabriele wollte bereits auflegen, als Friedhelm noch etwas einfiel.

»Da hat jemand für euch angerufen. Wollte entweder dich oder Sina sprechen. Ein Herr Flämich oder so ähnlich. Kennst du den?«

Gabriele sah fragend auf. »Flämich? Nein, ich kenne keinen Herrn Flämich. Was wollte er denn?«

»Er hat etwas ausrichten lassen. Sagte, er sei Fotograf und hätte euch neulich bei dieser toten Journalistin getroffen.«

»Ach, du meinst Flemming«, fiel ihm Gabi ins Wort. Auch Sina wurde nun aufmerksam und trat näher. »Was lässt er denn ausrichten?«

Friedhelms Antwort ließ auf sich warten, während er offenbar nach einem Notizblock mit der hinterlassenen Nachricht suchte. »Er sagte, dass es unerwartete Neuigkeiten gibt. Frau Probst ist wohl doch nicht an einem normalen Herzinfarkt gestorben.«

»Nicht?« Gabriele war alarmiert. Was sonst kam denn als Todesursache infrage?

»Nein. Es muss etwas anderes gewesen sein. Dieser Flämbing meinte, dass die Staatsanwaltschaft die Ermittlungen aufgenommen hat.«

Die Nachricht war für die Gabriele und Sina wie ein Schock. Als hätte sich eine böse Ahnung bewahrheitet. Ohne es auszusprechen, gingen beide davon aus, dass die Probst ermordet worden war. Warum sonst sollte sich die Staatsanwaltschaft einschalten?

Statt wie geplant schon heute die Recherchen in Berlin aufzunehmen, entschieden sie sich dazu, erst einmal essen zu gehen. Denn was sie jetzt dringend brauchten, war Ablenkung. Beide wollten auf andere Gedanken kommen und sich nicht von diffusen Angstgefühlen lähmen lassen.

Sie fanden einen ansprechenden Italiener auf der anderen Spreeseite, ließen sich geröstete Brotscheiben mit Pecorino, geschmortes Kaninchen an Oliven und anschließend Quitten mit Vanilleeis schmecken. Danach suchten sie sich eine schnuckelige Kneipe. Schnell fanden sie Anschluss, denn die vorwiegend männliche Kundschaft hielt sich in derben Komplimenten mit ›Berliner Schnauze‹ nicht zurück. Sina hatte nichts dagegen einzuwenden, Gabriele aber ging das brachialcharmante Baggern schnell auf die Nerven.

Gleichwohl zeigte sie sich großzügig und zahlte die Zeche – wahrscheinlich hatte sie doch ein etwas schlechtes Gewissen wegen ihrer miesen Unterkunft, mutmaßte Sina.

Es war dunkel und ein feuchter Nebel hing über den Straßen, als sie den Heimweg antraten. Da sie die U-Bahn knapp verpasst hatten und es ihnen ohnehin nach frischer Luft verlangte, beschlossen sie, die nicht allzu lange Strecke zu Fuß zurückzulegen. Von der U-Bahnstation Warschauer Straße steuerten sie auf die Oberbaumbrücke zu, um den Fluss zu überqueren. Es handelte sich um eine wunderschöne historische Brücke in ziegelrot, mit Bögen und Zinnen und in der Mitte von zwei Türmen dominiert, die einen orientalischen Einschlag aufwiesen. Ein starker Kontrast zum U-Bahnhof, der an Hässlichkeit kaum zu überbieten war, fand Sina, während sie langsam die Überführung passierten. Bei näherer Betrachtung war aber auch die Brücke ziemlich heruntergekommen und verlor mehr und mehr an Flair, je dichter sie den zentralen Turmbauten kamen. Überall lag Müll herum, es roch nach Urin.

Der Nebel wurde dichter. Über der Spree lag eine undurchdringliche Wolke aus Wasserdampf und Abgasen, gesättigt durch die Zweitaktermotoren der Trabanten, die auch drei Jahre nach dem Mauerfall noch zu Hunderten durch die Stadt knatterten. In der feuchtkalten Luft zog Sina fröstelnd den Reißverschluss ihrer Jacke zu. Die Schritte der beiden Frauen hallten von den Brückenbögen wider, wurden aber mehr und mehr von den wattedichten Dunstschleiern verschluckt. Andere Fußgänger tauchten aus den Schwaden auf, hasteten an ihnen vorbei und verschwanden sogleich wieder in der Dunkelheit.

Sie waren bereits auf der Kreuzberger Seite der Brücke angelangt, als ihnen ein weiterer Passant entgegenkam. Zunächst war es nur ein großer schwarzer Schatten, der sich aus dem Dunst löste. Kurz vor ihnen blieb er stehen und fragte mit tiefer Stimme: »Verzeihung, die Damen. Haben Sie Feuer?«

Etwas an der Art, wie er das fragte, ließ Gabrieles

Nackenhärchen aufstellen. Ohne sich die Art der Bedrohung näher erklären zu können, spürte im selben Moment auch Sina, wie sich ihr Puls beschleunigte. Alles, was sie in den folgenden Sekunden beobachtete, spielte sich für sie wie in Zeitlupe ab.

Der Mann, dessen Gesicht in der Dunkelheit noch immer nicht zu erkennen war, griff in die Innentasche seines Mantels. Da er nach Feuer gefragt hatte, wollte er wahrscheinlich eine Zigarettenschachtel hervorholen. Oder aber etwas ganz anderes! Jeder Millimeter von Sinas Körper war angespannt. Sie beobachtete mit Argusaugen die langsamen Bewegungen des Mannes. Als seine große kräftige Hand wieder unter dem Revers des Mantels auftauchte, hielt er tatsächlich etwas in der Hand. Aber es war keine Schachtel, sondern ein dünner, länglicher Gegenstand. Der schwache Schein einer Brückenlaterne ließ einen transparenten Schaft mit nadelspitzem Aufsatz erahnen: eine Spritze!

Gabriele hielt die Luft an. Auch sie erkannte die Nadel in der kräftigen Hand des Mannes. Angesichts der plötzlichen Bedrohung war sie unfähig, sich vom Fleck zu bewegen.

Sina dagegen reagierte sofort. Sie holte tief Luft und tat das einzig Sinnvolle in dieser Situation: Sie brüllte aus Leibeskräften. »Hilfe! Wir werden überfallen! Hilfe, Polizei!«

»Blöde Schlampe!«, brummte der Mann und trat einen Schritt zurück. Das Laternenlicht erfasste nun auch sein breites, verschlagenes Gesicht und legte sein rötliches kurzes Haar offen. Sinas Hilferuf hatte ihn ganz offensichtlich aus dem Konzept gebracht. Doch das Überraschungsmoment hielt nicht lange an.

Mit grimmigem Ausdruck preschte er erneut vor. Mit der einen Hand packte er Sina am Handgelenk, mit der anderen holte er aus. Voller Entsetzen sah Sina die Spritze aufblitzen, aus deren Nadel eine kristallklare Flüssigkeit tropfte. Starr vor Angst konnte sie nicht ausweichen, als ihr Angreifer die Nadel auf ihren Arm niedersausen ließ.

In derselben Sekunde durchbrach ein Zischen die angstvolle Stille. Sina sah aus den Augenwinkeln, wie Gabriele sich dem Mann entgegenstellte. Sie hatte sich aus ihrer Angststarre gelöst und hielt einen kleinen bauchigen Flakon unmittelbar vor das Gesicht des Angreifers.

Die Parfümwolke traf den Mann direkt in die Augen. Mit einem wütenden Aufschrei wich er zurück. Er ließ die Spritze fallen und presste sich die zu Fäusten geballten Hände vors Gesicht. »Ihr verfluchten Dreckshuren!«, wetterte er.

Gabriele widerstand der Versuchung, dem außer Gefecht gesetzten Aggressor einen Schubs in Richtung Spree zu versetzen. Stattdessen nahm sie Sina bei der Hand und führte sie schnellen Schrittes von der Brücke.

Am Kreuzberger Ufer, in sicherer Umgebung zwischen einer Gruppe später Kneipenbesucher, blieben beiden Frauen nach Atem ringend stehen. Zitternd und von Schmerzen am gequetschten Handgelenk geplagt, starrte Sina in Richtung der Oberbaumbrücke. Minuten vergingen. Die beiden Frauen ließen sie einfach verstreichen, zu erschöpft, um noch irgendetwas zu sagen.

Nichts geschah mehr an diesem Abend. Der Mann – der Ire, wie sich beide sicher waren – hielt sich ihnen fern.

14

Der Sitz der früheren DDR-Staatsbank in der Französischen Straße beeindruckte die Frauen allein durch seine Größe und protzige Fassade. Es war ein typischer Bau aus dem späten 19. Jahrhundert. Auf dem sandsteingemauerten Erdgeschoss mit hohen, bogenförmig überspannten Fenstern fußte eine Säulengalerie, die sich über zwei weitere Stockwerke bis zum prachtvoll herausgearbeiteten First erstreckte. Die Maße von Fenstern und Türen waren großzügig überzeichnet, sodass sich jeder Besucher unweigerlich klein und nichtig vorkommen musste.

Gabriele zahlte den Taxifahrer, der sie hierher gebracht hatte. Während die beiden Frauen auf das Hauptportal des Gebäudes zugingen, erklärte Sina: »Über die Staatsbank habe ich auch einige Erkundungen eingeholt: Sie hieß in den ersten Jahren nach ihrer Gründung noch Notenbank und kontrollierte den Geldumlauf innerhalb der DDR. Sie kaufte und verkaufte außerdem Wertpapiere und Edelmetalle. Jetzt wird sie von der Treuhand abgewickelt und in Teilen anderen Banken zugeschlagen. Schmidbauer spielt dabei wohl eine wichtige Rolle.«

In der großen Schwingtür kamen ihnen Männer in dunklen Anzügen entgegen. Gabriele und Sina grüßten, erhielten aber keine Antwort. Sie gelangten in eine Vorhalle, deren klassische Würde durch Einbauten in sozialistischer Sachlichkeit geschmälert wurde: Ein Empfangstresen in hellem Furnierholz stand im krassen Gegensatz zu den vornehmlich dunklen Tönen der Wände und Deckenverkleidung. »Was für ein gnadenloser Stilbruch«, empörte sich Gabriele.

Sina nickte wenig beeindruckt und dirigierte ihre Freundin zur Empfangsdame. Im Gegensatz zum Interieur der Bank war bei der jungen Frau die Wende bereits angekommen. Sie war den aktuellsten westlichen Medieneinflüssen entsprechend gestylt und gerade damit beschäftigt, ein weit verbreitetes Klischee von Empfangsdamen zu bestätigen: Sie manikürte sich die Fingernägel.

»Guten Tag«, meldete sich Gabriele deutlich vernehmbar, nachdem die Frau keine Anstalten machte, zu ihnen aufzusehen.

»Ja?«, fragte sie knapp, immer noch ohne sie anzusehen.

»Wir möchten bitte zu Herrn Schmidbauer«, sagte Gabriele unterkühlt.

Gemächlich legte die junge Frau die Nagelfeile beiseite und wandte sich ihrer Telefonanlage zu. »Welche Durchwahlnummer?«, fragte sie dann.

Gabriele lächelte matt. »Die kennen wir nicht. Wir sind zum ersten Mal hier.«

Endlich gönnte die Empfangsdame ihnen einen Blick und zeigte dabei zwei wasserblaue, ebenso hübsche wie naive Augen. »Aber ohne die Nummer kann ich sie nicht anmelden.«

Gabriele sah Sina an, die wiederum ihre Freundin

mit ratlosem Schulterzucken bedachte. »Können Sie
die Nummer nicht nachschlagen? Sie haben doch sicher
ein internes Telefonbuch«, schlug Gabriele vor.

Die junge Frau reagierte mit einem gequälten
Seufzen. Sie nahm eine mit grauem Kunstleder
ummantelte Kladde zur Hand und fragte: »Mit dt
oder nur mit d?«

»Bitte?«, fragte Gabriele.

»Sie will wissen, wie Schmidbauer buchstabiert
wird«, begriff Sina und gab dem Empfangsfräulein
auch gleich die Antwort.

Sehr langsam und umständlich blätterte die Frau
in der Kladde und kam sich dabei mit ihren langen
Nägeln selbst ins Gehege. Schließlich fand sie die
Nummer, zog einen Schmollmund und teilte dann
formvollendet mit: »Herr Schmidbauer ist einer
unserer Top-Manager. Er hat ein Vorzimmer.«

»Und das heißt?«, fragte Sina.

»Dass ich ihn nicht direkt anwählen kann, sondern nur sein Vorzimmer.«

»Dann tun Sie das bitte«, sagte Gabriele streng,
aber gerade noch freundlich.

Ihr Gegenüber sah sie mit gleichmütiger Miene
an: »Dafür bräuchte ich bitte die Nummer des Vor-
zimmers.«

Gabriele atmete stoßartig ein, um gleich darauf
mächtig Luft abzulassen. »Das gibt es doch gar nicht!
Wollen Sie uns auf den Arm nehmen? Melden Sie
uns bitte jetzt und sofort bei Herrn Schmidbauer!«,
ordnete sie an.

Die junge Frau ließ sich nicht aus der Ruhe bringen: »Ohne die Durchwahlnummer kann ich nicht …«

Sina kürzte die sich abzeichnende Farce ab, indem sie über den Tresen griff und sich die graue Kladde vornahm. Im alphabetischen Personenverzeichnis fand sie unter dem Buchstaben S schnell den Namen Schmidbauer und die entsprechende Seitenzahl seiner Abteilung. Dort wiederum war die Nummer seines Sekretariats zu finden. Sie legte sie Kladde zurück und deutete mit dem Finger auf die entsprechende Zeile.

Statt mit Feindseligkeit reagierte die Empfangsdame mit Arroganz. Ohne ein weiteres Wort zu verlieren, wählte sie die Nummer, brachte in sachlichem Tonfall ihr Anliegen vor und hörte sich die Antwort ihrer Kollegin mit unbewegter Miene an. Daraufhin legte sie den Hörer langsam zurück auf die Gabel. Ihre Gesichtszüge waren entspannt und voll der Genugtuung, als sie Gabriele und Sina gegenüber verkündete: »Herr Schmidbauer ist nicht mehr im Hause. Er fliegt von Schönefeld zu einem wichtigen Termin.« Sie setzte ein katzenhaftes Lächeln auf. »Er ist gerade erst gegangen. Sie haben ihn knapp verpasst und müssten ihm eigentlich noch in der Tür begegnet sein. Was für ein Pech …«

15

»Und nun?« Sina sah ihre Freundin betreten an, nachdem sie das Gebäude verlassen hatten. »Quartieren wir uns etwa solange in der ätzenden Kreuzberger Wohnung ein, bis Schmidbauer von seiner Dienstreise zurückkehrt?«

»Nein«, gab Gabriele grummelnd von sich.

»Also brechen wir die Mission ab und fliegen nach Hause?«, fragte Sina mit aufkeimender Hoffnung.

»Nein«, antwortete Gabriele barsch.

Was denn nun? Sina stellte sich Gabriele direkt gegenüber. »Du willst nicht auf Schmidbauer warten, aber heimreisen magst du auch nicht. Gibt es denn eine dritte Alternative, die ich übersehen habe?«

»Ja, die gibt es.« Gabriele schob sie beiseite, trat bis an den Bordstein vor und hob den Arm.

»Was tust du da?«, wollte Sina wissen.

»Ich winke nach einem Taxi.«

»Wofür? Wohin wollen wir denn?«

»Zum Flughafen! Ich bin es nämlich leid, ständig einen Schritt hinterherzuhinken. Ich will endlich selbst Lenkerin der Schlacht sein.«

»Das bedeutet?«, fragte Sina gleichermaßen überrascht wie skeptisch.

»Dass wir uns Schmidbauer an die Fersen heften. Wir fangen ihn ab, noch ehe er sein Gepäck aufgegeben hat.«

Der Taxifahrer brachte Gabriele beinahe um den Verstand. Mit stoischer Ruhe und doch voller Unsicherheit hangelte er sich von Kreuzung zu Kreuzung und las die Namen auf den Richtungsschildern, wobei er sich jedes Mal weit vorbeugte, als wäre er kurzsichtig. Wollte oder konnte er nicht schneller?

»Ich habe Ihnen doch gesagt, dass wir es eilig haben«, drängte Gabi, die neben Sina auf der speckigen Rückbank des betagten Benz saß.

»Im Osten kenne ich mich nicht so gut aus«, gestand der Fahrer ein, um gleich darauf freimütig zu erklären: »Wenn Sie ein anderes Taxi wollen, fahre ich rechts ran. Gar kein Problem!«

»Nein, nein«, wiegelte Gabi ab. »Aber es kann doch nicht so schwer sein, einen Flughafen zu finden.«

»Nach Tempelhof hätte ich Sie in fünf Minuten gebracht, aber Schönefeld – das ist für mich noch immer die Zone.«

Sina legte ihre Hand auf Gabis Arm und gab ihr damit zu verstehen, besser still zu sein und den Fahrer nicht mit weiteren Diskussionen davon abzubringen, den Ostberliner Flughafen endlich zu finden.

Das Taxi quälte sich durch mehrere Baustellen, bevor es in zweiter Reihe neben einer Schlange von Wartburg-Taxen zum Stehen kam. »Bitte sehr, die Damen«, sagte der Taxifahrer, »da wären wir.« Gabi beugte sich vor, um zu zahlen, als der Chauffeur noch wissen wollte: »Wohin fliegen wir denn? Malle, Ibiza oder geht es auf Dienstreise?«

»Weder noch«, mischte sich Sina ein. »Wir wollen uns von jemandem verabschieden.«

»Abschied – von wem? Vater, Freund, Verflossener?«, quasselte der neugierige Fahrer.

»Dreimal daneben. Es geht um etwas Geschäftliches«, erklärte Sina und fing sich einen vorwurfsvollen Blick von Gabriele ein.

»Für welche Firma arbeiten Sie denn?«, fragte der Fahrer munter weiter, obwohl er das Fahrtgeld bereits von Gabi bekommen hatte.

»Die Treuhand«, log Sina.

»Genug geplaudert«, ging Gabi resolut dazwischen und öffnete die Tür. »Wir haben's eilig.«

»Das wundert mich aber«, meinte der Fahrer.

»Was?« Sina machte noch immer keine Anstalten auszusteigen.

»Dass die Kollegen, von denen Sie sich verabschieden wollen, dieses Terminal hier benutzen.«

Gabriele fragte schon etwas genervt: »Welches sollten Sie denn sonst benutzen?«

Der Taxifahrer schürzte seine dicken Lippen. »Soviel ich weiß, nutzt die Treuhand mehr das GAT. Zumindest halten sie es in Tempelhof so.«

»GAT? Können Sie nicht mal Klartext sprechen?«, fuhr Gabi ihn an.

Der Fahrer schreckte zusammen und wirkte für Sekundenbruchteile eingeschüchtert. Doch er fand schnell wieder zu seiner berlinerischen Selbstgefälligkeit zurück: »GAT, General Aviation Terminal: Das ist die Allgemeine Luftfahrt, also der Bereich für die kleinen Hüpfer. Die Businessjets. Die Treuhand setzt sie ein, weil es schneller geht. Sie haben doch sicher schon gehört: Der Kanzler wünscht sich blühende Landschaften. Die Treuhand-Jungs müssen fix sein, um überall genügend Blümchen zu pflanzen.« Der Fahrer lachte schallend über seinen eigenen, dünnen Witz.

Gabriele verzog den Mund und wollte gehen. Doch Sina bremste sie, indem sie den Chauffeur weiter ausquetschte: »Können Sie uns zu diesem GAT fahren? Ich glaube, hier sind wir tatsächlich falsch.«

Der Fahrer grinste selbstzufrieden und gab Gas.

Das General Aviation Terminal befand sich am gegenüberliegenden Teil des Flughafenareals, was dem cleveren Taxler einen ordentlichen Zuschlag einbrachte. Gabriele quittierte das mit einem verbissenen Lächeln.

Die beiden Frauen stiegen aus und gingen auf ein Empfangsgebäude im original 80er-Jahre-DDR-Stil zu. Ein Pförtner nahe der Pensionsgrenze empfing sie in schnoddrigem Ton. Hierin unterschieden sich Ost- und Westberliner nicht im Geringstern voneinander, dachte sich Sina, als sie ihr Anliegen vorbrachte.

»Dr. Schmidbauer von der Staatsbank?«, fragte der Alte plötzlich sehr aufmerksam. »Da müssen Sie sich aber beeilen. Der fliegt gleich ab.«

»Er fliegt gleich?«, fragte Gabriele beunruhigt. »Sind denn in seiner Maschine noch Plätze frei?«

Der Pförtner sah sie einen Moment fragend an. Dann fasste er sich: »Herr Schmidbauer fliegt mit einer Privatmaschine, einer Cessna 414. Das ist kein Linienflugzeug, in dem man sich einen Sitzplatz buchen kann.«

Sina schaltete schneller als Gabriele und fragte: »Okay, schon gut. Haben Sie jemanden, der uns hinterherfliegen kann?«

Diese forsche Frage schien dem alten Hasen am Empfang zu imponieren. Er grinste über seinen weißen Schnurrbart hinweg und sagte: »Ja, sicher. General Huber ist Ihr Mann für einen Ad-hoc-Charter.« Er hob den Hörer von seinem Telefonapparat und reichte ihn Sina. »Ich stelle Sie zu ihm durch.«

Keine fünf Minuten später saßen sie ›General‹ Huber in einem engen, verqualmten Büro gegenüber. Huber war Ende 50, groß, trug einen kräftigen grauen Schnauzer, einen mächtigen Siegelring und erweckte insgesamt den Eindruck, als sei er zu allem entschlossen. Er wirkte wie ein Mann, dessen Typus nach Sinas Meinung eigentlich längst ausgestorben sein müsste. Spontan hatte sie das Gefühl, einem Cowboy gegenüberzusitzen, der jederzeit bereit war aufzuspringen, seinen Revolver zu zücken und Jagd auf wen auch immer zu machen. Dass Hubers Stimme der von John Wayne ähnelte, verstärkte diese Wirkung. Warum er den Beinamen ›General‹ erhalten hatte, wurde Sina nach einem flüchtigen Blick durch das Büro ebenfalls schnell klar: In dem Zimmer wimmelte es nicht nur von militärischen Miniatur-flugzeugen, sondern auch von Fotos, die Huber neben ordensdekorierten Offizieren zeigten.

Huber griff Sinas Blick auf und erklärte: »Ich habe lange bei der Pan Am gearbeitet, und als ich später beim GAT anfing, haben die mich wegen meiner guten Englischkenntnisse zum Verbindungsmann für die Amis gemacht. War eine spannende Zeit. Seit drei Jahren bin ich selbstständig und habe mir hier mein eigenes Reich aufgebaut.« Dann schob er die Ärmel seines Hemdes zurück. »Also, meine Damen, was kann ich für Sie tun?«

Gabriele übernahm den Part, den ›General‹ kurz und präzise über ihr Anliegen zu informieren. Huber hörte ihr zu, ohne eine Regung zu zeigen. Als sie geendet hatte, stand er auf, ging zum Fenster und schob eine vergilbte Gardine beiseite. »Mmm«, brummelte er. »Die fliegen auf 'ner 414. Ist ein Sechssitzer mit zwei Kolbenmotoren.«

»Aha«, sagte Gabriele und erhob sich nun ebenfalls. »Was sagt uns das?«

»Das sagt uns, dass die anderen es auf maximal 170 Knoten bringen.« Er musterte Gabriele von oben bis unten und fügte süffisant hinzu: »Das entspricht knapp 310 Stundenkilometern.« Dann lächelte er verschmitzt. »Meine 441 Conquest ist ein Turboprop und schafft locker 250 Knoten, also 450 Stunden-kilometer.«

»Wir hätten also eine reelle Chance, an ihm dran-zubleiben?«, fragte Sina.

Hubers Lächeln wich einer professionellen Ernsthaftigkeit, als er einen weiteren Blick aus dem Fenster warf. »Wie es aussieht, werden die gerade mit der Betankung fertig.« Er griff zum Telefon und gab die Anweisung, sein Flugzeug aus dem Hangar zu ziehen. Dann sprang er auf. »Wir können in drei Minuten in der Luft sein, wenn Sie mir schnell genug aufs Vorfeld folgen.«

Gabriele zögerte. »Wollen Sie denn gar nicht wissen, warum wir diesem Flugzeug nachfliegen?«

Huber lächelte souverän. »Nein. Das einzige, was mich interessiert, ist, ob Sie nachher bar zahlen. Normalerweise bevorzuge ich nämlich Vorkasse.«

Gabriele schluckte. »Was kostet denn ihr Lufttaxi?«

»Kommt drauf an, wo der Vogel landet. Mit ein paar Tausend Mark dürfen Sie aber auf jeden Fall rechnen.«

Sina stieß einen Pfiff aus, doch Gabriele winkte ab. »Egal, das ist es mir wert!«

Hubers Cessna 441 Conquest stand vor einem Hangar, nur ein paar Fußminuten von seinem Büro entfernt. Sina pfiff ein zweites Mal, als sie das Flugzeug sah: Wie erwartet war es zweimotorig und bot Platz für eine kleine Gruppe von etwa vier bis sechs Personen. Wirklich überraschend aber war die Lackierung: Die Maschine des ›Generals‹ war im Tigerlook bemalt – safarigelb mit schwarzen Streifen. Lediglich die Propeller glänzten im polierten Chrom. »Wow!«, entfuhr es Sina. »Geile Kiste.«

»Das will ich meinen«, sagte Huber stolz und öffnete die Tür. Gabriele und Sina mussten sich beim Einsteigen ducken, um sich nicht die Köpfe zu stoßen.

Huber verschwendete keine Zeit. Nachdem er den Check seiner Instrumente erledigt hatte, zog er sich Kopfhörer mit integriertem Mikrofon über und nahm Kontakt zur Flugsicherung auf. Nach kurzer Anmeldung auf Englisch wechselte er ins Deutsche und tauschte einige knappe Informationen mit dem Lotsen im Tower aus. Zeitgleich ließ er die beiden Motoren anlaufen und brachte das Flugzeug dadurch zum Vibrieren. Der ›General‹ wandte sich zu seinen Fluggästen um und erklärte: »Ich habe mich nach dem Ziel der 414 erkundigt. Sie fliegt nach München. Der Pilot hat Sichtflug angemeldet.«

»München …«, wiederholte Gabi grüblerisch. »Also gut, dann wollen wir mal sehen, was er dort treibt.«

Huber hantierte mit einigen Karten. »Die Maschine wird nach dem Start einen Vorsprung haben. Aber wir können über Leipzig, Zwickau und Plauen etwas abkürzen und dabei Zeit reinholen.«

»Okay, machen Sie es so!«, ordnete Gabriele an.

Wenig später erhielt Huber Starterlaubnis. Die Motoren dröhnten, das Flugzeug vibrierte. Impulsiv griff Sina nach Gabrieles Hand, als die Conquest Tempo aufnahm und schließlich abhob. Schnell gewannen sie an Höhe, und der Moloch Berlin wurde unter ihnen zur filigranen Spielzeugstadt.

Huber lupfte sein Headset und drehte sich nach seinen Passagierinnen um. »Die anderen haben etwa 20 Minuten Vorsprung«, rief er gegen das Motorengeräusch an. »Aber spätestens bei Hof kleben wir an ihrem A… – Heck!«

Gabriele nickte Sina zufrieden zu. Dann wandelte sich ihr Gesichtsausdruck, und sie zerrte ihre Geldbörse aus der Hosentasche. Sie zählte die Scheine ab. »Unsere Urlaubskasse ist nach diesem Trip wohl endgültig aufgebraucht«, sagte sie wenig begeistert, machte sich aber gleich darauf neuen Mut. »Das holen wir alles um ein Vielfaches wieder rein!«

»Wenn du meinst«, kommentierte Sina skeptisch. »Was passiert eigentlich mit unseren Klamotten, die wir zurückgelassen haben?«

»Die lassen wir uns nachschicken. Mach dir darüber mal keine Gedanken, Kleine.«

Sie flogen in 5.000 Fuß Höhe – laut Huber waren das etwa 1.500 Meter –, als sie kurz hinter Plauen eine Meldung des verfolgten Flugzeuges an die Flugkontrolle abfingen. Huber hob seinen Zeigefinger und rief nach hinten: »Es gibt ein neues Ziel.« Er stellte den Sprechfunk auf Lautsprecher um, sodass auch Sina und Gabi die verzerrte Stimme des anderen Piloten hören konnten.

»München Information, hier Delta, India, India, Romeo, Alpha. Berlin-Schönefeld nach München.

Möchten unseren Zielflughafen ändern. Neues Ziel: Nürnberg.«

»Verstanden. Wir ändern den Zielflug nach Nürnberg«, krächzte der Fluglotse durch die Lautsprecher.

Huber warf Gabi einen fragenden Blick zu. Diese nickte. »Wir bleiben dran.« An Sina gewandt sagte sie leise: »Was wollen die bloß in Nürnberg? Hätte ich das vorher gewusst, hätten wir uns den teuren Umweg über Berlin sparen können.« Sie wollte sich gerade zum Nachdenken zurücklehnen, als ihre Augen blitzten. Sie hatte einen neuen Plan! »Herr Huber«, rief sie ins Cockpit.

»Ja?«

»Können Sie es so einrichten, dass wir vor dem anderen Flugzeug in Nürnberg landen?«

»Was hast du vor?«, mischte sich Sina ein.

Gabriele wischte ihre Frage beiseite. »Können Sie das, Herr Huber?«

Der ›General‹ nickte, ohne sich noch einmal umzuwenden. »Um keinen Verdacht zu erwecken, werde ich erst über dem Funkfeuer Erlangen anmelden, dass wir ebenfalls unser Flugziel ändern.« Dann gab er vollen Schub.

Sina bewunderte die ebenso einfache wie funktionelle Technik des Flugzeuges. Sie lehnte sich zur Seite, um die Instrumente des Cockpits studieren zu können: den künstlichen Horizont, Höhenmesser, Variometer für Steig- und Sinkfluganzeige, Drehzahlmesser …

»Gleich haben wir den Kerl!« Gabriele knuffte Sina in die Seite und beendete damit ihre technische Exkursion. »Bin gespannt, wie sich die Sache weiterentwickelt.«

Die Landung in Nürnberg war rasant. Huber drückte sein Flugzeug auf direktem Wege gen Boden. Gabriele und Sina sahen die Bäume des Reichswaldes an sich vorbeirasen, dann setzte das Flugzeug auch schon auf. Wieder dröhnten die Motoren, als Huber den Rückschub einleitete. Nach kurzem Ausrollweg bog er scharf ab und bugsierte seine Maschine auf kürzestem Weg zur Abstellposition. Mit Bedacht hatte er einen Platz gewählt, der einen Sichtschutz zum nachfolgenden Flugverkehr bot, gleichzeitig aber einen guten Überblick über das Vorfeld gewährte.

Kaum waren die Propeller zum Stillstand gekommen, öffnete Huber die Tür. »Bevor Sie Ihre Geheimmission fortsetzen, darf ich Sie zur Kasse bitten«, sagte er an Gabriele gewandt. »4.500 Mark bekomme ich von Ihnen.«

»Was?« Gabi griff sich mit beiden Händen an den Hals. »So viel?«

»Ich muss leer zurückfliegen.« Huber setzte ein schiefes Lächeln auf.

Sina sah, wie die Cessna 414 zur Landung ansetzte und stieß Gabriele energisch an. Diese stellte mit Leidensmiene einen Verrechnungsscheck aus und reichte ihn Huber.

Das andere Flugzeug kam nur etwa 30 Meter von ihnen entfernt zum Stehen. Gabriele und Sina konzentrierten sich darauf, alles Weitere genau zu verfolgen. Doch noch bevor sich die Tür der Cessna öffnete, wurden die beiden abgelenkt: Eine dunkle Limousine fuhr an ihnen vorbei und hielt auf die Cessna zu. Der Wagen drosselte das Tempo und kam zwischen beiden Flugzeugen zum Stillstand. Ihre gute Sicht war damit versperrt.

»Mist!«, fluchte Gabi.

Nun ging alles sehr schnell. Die Tür der Cessna wurde aufgeklappt. Gabriele meinte, Schmidbauer als ersten Passagier aussteigen zu sehen, soweit sie das nach den Zeitungsbildern von ihm beurteilen konnte. Ein weiterer Fluggast folgte. Gleichzeitig wurde der Kofferraumdeckel der Limousine geöffnet. Gabriele sah, wie Schmidbauer ein großes Gepäckstück in den Kofferraum wuchtete. Die angestrengte Bewegung des Mannes ließ darauf schließen, dass der Inhalt des Koffers schwer wog.

Kaum waren die Fahrgäste eingestiegen, fuhr die Limousine los. Mit hohem Tempo rauschte der Wagen an den Frauen vorbei. Gabriele kniff die Augen zusammen, um trotz ihrer einsetzenden Weitsichtigkeit besser sehen zu können. Ein Blick auf das Kennzeichen des Wagens gab ihr Gewissheit – oder neue Rätsel auf. »Hast du das auch gesehen?«, fragte sie.

»Allerdings«, stammelte Sina. »N-HA ...«

»Bingo!«, freute sich Gabi.

»Von wegen Bingo«, holte sie Sina in die Realität zurück und deutete auf das Maschendrahtgatter, hinter dem der Wagen gerade verschwand. »Woher sollen wir wissen, wohin der jetzt fährt? Unsere Verfolgungsjagd endet genau hier und jetzt.«

»Sie könnten sich ein Taxi nehmen«, meldete sich der ›General‹ noch einmal zu Wort. »Eines auf vier Rädern statt mit zwei Flügeln.«

»Uns wird wohl nichts anderes übrig bleiben«, meinte Gabi etwas verkniffen. »Obwohl unser Budget inzwischen hoffnungslos überzogen ist.«

16

Sie hatten Glück: Die Limousine wurde durch einen Linienbus aufgehalten, der vor der Ankunftshalle hielt und die Straße blockierte. Die Frauen reagierten sofort und hielten Ausschau nach dem Taxistand. Er lag direkt gegenüber ihrem Standort.

»Los, Kleine! Wir müssen uns sputen!«, spornte Gabriele Sina an.

Sie fanden einen jungen, cleveren Fahrer, der ohne viele Fragen zu stellen, die Verfolgung aufnahm. Er nannte sich Vladi, hatte krauses schwarzes Haar und einen Dreitagebart. Er kam aus dem zerfallenden Jugoslawien, kannte sich aber bereits bestens in seiner neuen Heimat aus.

Vladi blieb dicht hinter der Limousine, ließ jedoch zwischendurch immer mal wieder einen anderen Wagen einscheren, um nicht aufzufallen. Selbst im dichten Stadtverkehr verlor er Schmidbauers Auto nicht aus den Augen.

Wie sich herausstellte, lag Ihr Ziel am Schmausenbuck in unmittelbarer Nähe zum Tiergarten, umgeben von Ausläufern des Lorenzer Reichswaldes. Schmidbauers Wagen hielt vor einem wenig spektakulären Gebäude, das sich durch einen lindgrünen Verputz unauffällig in seine Umgebung einfügte. Auf der Fassade prangte in roten Versalien der Schriftzug ›HOTEL – CAFE WALDLUST‹. Gabi beugte sich aus dem Wagenfenster, um das Hotel besser inspizieren zu können. Es hatte drei Stockwerke, deren Fenster über hölzerne Läden verfügten. Ein ausladender Balkon mit Tischen und Stühlen diente gleichzeitig als Überdachung einer Sitzecke im Parterre. Dominiert wurde das Gasthaus, dessen Baujahr Gabriele grob in die frühen 50er-Jahre einstufte, von einem rondellartigen Vorbau mit flach abfallendem Dach und großen, hohen Fenstern, der offenbar als Restaurant oder Tagungsraum diente. Die Sicht ins Innere wurde vom Pritschen-Lkw einer Baufirma versperrt, auf dem sich neben Schaufeln und anderen Werkzeugen ein ganzer Schwung Backsteine stapelte.

Gabriele hatte noch nie von einem Hotel dieses Namens gehört, doch Fahrer Vladi half ihr auf die Sprünge: »In der ›Waldlust‹ werden keine Gäste mehr beherbergt. Das Haus ist Sitz der Nürnberger Hotelakademie, der NHA«, wusste er. »War früher mal ein ganz normales Gästehaus. Aber inzwischen finden da nur noch Fortbildungen statt. Ich habe öfter mal eine Fuhre zur NHA.«

Gabriele öffnete staunend den Mund. Auch Sina machte große Augen. Schon wieder diese drei Buchstaben! Beide fragten sich angestrengt, was die Akademie mit ihrer Sache zu tun haben könnte.

»Oje«, unterbrach Vladi ihre Gedanken. »Ich glaube, jetzt haben Sie seinen Abgang verpasst.« Gabi und Sina sahen ihn fragend an. »Der Kerl, dem Sie auf den Fersen sind – er ist eben durch den Haupteingang gegangen«, meinte Vladi.

Gabriele zog hektisch ihre Geldbörse hervor und gab dem hilfsbereiten Taxifahrer – trotz ihrer jüngsten Vorsätze – ein üppiges Trinkgeld. Beide Frauen beeilten sich, den Haupteingang schnell zu erreichen. Es handelte sich um eine für ein ehemaliges Hotel sehr schlichte Doppeltür direkt neben einem mit milchweißen Glasbausteinen verkleideten Treppenhaus. Sie traten ein, doch von Schmidbauer war weit und breit keine Spur.

Das Foyer war dezent eingerichtet und verband den Stil der 50er geschmackvoll mit zeitgemäßen Elementen. An der Anmeldung stand eine Frau von etwa 40. Sie trug ein dunkelblaues Kostüm und nackenlanges, brünettes Haar. Als Gabriele und Sina vor ihr standen, fragte sie mit unverbindlichem Lächeln: »Sie möchten sich für ein Seminar anmelden? Welches Haus schickt Sie denn, wenn ich fragen darf?«

Sina hob ratlos die Schultern, während Gabriele ebenso unverbindlich erklärte: »Wir wollen uns erst einmal nur informieren.« Sie entdeckte einen Ständer mit Faltprospekten und fischte sich einen heraus. »Wie unterscheiden sich die Kurse der NHA eigentlich von denen des Hotel- und Gaststättenverbandes?«

Die Empfangsdame zeigte ein winziges, wenn auch überhebliches Lächeln. »Wir haben uns auf unsere Fahnen geschrieben, mehr als den Durchschnitt zu bieten. Wer durch die Schule der NHA geht, versteht anschließend sein Handwerk.«

»Was machen Sie denn anders als die normalen

Ausbilder oder die Lehrer in den Berufsschulen?«, blieb Gabriele beharrlich.

Die Augen der Dame am Schalter verengten sich. »Sagen wir mal so: Wenn unsere Lehrlinge eine Krawatte zu binden lernen, dann sitzt sie anschließend wie bei einem englischen Butler. Wenn unsere Lehrmädchen ein Bett beziehen, liegen die Bügelkanten so exakt wie die Hemden der Rekruten bei der Bundeswehr.«

»Alte Schule, was?«, fragte Sina.

»Neue Schule«, korrigierte sie die Empfangsdame streng. »Wir wissen, was von den Servicekräften der Zukunft verlangt wird.«

»Gut, dann vielen Dank fürs Erste«, trat Gabriele den Rückzug an und steckte das Faltblatt ein. »Wir werden es uns überlegen.«

»Einen Augenblick«, hielt die Frau sie auf und winkte mit einem schmalen weißen Zettel. »Das ist unsere Preisliste. Wir sind nicht billig – aber nachhaltig.«

»Nachhaltig«, äffte Gabriele die Empfangsfrau nach, während sie die Akademie verließen. »Wenn ich dieses scheinheilige Unwort nur höre! Eine billige Rechtfertigung für teure Kursgebühren, nichts weiter!«

»Was regst du dich denn so auf?«, fragte Sina. »Du musst einen solchen Kurs ja nicht belegen.« Spitzbübisch fügte sie hinzu: »Oder willst du auf deine alten Tage auf Kellnerin oder Zimmermädchen umschulen?«

»Nein«, sagte Gabriele ernst. Sie blieb stehen und hielt Sina am Ellenbogen fest. »Aber du wirst das tun.«

»Bitte? Was?«

»Du wirst dich für so einen Kurs anmelden.« Gabrieles tückisches Siegerlächeln breitete sich in ihrem Gesicht aus. »Denn du wirst unsere Spionin bei der NHA werden. Eine bessere Tarnung als die einer Seminarteilnehmerin gibt es nicht.«

Sina war nicht besonders angetan. »Ich habe zwei linke Hände, was Haushaltsarbeiten jedweder Art anbelangt. Außerdem kann ich mir einen solchen Kurs nicht leisten.«

»Ja, ja, schon gut. Ich zahle. Am Ende wirst du mir dankbar sein, dass du mithilfe der NHA-Ausbildung endlich mal deinen eigenen Haushalt in den Griff bekommst.«

Sina wollte kontern, als es neben ihnen hupte.

»Taxi gefällig?« Vladi war in seinem cremeweißen Mercedes vorgefahren. Offenbar hatte er auf sie gewartet.

17

Friedhelm war völlig aufgelöst, als er Gabriele und Sina einließ. Zu ihrer – vor allem aber zu Sinas – Überraschung befand sich auch Klaus in Gabrieles Antiquitätengeschäft und begrüßte sie mit sorgenvoller Miene.

Sina musterte ihren ewigen Ex, von dem sie doch nie loskam, ausgiebig und kritisch: seinen ehemaligen Athletenkörper, der mangels Sport und gesunder Ernährung sträflichst vernachlässigt worden war, und sein noch immer jungenhaft unbekümmertes Gesicht. Das einzige Anzeichen von Reife waren die Silberstreifen im dichten schwarzen Wuschelhaar. – Warum war er schon wieder da und drängte sich in Sinas Leben?

»Die Polizei ist hier gewesen!«, rief Friedhelm und wirkte dabei, als würde er kurz vor einem Nervenzusammenbruch stehen. »Sie haben nach euch gefragt – euch gesucht!«

Sina erschrak, doch Gabriele blieb gelassen und schaute sich erst einmal in ihrem Geschäft um. »Hatte ich dir nicht gesagt, du solltest die Deko umstellen?«, fragte sie vorwurfsvoll.

Friedhelm zuckte zusammen. »Aber ich ... ich habe doch bloß gedacht, dass ... Ist das mit der Polizei jetzt nicht viel wichtiger?«

»Da geht es bloß um einen Strafzettel wegen

Falschparkens oder um eine andere Kleinigkeit«, kommentierte Gabi leichthin.

»Leider nicht«, meldete sich Klaus zu Wort. »Die Kripo braucht eure Zeugenaussagen wegen dieser bösen Geschichte im Autokino.«

Sina rutschte das Herz in die Hose. Was bahnte sich nun schon wieder an? Es war doch lediglich ein zwar tragischer, aber immerhin auch ganz normaler Herzanfall gewesen ...

Gabriele plagten andere Gedanken: Es fuchste sie enorm, dass ausgerechnet Klaus in ihrem Geschäft den großen Macker herauskehrte und jemanden mimte, der den Durchblick hatte. Durchblick? Sie erschrak. Womöglich wusste Klaus ja wirklich bestens Bescheid! Mit grimmigem Ausdruck wandte sie sich nochmals ihrem Bruder zu: »Was hast du Klaus erzählt?«, fragte sie scharf.

Der lange, schlaksige Friedhelm schrumpfte vor ihren Augen um etliche Zentimeter, während er sich zu rechtfertigen versuchte. »Was ich erzählt habe, fragst du? Na, alles ... Das heißt, natürlich nicht wirklich alles. Aber das Wesentliche schon. Er war schließlich beinahe von Anfang an dabei und konnte sich vieles selbst zusammenreimen. Davon abgesehen ist es ja ein offenes Geheimnis, dass ihr beide nach ...«

»... nach Gold sucht«, vollendete Klaus den Satz. »Ja, das ist tatsächlich ein offenes Geheimnis, in das ich mit oder ohne euer Zutun längst eingeweiht bin.« Er schniefte übertrieben. »Ich finde es sehr schade, dass ihr mich bei eurer Schatzsuche in Berlin mal wieder außen vor gelassen habt. Vielleicht hätte ich helfen können.« Nun lächelte er jovial. »Aber vorrangig ist jetzt in der Tat die Anfrage der Polizei.« Er beugte sich vor und fuhr im gedämpften Verschwörerton fort: »Da war was nicht in Ordnung mit eurem kauzigen Briefmarkensammler. Als er im Autokino das Zeitliche segnete, lief es wohl nicht so ab, wie es hätte laufen sollen.«

»Rede bitte nicht so aufgesetzt daher!«, beschwerte sich Sina. »Hier geht es um den Tod eines Menschen, nicht um irgendeines deiner Spielchen.«

»Ho, ho, ho!« Klaus hob beide Hände. »Ich wollte nicht deine Gefühle verletzen. Aber Fakt ist, dass bei dem Tod des Alten wohl jemand nachgeholfen hat. Die Polizei braucht euch – denn ihr wart die Letzten, mit denen er lebend gesehen wurde.«

»Auch das noch«, platzte es aus Gabriele heraus.

Sina ließ sich auf einen der Antikstühle sinken. »So ein Mist.«

Klaus stellte sich neben sie, legte seine Hand auf ihre Schulter und säuselte mit samtweicher Stimme: »Du musst jetzt stark sein, meine Liebe. Sag der Polizei einfach die Wahrheit, denn ich weiß, dass du nichts zu verbergen hast.« Der Druck seiner Hand auf Sinas Schulter verstärkte sich, als Klaus hinzufügte: »Anschließend werden wir gemeinsam diese verheißungsvolle Spur verfolgen, die Goldspur …«

18

Gabriele und Sina meldeten sich beim Pförtner des Polizeipräsidiums am Jakobsplatz. Ein dicker Mann in Uniform, der hinter einer ebenfalls dicken Panzerglasscheibe saß und sie mit mürrischer Miene dazu aufforderte, ihre Personalausweise auf eine metallene Drehscheibe zu legen.

Sie mussten einige Zeit warten, bis sie von einer weiteren Uniformträgerin abgeholt wurden. Sie erwies sich als ebenso schlecht gelaunt und wortkarg wie ihr Kollege an der Pforte und lieferte sie in einem Büro des Kriminalkommissariats ab: ein zweckdienlich eingerichteter, nüchterner Raum, in dem sie bereits erwartet wurden – von zwei weiteren biestigen Gesichtern.

Das eine gehörte zu einem jungen Mann mit kurzen blonden Haaren, sandfarbenem Anzug und weinroter Krawatte. Das zweite zu einem älteren, kräftigen Herrn mit grau durchsetztem Haar, einem dicht gewachsenen Vollbart und buschigen Augenbrauen, die sich über einem Paar dunkler Augen spannten. Diese Augen waren es, die Sina sofort in ihren Bann zogen. Denn aus ihnen sprach eine professionelle Skepsis, aber auch Wohlwollen und Gutmütigkeit – und vielleicht ein Fünkchen Lethargie, verursacht durch die vielen Dienstjahre, die dieser Mann hinter sich hatte. Im Gegensatz zu seinem jüngeren Kollegen trug er unter seinem karierten Jackett kein Hemd mit Binder, sondern einen cremefarbenen Rollkragenpullover.

»Diehl ist mein Name«, stellte sich der Ältere nun mit freundlicherem Gesichtsausdruck vor und reichte den Frauen die Hand. »Eduard Diehl. Ich bin der Kripochef und leite die Ermittlungen im Fall Werner Engelhardt.«

Sina schüttelte die große raue Hand, die angenehm warm war. Diehl strahlte etwas Väterliches aus, das ihr Vertrauen einflößte. Als er lächelte und ihnen einen Sitzplatz anbot, drückte seine Mimik eine milde Weisheit aus. »Hol für die Damen bitte einen Kaffee, Harry«, wies er seinen Untergeben an.

Sina ließ sich neben Gabriele nieder, lehnte sich zurück und sah den Kripochef erwartungsvoll an. Ihr Unwohlsein und die Befangenheit, die sie auf dem Weg zum Präsidium begleitet hatten, waren mit einem Mal verschwunden. Die Ruhe und Sicherheit, die Diehl verbreitete, zeigte Wirkung.

Sina wusste, dass sie es mit einem erfahrenen Ermittler zu tun hatte, der diese Wirkung auf seine Mitmenschen vielleicht ganz bewusst einsetzte und ausspielte. Zurückhaltung wäre folglich geboten gewesen. Doch Sina war nahe dran, ihrem Impuls zu folgen und sich diesem wildfremden Menschen zu öffnen und blindlings anzuvertrauen. Für sie wäre es eine Erleichterung, alles loszuwerden, was mit den unschönen Ereignissen der letzten Tage verbunden war, und sich mit dieser Beichte der ganzen angestaunten Gefühle und Gedanken zu entledigen.

Diehl schien ihren wunden Punkt bereits bemerkt zu haben, denn anstatt zunächst Gabriele anzusprechen, richtete er seine volle Aufmerksamkeit auf Sina: »Es ist schön, dass Sie so schnell zu uns kommen konnten, und Sie brauchen auch keine Angst zu haben. Wir haben lediglich ein paar Fragen, die Sie uns sicher beantworten können.« Seine Stimme war tief, brummig, gleichzeitig aber auch sanft. »Sie haben ja schon gehört: Herr Engelhardt hat an jenem Abend im Autokino zwar tatsächlich einen Herzinfarkt erlitten – ganz so, wie es der Notarzt zutreffend diagnostiziert hatte. Aber bevor der Totenschein ausgestellt wurde, entdeckte man mehr oder weniger durch Zufall eine rot geränderte Einstichstelle an seinem Oberarm. Eine Nachuntersuchung wurde noch in derselben Nacht angeordnet, dann kam der Kriminaldauerdienst und damit wir ins Spiel. Schließlich brachte eine Autopsie des Leichnams Licht ins Dunkel. Herr Engelhardt starb durch die Verabreichung des Nervengifts Botulinumtoxin, das zu starken Muskelkontraktionen und schließlich zum Tod durch Herzstillstand führt.«

»Das ist ja interessant«, zwang Gabriele den Kommissar, auch ihr Beachtung zu schenken. »Aber warum erzählen Sie uns das alles? Wir kannten den Mann ja kaum.«

Diehl sah sie kurz an. »Immerhin waren Sie mit ihm im Kino, oder?«

»Ja, aber meine Freundin hat recht: Engelhardt war für uns ein Fremder. Wir haben uns nur mit ihm getroffen, um mit ihm zu reden«, erklärte Sina.

»Ein Fremder, sagen Sie? Ist es nicht seltsam, sich mit einem Fremden zu später Stunde an einem solch ungewöhnlichen Ort zu verabreden? Um was ging es in Ihrem Gespräch?«

Sina war immer noch nahe dran, dem Kommissar die ganze Geschichte zu erzählen. Doch sie spürte den bohrenden Blick Gabrieles und nahm sich zurück. »Es war etwas Geschäftliches«, sagte sie kleinlaut.

»Genau«, bestätigte Gabriele. »Ich handele mit Antiquitäten, Engelhardt handelte mit Briefmarken – es ging um ein gemeinsames Geschäft.«

»Geschäfte verhandelt man normalerweise in einem Büro«, meinte Diehl zweifelnd. »Was Sie erzählen, klingt recht konspirativ.«

»Ist es auch«, erklärte Gabriele eifrig und schilderte dem Kommissar in bildhafter Sprache die Facetten ihres Berufsstandes, die Widrigkeiten bei der Beschaffung antiker Ware, die harte Konkurrenz, die vielen Geheimnisse, die sich um die Quellen hochwertiger Güter rankten. Am Ende schaffte sie es einigermaßen glaubhaft, ihren Berufsalltag so darzustellen, als wären nächtliche Treffen an finsteren Orten für sie das Normalste auf der Welt.

Diehl hörte sich alles an, ohne sie zu unterbrechen. Dann wartete er, bis sein Kollege die beiden Kaffeetassen vor den Frauen abgestellt hatte, fuhr sich mit dem Zeigefinger langsam um den Mund und sagte: »Wir haben es mit einem Kapitalverbrechen zu tun. Herr Engelhardt wurde allem Anschein nach ermordet. Das Gift muss ihm kurz vor Ihrem gemeinsamen Treffen oder sogar während Ihrer Zusammenkunft verabreicht worden sein. Also: Stellen wir erst einmal den Grund für Ihr Treffen mit Engelhardt hinten an und kümmern uns um die eigentliche Tat ...«

Gabriele hielt für einige Sekunden die Luft an, bevor sie sich aufplusterte und in erhöhter Stimmlage fragte: »Sie halten doch nicht etwa uns für die Täter? Für – Mörderinnen?«

Diehl schüttelte den Kopf. »Nein. Wenn das so wäre, hätte ich Sie nicht einbestellt, sondern von einer Streife abholen lassen. Außerdem müsste ich Sie über Ihre Rechte belehren, auf Ihren Anwalt warten und, und, und. Mal abgesehen davon waren Sie es ja, die den Notarzt verständigt haben – als Täterinnen hätten Sie wohl eher das Weite gesucht.« Er strich sich über den Bart. »Die Kriminaltechnik ist heutzutage weit vorangeschritten. Von unserem Pathologen wissen wir, dass Engelhardt die Giftspritze mit hoher physischer Gewalt, also großer Wucht in den Arm gerammt wurde. Womöglich im Zuge eines kurzen, aber heftigen Handgemenges. Außerdem wurden Gewebespuren an Kleidung und Haut des Toten sichergestellt und analysiert. Sie stammen von einer männlichen Person. Sie beide sind außen vor – zumindest, was die Tat selbst anbelangt.«

Gabi atmete vernehmbar aus. »Schön zu hören,

dass Sie nicht vorhaben, uns ins Kittchen zu stecken, Herr Diehl.« Mit unschuldigem Augenaufschlag fügte sie hinzu: »Können wir jetzt gehen?«

»Nein«, stellte Diehl ungerührt klar. »Ich bin auf Ihre aktive Mitarbeit angewiesen. Versuchen Sie sich zu erinnern: Hat Engelhardt auf Sie einen verstörten Eindruck gemacht? Hat er etwas davon erzählt, dass er kurz vor dem Treffen überfallen worden war? Oder dass ihn jemand angerempelt hat?« Diehl schaute nacheinander erst Sina und danach Gabriele intensiv an. »Oder haben Sie selbst eine entsprechende Beobachtung gemacht, kurz bevor Engelhardt in Ihr Fahrzeug stieg?«

Bei diesen Worten hatte Sina sofort wieder die Bilder des Abends im Kopf: Wie der Fremde die Seitentür des VWs aufgerissen und sich regelrecht auf Engelhardt gestürzt hatte. Ihr schnürte es die Kehle zu, als ihr bewusst wurde, dass es womöglich derselbe Mann gewesen war, der sie beide auf der Berliner Brücke attackiert hatte – und dass er bei diesem Angriff dasselbe tödliche Gift in seiner Spritze aufgezogen hatte. Sina gab sich einen Ruck. Diehl musste erfahren, was sie wusste. Und zwar augenblicklich! »Ja«, stieß sie aus. »Es gab tatsächlich einen Zwischenfall.«

Der Kommissar zog die Brauen hoch. »Berichten Sie bitte, Frau Rubov. Was war das für ein Zwischenfall?«

»Der Begriff ›Zwischenfall‹ ist reichlich übertrieben«, kam Gabriele Sina zuvor. »Jemand hatte sich im

Wagen geirrt und versehentlich unsere Tür geöffnet«, sagte sie sehr sachlich und betont unaufgeregt.

Diehl ging darauf nicht ein, sondern blickte abwartend auf Sina. Nachdem diese ihre Freundin eingeschüchtert ansah und stumm blieb, fragte er: »Können Sie den Mann beschreiben, Frau Rubov?«

»Ja«, meinte Sina zaghaft.

»Nein«, kam es dagegen überaus resolut von Gabriele.

Sina schluckte und mied Gabis Blick. »Er war groß und hatte rötliches Haar.«

»Das kann genauso braun gewesen sein. In der Dunkelheit hat man doch gar nichts erkennen können.« Gabriele klang jetzt sehr schroff.

Diehl hielt sich zurück, wohl in der Hoffnung, dass sich die Frauen doch noch auf eine Beschreibung des Verdächtigen einigen konnten. Aber Gabriele hatte Sina schnell wieder auf ihre Spur gebracht – Diehl bekam keine weiteren Informationen.

»Na schön«, sagte er verdrießlich. Er schob den Frauen je eine Visitenkarte über den Tisch. »Ich schlage vor, Sie lassen die ganze Sache ein wenig sacken und versuchen, sich an weitere Details des Abends zu entsinnen. Rufen Sie mich an, wenn Ihnen noch etwas einfällt. Auch wenn es nur eine Kleinigkeit ist.«

»Warum hast du das getan?«, fragte Sina aufgebracht und mit hochrotem Kopf, kaum dass sie das Präsidium verlassen hatten. Sie standen mitten auf dem Jakobsplatz, hinter ihnen gab die St.-Elisabeth-Kirche mit ihrem klassischen Säulenportal und der riesigen grünen Kuppel eine imposante Kulisse ab.

»Was gemacht?«, mimte Gabi die Unschuldige und steckte die Hände in die Jackentaschen.

»Warum hast du dem Kommissar nicht die Wahrheit gesagt?«

»Habe ich doch. Ich hielt es nur nicht für schlau, sich bei der Beschreibung eines möglicherweise Tatverdächtigen vorschnell und von eigenen Angstgefühlen beeinflusst auf eine exakte Haarfarbe festzulegen. Denn wenn wir uns täuschen, sind wir ruck, zuck wegen Falschaussage dran.«

Sina packte die andere fest an der Schulter: »Rede keinen Unsinn! Du hast Diehl so ziemlich alles verschwiegen, was für seine Ermittlungen wichtig wäre! Willst du uns unbedingt noch weiter in den Schlamassel reinreiten?«

Gabriele blieb gelassen. »Im Gegenteil, Kleines, im Gegenteil.« Sie machte sich von Sina los und schlenderte langsam in Richtung Weißer Turm. »Aber es ist schlicht und einfach so, dass wir uns sämtlicher Möglichkeiten für unser eigenes Handeln berauben würden, wenn wir der Polizei schon jetzt alles preisgeben.«

»Wie? – Was für ein eigenes Handeln?«

»Zumindest die bisher entstandenen Kosten sollten wir wieder herausholen, bevor wir das Feld räumen und den Rest der Polizei überlassen, findest du nicht auch?«

Sina konnte kaum fassen, was sie da hören musste. Wütend fuhr sie ihre Freundin an: »Aus dir spricht die nackte Gier! Du hast dich vom Glanz des Goldes blenden lassen, ohne bisher nur eine einzige Münze, geschweige denn einen Barren gesehen zu haben! Bloß um deine Profitsucht zu befriedigen, willst du uns beide in Lebensgefahr bringen?«

»Gib uns eine letzte Chance«, appellierte Gabriele in versöhnlichem Ton. »Wir können mit eigenen, einfachen Mitteln eine Menge herausfinden, ohne dass eine von uns in Gefahr gerät.«

»Wie sollen diese Mittel aussehen?«, fragte Sina noch immer aufgebracht.

»Ganz einfach. Wir machen es genau so, wie wir es bei der NHA besprochen haben: Du bildest dich fort. Ein paar Tage die Schulbank drücken – das kann dir nicht schaden, oder?« Gabriele lächelte gewinnend.

»Du verlangst doch nicht ernsthaft von mir, dass ich nach all dem, was wir gerade erfahren haben …«

»Doch, Sinalein. Du belegst wie geplant einen Kursus bei der Hotel Akademie. Du wirst dabei die ganze Zeit unter Menschen sein, niemand würde dir dort in aller Öffentlichkeit etwas antun. Gleichzeitig könntest du unauffällig Nachforschungen anstellen, denn in der NHA wärst du mittendrin in …«

»… in der Höhle des Löwen«, vollendete Sina den Satz mit belegter Stimme.

19

Gabriele mochte dieses Gefühl ganz und gar nicht. Aber sie konnte es weder ignorieren noch abstellen. Sie wurde geplagt vom schlechten Gewissen!

Sie mutete ihrer Freundin mal wieder viel zu viel zu. Selbstredend hatte Sina recht gehabt, Gabriele brachte sie beide vorsätzlich in Gefahr! Auch wenn sie glaubte, dass ihre Gegner – wer immer sie wirklich waren – kaum in den eigenen vier Wänden zuschlagen würden und Sina innerhalb der NHA somit in Sicherheit wäre, konnte ihr Plan genauso gut schiefgehen.

Gabriele fluchte leise vor sich hin, als sie am Tag nach ihrem Kripobesuch ihren Wagen auf dem geschotterten Parkplatz am Augustinerhof abstellte und die wenigen Schritte hinüber zum Rathaus ging. Niemals würde sie es sich verzeihen, wenn Sina tatsächlich etwas zustieße. Deshalb wollte sie ein Sicherheitsnetz aus Informationen spinnen: Sie wollte so viel wie möglich über die Hotel Akademie herausfinden und hatte sich zu diesem Zweck mit einer alten Bekannten verabredet, die seit Langem im Wirtschaftsreferat beschäftigt war.

Inge Scholz war alt geworden. Als sich Gabriele bei diesem Gedanken ertappte, versuchte sie ihn augenblicklich zu relativieren, denn Inge war ihr Jahrgang. Mochte Inge den gleichen Eindruck auch von ihr haben?

»Was für ein seltener Besuch!«, begrüßte die korpulente Frau mit kastanienbraunem Pagenschnitt sie mit warmem Händedruck. Gabriele ließ sich von Inge Scholz gern zu einem Tee einladen und brachte nach einigem belanglosen Vorgeplänkel ihr Interesse an der NHA zum Ausdruck.

»Die NHA, die Akademie, soso …« Inge Scholz begann sogleich, emsig in ihren Akten zu blättern. »Da haben wir etliches. Die sind sehr aktiv. Ein renommierter Betrieb. Haben einen exzellenten Ruf in der Branche. Sozusagen ein Aushängeschild.«

»Fein«, kürzte Gabriele die Lobhudeleien ab. »Hast du etwas über die Eigentümerverhältnisse, die Struktur und den Aufbau des Unternehmens?«

Wieder blätterte Inge. »Das ist komplex. Die NHA ist eine GmbH & Co KG, aber es steckt auch eine Stiftung mit drin.« Sie blätterte und blätterte. »Der Geschäftsführer heißt …«

»Ja?« Gabriele horchte auf.

»… er heißt Oliver Kern.«

»Sagt mir nichts«, meinte Gabriele etwas enttäuscht.

»Ja, er ist auch nur der Geschäftsführer Deutschland«, schränkte Inge ein.

»Wieso ›nur‹? Und weshalb Deutschland? Ist die Akademie etwa auch international aktiv?«, wollte Gabi wissen.

»Ja, ja«, sagte Inge vergeistigt und vertiefte sich wieder in ihre Unterlagen. »Die NHA ist lediglich eine Tochtergesellschaft. Die Mutter sitzt in den Staaten. Ein US-Konsortium. Die Struktur ist recht verworren, aber das ist nichts Ungewöhnliches für ein aufstrebendes Dienstleistungsunternehmen.«

»Die Muttergesellschaft ist also in den USA ansässig?«, fragte Gabriele, die sich keinen Reim auf diese Information machen konnte. Hatte sie bis eben noch geglaubt, es mit einer Gruppe von Personen in einem überschaubaren Raum zu tun zu haben, wurde die Angelegenheit mit einem Mal zu einer internationalen Affäre. Sie suchte nach weiteren Möglichkeiten, den Hebel anzusetzen, doch ihr fiel nichts Besseres ein, als zu fragen: »Du bist sicher, dass mit dieser Firma alles sauber läuft? Dass sie nicht bloß eine Fassade für ganz andere Geschäfte ist?«

Inge Scholz schmunzelte. »Nein, nein. Die NHA ist ein sauberes Unternehmen mit tadellosem Ruf und eine eifrige Gewerbesteuerzahlerin. Ich kann mir nicht vorstellen, dass bei der Akademie etwas nicht mit rechten Dingen zugeht.« Sie grübelte noch eine Weile über den Unterlagen, schob den Aktenordner dann jedoch mit beherztem Schwung beiseite. Sie nahm einen Schluck Tee und lächelte breit. »Aber nun erzähl mal, Gabi: Wie geht es dir? Was macht dein Geschäft? Und gibt es endlich einen Mann in deinem Leben?«

20

Sina näherte sich ihrem aufgezwungenen Observationsziel wie eine Raubkatze ihrer Beute: Sie strich in einem weiten Bogen um das ehemalige Hotel, die heutige NHA-Zentrale, hielt die Augen offen und machte sich ihre Gedanken. Während sie die mintgrüne Front mit dem vorgelagerten Gastraumrondell und dem auf schlanken Stützen ruhenden Panoramabalkon mit Geländer im 50er-Jahre-Schick begutachtete, kam ihr der Gedanke, dass die Akademie von außen betrachtet einen unscheinbaren und dadurch auch harmlosen Eindruck hinterließ. Das Gebäude war gut in Schuss und wirkte sehr gepflegt, aber es entstammte einer längst vergangenen Zeit und verbreitete dadurch einen Hauch von Nostalgie. Sina ging an den hohen, konvexen Scheiben des Restaurants vorbei, in dem gerade eine in Alter und Geschlecht sehr gemischte Gruppe einem Vortragenden lauschte, der seine Ausführungen mit Grafiken am Overheadprojektor verdeutlichte. Sina ließ einen kleinen Teich, stilecht eingefasst in einem mit Mosaiksteinchen verzierten Beckenrand, links liegen und ging auf die Eingangstür am Treppenhaus zu.

Sie wog nicht zum ersten Mal an diesem Tag ab, ob es vernünftig war, was sie vorhatte, überwand ihre Zweifel und fasste frischen Mut. Sie öffnete die Tür und betrat das Foyer der Akademie. Nichts hatte sich verändert, seit sie kürzlich hier gewesen war: Die gleiche ruhige Atmosphäre, die die besonnene Mischung aus alt und neu des Gebäudes und des Interieurs trug, die gleiche gedämpfte Geräuschkulisse, ja sogar dieselbe blasierte Rezeptionsdame war anwesend. Sina zögerte ein letztes Mal, als sie auf Höhe eines Zimmerspringbrunnens stehen blieb. Doch es gelang ihr, ihren gesunden Menschenverstand so weit zu unterdrücken, dass sie ihr Vorhaben in die Tat umsetzen konnte.

»Tag«, sagte sie, als sie die Rezeption erreichte. Sina lächelte so unbedarft, wie sie es mehr schlecht als recht hinkriegen konnte.

»Guten Tag«, begrüßte die Empfangsdame sie mit zuvorkommendem Nicken. »Schön, dass Sie es sich so schnell überlegt haben. Welchen Kursus möchten Sie denn bei uns belegen?«

Sina war etwas überrascht. »Ach, Sie erinnern sich an mich?«

»Ich habe ein gutes Personengedächtnis«, sagte die Frau mit falscher Bescheidenheit. »Gehört dazu in meiner Position.«

Sina schrieb sich für einen Fortbildungskurs mit dem Titel ›Bankett – die Tradition wahren und Innovation wagen‹ ein, den sie sich nach dem Zufallsprinzip aus dem recht großen Angebot an Tagungen und Seminaren herausgesucht hatte. Der Bankett-Kursus war auf drei Tage angelegt und hatte den großen Vorteil, dass er bereits morgen beginnen sollte. Sina hatte den letzten freien Platz erwischt. Aber es gab auch einen Nachteil, der vor allem Sponsorin Gabi ganz und gar nicht gefallen würde: die Teilnahmegebühr in Höhe von 585 Mark. Netto.

Nachdem sie die Formalitäten erledigt und den Anmeldebogen bei der Empfangsdame abgegeben hatte, erkundigte sie sich nach den Toiletten. Denn warum sollte sie bis morgen warten und damit kostbare Zeit verstreichen lassen, wenn sie schon heute einen ersten flüchtigen Blick hinter die allzu seriöse Fassade der NHA werfen konnte?

»Die Treppe hinunter und dann gleich auf der rechten Seite«, beschrieb ihr die Rezeptionistin den Weg.

Sina durchmaß ohne allzu große Eile das Foyer und benutzte die mit geräuschdämmenden Teppich ausgelegten Treppenstufen ins Untergeschoss. Dort fand sie sich in einem schummrig beleuchteten Gang wieder. Die Türen zum Herren- und Damenklo waren gleich am Anfang des Flurs, unmittelbar neben dem Zugang zu einem stillgelegten Lastenaufzug. Aber Sina interessierte sich vielmehr für die Türschildchen neben den anderen Zugängen. Insgesamt sechs Türen wies der Flur auf. Sina fand – abgesehen von den WCs – anhand der Türschilder die ›Bekleidungskammer‹, das ›Stuhllager‹, ein nicht näher beschriebenes ›Archiv‹ und einen Raum, dessen Funktion anonym blieb. Die Tür verfügte über keine Klinke. Als Sina versuchte, am Knauf zu drehen, tat sich gar nichts. Der Raum war verschlossen, aber etwas anderes hatte Sina auch nicht erwartet. Ihr

Forschungsdrang indes war geweckt – Türen, die sich nicht öffnen ließen, und die in einen unbekannten Bereich führten, hatten sie schon immer gereizt.

Doch ihr detektivischer Eifer musste warten, denn etwas ausrichten konnte Sina auf die Schnelle natürlich nicht. Sie ging langsam zurück und hatte in Gedanken bereits die Akademie verlassen, da bemerkte sie im Vorbeischlendern an der Wand einen kaum beleuchteten Plan. Es war eine einfache Übersicht, ein skizzenhafter Grundriss – der feuerpolizeilich vorgeschriebene Fluchtplan. Sina erkannte den Gang, in dem sie sich gerade aufhielt. Sie bestimmte ihre gegenwärtige Position, presste ihren Zeigefinger darauf und führte ihn zu den einzelnen Räumen, deren Türen sie in den letzten Minuten passiert hatte. Jeder Raum war mit seiner entsprechenden Aufgabe beschrieben. Am Ende des Ganges war der Raum eingezeichnet, dessen Funktion ihr mangels Schildchen nicht bekannt geworden war. Die Ersteller des Fluchtplans hingegen – wahrscheinlich penible Bürokraten – waren weniger dezent als die Direktion und führten die Raumbezeichnung genauso auf wie diejenigen aller anderen Zimmer, Flure und Aufgänge.

Sina pfiff durch die kleine Lücke zwischen ihren Schneidezähnen, als sie das kurze Wort mit sechs Buchstaben las.

21

Über die 585 Mark war Gabriele tatsächlich nicht begeistert. Ihre Gesichtszüge entglitten für einen kurzen Moment, aber sie fing sich schnell und blieb sogar bei ihrer Ankündigung, heute Abend die Zeche erneut zu zahlen: Gabriele hatte in ihrer selbst ernannten Rolle als ›Lenkerin der Schlacht‹ alle Beteiligten des verheißungsvollen Goldrauschs zum Essen eingeladen.

Dass sie dafür ausgerechnet das ›La Mamma‹ im Marientorzwinger ausgewählt hatte, hatte Sina zunächst ziemlich verwundert, denn das beliebte italienische Restaurant war jeden Abend gerammelt voll. Die Tische in dem kleinen Lokal standen dicht an dicht und waren nur durch dünne hölzerne Raumteiler voneinander getrennt. Doch nun, als sie zusammensaßen und auf ihr Essen warteten, wurde Sina klar, dass Gabriele keinen besseren Ort außerhalb ihrer Wohnung hätte finden können, um vertrauliche Dinge inmitten der Öffentlichkeit zu besprechen. Schon wegen der temperamentvoll und lautstark geführten Gespräche der vielen Gäste war es kaum möglich, einen Satzfetzen vom Nachbartisch aufzufangen. Abgesehen davon verbreitete die Küche, die zum Gastraum geöffnet war und immer wieder durch spektakuläre Stichflammen, begleitet von scharfen Zischgeräuschen, für Aufmerksamkeit sorgte, eine permanente Geräuschkulisse. Die Rufe des Pizzabäckers und das Dröhnen seiner Bleche taten ihr Übriges.

Als die Chefin die Hauses – La Mamma persönlich! – ihre Tagesempfehlung servierte, war Sina vollends davon überzeugt, dass Gabriele die richtige Wahl getroffen hatte. ›Duetto‹, das waren Gnocchi an cremig milder Gorgonzolasoße, die einen wunderbaren Kontrast zu feurig scharfen Penne al arrabiata darstellten.

Die Zusammensetzung der Teilnehmerliste des Abends wurde Sina trotz dieser kulinarischen Pro-Argumente nicht schlüssig: Dass Friedhelm heute Abend dabei sein durfte, erschien ihr noch halbwegs nachvollziehbar. Aber dass Gabriele auch Klaus – ausgerechnet Klaus! – dazubestellt hatte, wollte ihr einfach nicht in den Kopf gehen. Okay, Gabi hatte argumentiert, dass er früher schon das ein oder andere Mal gute Ideen eingebracht hatte und sich, wenn es drauf ankam, immer hilfsbereit gezeigt hatte. Aber Gabriele konnte Klaus doch eigentlich nicht ausstehen – warum also musste sie ihn nun unbedingt mit ins Boot holen anstatt ihm mit dem bisschen Wissen über ihr Unterfangen abzuspeisen, das er bisher schon hatte?

»Lasst es euch schmecken!« Gabriele nahm das Besteck in die Hand, die anderen taten es ihr gleich. Für die nächsten Minuten herrschte genussvolles Schweigen. Niemand ließ auch nur eine einzige Nudel auf dem Teller zurück. La Mamma tauschte die Wasserkaraffe auf dem Tisch gegen eine frisch aufgefüllte aus und brachte auch neuen Wein.

Gabriele sorgte bewusst dafür, dass sich die Gespräche, die sie in der Zeitspanne bis zum Nachtisch führten, oberflächlich und unbeschwert blieben. Mit keinem Wort erwähnte sie ihre Mission. Ihr einziges Anliegen war es zunächst, zu erreichen, dass sich alle wohlfühlten. Dabei legte sie ein besonderes Augenmerk auf Sina, die sie durch die Einladung von Klaus in eine Zwickmühle gebracht hatte. Sie musste sich nun wieder mit ihrem Ex befassen – zwangsläufig. Gabrieles Hintergedanke bestand darin, dass sie damit vorzeitig eine Situation herbeiführte, die ihr zu einem späteren Zeitpunkt schaden könnte. Denn wenn die Operation DDR-Gold erst einmal richtig angelaufen war, konnte sich Gabi keine Ablenkungen und Risiken durch frisches Liebesglück (oder Liebeskummer) ihrer Partnerin erlauben. Deshalb wollte sie die beiden ewig Liebenden und Streitenden so schnell wie möglich zusammenführen und zu einer Aussprache oder was auch immer verleiten, um dann später alle Kräfte für ihr Projekt bündeln zu können.

Tatsächlich widmete sich Sina nach dem Essen und zwei Gläsern Wein ihrer alten Liebe. Zwar voller Skepsis und lediglich mit heimlichen Blicken aus den Augenwinkeln – aber sie nahm ihn wahr, ließ sich auf ihn ein, ergründete ihn. Klaus war jetzt Mitte 30. Er war in die Jahre gekommen, wie sie neulich schon festgestellt hatte. Seine Gesichtszüge aber blieben die von Klaus, so wie es seinem Wesen entsprach. Seine offene, manchmal zu offene Art, die ab und zu ins Kindliche umschlug, war wohl ein wirksames Mittel gegen frühzeitige Faltenbildung, Tränensäcke und den trüben Blick von schnell alternden Pessimisten. Sina musste unwillkürlich schmunzeln. Sie wusste, dass Klaus ein Schuft war, ein Schürzenjäger und Aufschneider. Doch – verdammt! – dieser Mann reizte sie nach wie vor. Sie hatte noch nicht abgeschlossen mit ihm. Auf irgendeine tief verborgene, animalische Art und Weise sehnte sie sich nach wie vor nach seinen Berührungen, nach seinem Körper …

»Lasst uns anfangen«, rief Gabriele alle vier zur Konzentration auf, nachdem sie sich eine ganze Platte italienischer Nachspeisenköstlichkeiten und ein halbes Dutzend Espressi einverleibt hatten. »Eine Bestandsaufnahme: Was wissen wir sicher? Was müssen wir noch wissen? Und – wann können wir zuschlagen?«

Sina, überrumpelt von Gabrieles plötzlichem Aktivismus, fragte: »Was meinst du denn um Himmels willen mit ›zuschlagen‹?«

»Keine Sorge, Kleines.« Gabriele grinste. »Ich wollte euch nur munter machen. Ein kleiner Adrenalinkick, verstehst du?« Sina nickte verhalten. Gabriele setzte fort: »Wir haben einiges erlebt in den letzten Tagen. Vieles davon war unerfreulich. Das soll uns aber nicht den Blick verstellen auf die vielen guten Dinge, die uns unser Wissen bringen kann.

Uns allen ist bewusst, dass es um eine äußerst wertvolle und beständige Ware geht, die wir in unseren Händen wissen wollen. Um Gold …«

»Hast du dir schon über die Aufteilung Gedanken gemacht?«, unterbrach Friedhelm.

Gabriele, die bis eben versonnen an die Decke des Lokals geblickt hatte, sah ihren Bruder verärgert an. »Was ist denn das für eine profane Frage? Ich bin gerade dabei, eine Vision zu zeichnen und du interessierst dich bloß für die Aufteilung der Beute?«

»Das wäre – um ehrlich zu sein – auch mein größtes Interesse«, sagte Klaus mit der für ihn typischen Unbescheidenheit.

Gabriele schnaufte. »Ihr seid alle miteinander Simpels! Ich hätte mir mehr Begeisterung erhofft. Eigentlich habt ihr es gar nicht verdient, dass ich euch teilhaben lasse, aber was bleibt mir anderes übrig?« Sie straffte die Schultern, sah sich um, ob wirklich niemand Fremdes lauschte und trug sachlich vor: »Meine Theorie lautet, dass die DDR-Edelmetallreserven nicht vollständig aufgelöst wurden, sondern noch immer an einem unbekannten Ort in oder um Berlin lagern. Kuriere transportieren die Münzen, Unzen oder Barren in kleinen Mengen in den Westen, wo die NHA in Nürnberg als Umschlagplatz dient. Einer dieser Kuriere ist Schmidbauer, der in seiner Funktion über jeden Zweifel erhaben ist und zu dessen Job eine rege Reisetätigkeit gehört, weshalb niemand Verdacht schöpft. Von der Akademie aus wird das Gold schließlich wiederum in kleinen Mengen in alle Welt verkauft. Wir haben es hier also nicht mit einer klassischen Geld-, sondern mit einer Goldwäsche zu tun.«

»Ich verstehe nicht. Wie soll das funktionieren?«, hakte Friedhelm nach.

Ihr Bruder war mal wieder schwer von Begriff, dachte sich Gabriele, erklärte aber geduldig: »Die Barren werden mithilfe nicht kontrollierter Inlandsflüge Charge für Charge von Berlin nach Nürnberg transportiert. Dort werden sie für den weiteren Versand ins Ausland vorbereitet und wohl auf irgendeine Art und Weise getarnt, um bei den Zollkontrollen an den Grenzen nicht aufzufallen. Ich habe noch keine Vorstellung davon, wie sie es anstellen, aber anscheinend funktioniert es.«

Die anderen ließen die Worte auf sich wirken, nickten dann einvernehmlich. Einzig Sina brannte eine Frage auf der Zunge: »Das klingt alles sehr einleuchtend, aber auch ziemlich kriminell. Wie genau sieht nun dein Plan aus?«

Gabriele beugte sich über den Tisch, die anderen schoben ihre Köpfe noch dichter zusammen. »Mein Plan ist ganz einfach der, dass wir uns ein Stück vom Kuchen abschneiden. Wie du ganz richtig festgestellt hast, Sina: Die Goldwäsche ist illegal, ja kriminell. Uns wird also niemand anzeigen, wenn wir die eine oder andere Lieferung für unsere Zwecke abzweigen.«

»Das wäre aber genauso kriminell«, protestierte

Sina und sah die beiden Männer in der Runde nach Bestätigung suchend an.

Doch Klaus und Friedhelm schienen sich eher mit Gabrieles Gedankenwelt anfreunden zu können. Sie lächelten sich versonnen zu und warteten darauf, dass Gabriele weitere Details enthüllte, was diese ihnen allerdings schuldig blieb. Stattdessen richtete sie ihren Blick auf Sina und sagte: »Mir ist voll und ganz klar, dass wir uns am Rande der Illegalität bewegen. Aber keine Sorge, ich habe nicht vor, den Kurier zu überfallen oder etwas ähnlich Brachiales zu wagen. Ich suche lediglich nach der Achillesferse des Systems. Nach einem Schlupfloch, durch das wir unseren Profit an uns bringen können. Und da bin ich vor allem auf deine Hilfe angewiesen.«

Sina biss sich auf die Lippen. Sie haderte mit sich und ihren Grundsätzen. Währenddessen blieben drei Augenpaare unverwandt auf sie gerichtet. Schließlich gab sie ihren Widerstand auf und erklärte: »Ich habe etwas entdeckt.« Sina stürzte den Rest aus ihrem Weinglas herunter, bevor sie weitersprach: »In der Akademie gibt es einen Kellertrakt mit Toiletten, Stuhllager und so weiter. Ratet mal, was dort sonst noch untergebracht ist?« Die anderen sahen sie fragend an. Friedhelm zuckte mit den Schultern. Sina ließ sich Zeit mit ihrer Antwort: »Es gibt dort einen Raum mit der Bezeichnung ›Tresor‹ – und ich sage euch, Leute, dieser Raum ist nicht gerade klein.«

Die anderen machten große Augen. »Ein Tresorraum? Die ideale Lagerstätte für Goldbarren …«, meinte Friedhelm ehrfurchtsvoll.

»Hast du eine Quadratmeterzahl?«, wollte Gabriele sogleich wissen. »Das würde Rückschlüsse erlauben auf …«

»So ein Unsinn«, meldete sich Klaus zu Wort. »Jedes Hotel, das etwas auf sich hält, hat einen Tresor. Den Gästen wird ein Safe zur Aufbewahrung von Schmuck, Geld oder wichtigen Dokumenten angeboten. Und die NHA war doch mal ein Hotel, oder?«

Sina sah erst Gabriele an, dann wieder Klaus und nickte still. Sie musste sich erst sammeln, bevor sie zu argumentieren begann: »Das ist richtig, Klaus. Aber meistens gibt es dafür kleine Zimmersafes oder einen Geldschrank im Hinterzimmer der Rezeption. Auf dem Fluchtwegeplan der Akademie ist jedoch ein Tresorraum eingezeichnet, der von seinen Abmessungen her größer wirkte als die Damen- und Herrentoiletten zusammen.«

In Gabrieles Augen trat ein Funkeln, als sie sich auszurechnen begann, wie viele Barren Gold sich in einem Raum dieser Größe unterbringen ließen. Auch Klaus nickte anerkennend, hakte aber noch einmal nach: »Ich bleibe dabei, ein Tresorraum in einem Hotel besagt noch gar nichts.« Er lauerte darauf, wie Sina reagieren würde.

»Das mag ja sein. Aber die Tatsache, dass jedes Hotel einen Safe oder Tresor hat, muss umgekehrt nicht ausschließen, dass dieser Raum für die Lagerung des

Goldes genutzt wird«, konterte sie mit klopfendem Herzen. – Mist, verfluchter! Warum pochte ihr Herz so ungestüm, wenn sie mit diesem Idioten sprach?

Nüchtern betrachtet – hatte Klaus nicht recht mit seinen Zweifeln? War es nicht voreilig, aus einem flüchtig betrachteten Lageplan kühne Schlüsse über den Verwendungszweck eines Raums zu schließen? Und überhaupt: Sina hatte starke Vorbehalte gegenüber Gabrieles wie auch immer gearteten Plan. Was hatten sie denn überhaupt für Möglichkeiten, um an weitere Informationen, geschweige denn das Gold zu kommen? Sie sah ihre Freundin grimmig an: »Gabi, mal ehrlich, eine Vision ohne Realisationschancen ist nichts anderes als Halluzination. Wie sollen wir auch nur an einen einzigen der Barren herankommen? Mal ganz abgesehen davon, dass uns dieses Gold gar nicht zusteht.«

»Wie bereits gesagt«, antwortete Gabriele geduldig. »Wir müssen ein Schlupfloch finden.«

»Und wie, bitte schön, sollen wir das bewerkstelligen?«, äußerte nun auch Friedhelm seine Zweifel.

»Indem wir uns noch mehr Informationen besorgen.«

»Ja«, stimmte ihr Klaus zu. »Erst einmal muss die Akademie gründlich ausgekundschaftet werden.«

Sina sah ihn aggressiv an. »Das sagt sich leicht. Aber wie stellst du dir das vor? Soll ich die Rezeptionistin fragen, ob ich meine Modeschmuckohrringe während meines Kurses im Tresor aufbewahren kann und sie mir freundlicherweise aufsperrt?«

Klaus lächelte süffisant. »Nein, es wird reichen, wenn du während deines Lehrgangs öfter mal für kleine Mädchen gehst.«

»Bitte?«

»Sagtest du nicht, dass die Klos im selben Flur liegen wie der Tresorraum? Wie praktisch! Wenn Schmidbauer oder ein anderer Kurier auftauchen, klemmst du dich unter dem Vorwand des Harndrangs an ihn dran und kannst mit etwas Glück einen Blick auf die Regale werfen, deren Bretter sich unter dem Gewicht des Goldes biegen …«

Sina war nahe dran, ihrem Ex an die Gurgel zu gehen. Sein selbstgefälliges Lächeln setzte dem Ganzen die Krone auf! Aber sie ahnte, dass Gabrieles Erwartungen an sie nicht anders aussahen. Widerstand war zwecklos.

22

Sina konnte nicht in den Schlaf finden. Aufgewühlt durch die Gespräche des Abends und angeheitert durch den vielen Rotwein wälzte sie sich hin und her. Ihr Nachthemd war verschwitzt. Sie richtete sich auf und zog es aus. Sie fuhr sich mit beiden Händen über die nackte Haut, um die Feuchtigkeit abzustreifen. An eine geruhsame Nacht war nicht zu denken.

Sie knipste das Licht an. Sie musste eine Beschäftigung finden, um sich abzulenken. Ein Buch lesen, vielleicht. Eines, das sie doch noch müde machen würde. Aber nach Belletristik stand ihr nicht der Sinn. Sie musste etwas Handfestes finden, ein Sachbuch. Sie richtete sich auf, ging zum Bücherregal nach nebenan. Dort fiel ihr Blick auf eine Reihe von Bänden, die sie aus der Schulzeit herübergerettet hatte. Unter anderem einen dicken Wälzer über Biologie. Der brachte sie auf einen ganz bestimmten Gedanken: Was hatte der bärtige Kommissar im Präsidium ihnen über den Mord an dem Philatelisten erzählt? Hatte er nicht ein ganz bestimmtes Gift erwähnt?

Sina nahm das Buch aus dem Regal und schlug es auf. Im Inhaltsverzeichnis wurde sie bald fündig: ›Botulinumtoxin‹. Sie blätterte das entsprechende Kapitel nach. Rückwärts gehend und vertieft in die Lektüre, näherte sie sich ihrem Sofa. Splitternackt, wie sie war, ließ sie sich auf dem weichen Polster nieder. Sie kreuzte die Beine zum Schneidersitz, legte das Buch auf die Oberschenkel und las.

›Botolinumtoxin verhindert die präsynaptische Ausschüttung des Transmitters Acetylcholin und hemmt dadurch die Erregungsübertragung zwischen Nervenzellen und Muskeln. Die Kontraktionsfähigkeit der Muskeln wird eingeschränkt bzw. kommt zum Erliegen. Die Symptome sind Erbrechen, Auftreten von Doppelbildern, Krämpfe, schließlich Lähmung. Die Atmung setzt aus. Der Tot tritt nach wenigen Minuten durch Herzstillstand ein.‹

Sina sah geschockt auf. Ein grausames Gift! Sie musste sich regelrecht zwingen, weiterzulesen.

›Botolinumtoxin ist das stärkste aller bekannten Gifte. Die tödliche Dosis durch Injektion liegt bei einem Nanogramm. 500 Gramm würden für die Auslöschung der gesamten Menschheit ausreichen.‹

Sina schlug das Buch zu. Ihr war übel.

Sie fühlte sich wie gerädert, als sie der Wecker am nächsten Morgen aus einem unruhigen Schlaf riss. Ihre Hand tastete nach dem Stummschalter, doch dann besann sie sich darauf, dass sie nicht wieder einschlafen durfte. Der Bankett-Kursus begann bereits um 9 Uhr. Höchste Zeit zum Aufstehen und Frischmachen!

Mit der Straßenbahn fuhr sie bis zur Endhaltestelle am Tiergarten und ging den Rest des Weges zu Fuß. Die Akademie, umsäumt vom Lorenzer Reichswald, wurde von der Morgensonne angestrahlt und machte einen einladenden Eindruck. Beherzt ging Sina ins Foyer, wo bereits eine Gruppe junger Leute beisammenstand und ihr neugierig freundliche Blicke zuwarf. Es roch nach frisch aufgebrühtem Kaffee und diversen Damenparfüms.

Der Kursleiter, ein agiler Mann von Mitte 30, den Sina spontan ›Kleiner Italiener‹ taufte, führte die Gruppe nach kurzem Begrüßungssmalltalk in den Restaurantbereich, der erwartungsgemäß als Tagungsort diente. Sina war ein wenig erstaunt, als kurz vor Beginn der Overheadprojektion ein weiterer Herr erschien und sich mit begrüßenden Worten an die Kursteilnehmer wandte: Oliver Kern, der NHA-Geschäftsführer. Sina machte sich auf ihrem Stuhl ganz klein, um nicht aufzufallen. Sie wollte, dass so wenig wie möglich von ihr Kenntnis genommen wurde, um ihren eigentlichen Auftrag nicht zu gefährden.

Kern, der mit seinen ungelenken Bewegungen so steif wirkte, als hätte er einen Besenstil verschluckt, machte die Figur eines Oberlehrers. Sein Habitus war schulmeisterlich streng und hölzern, seine Rede trocken und langweilig. Sina war froh, als er recht bald wieder das Feld räumte. Schon im Ausgang stehend, drehte er sich jedoch noch einmal um und nickte den Kursteilnehmern zu. Sina hatte den Eindruck, als würden seine dunklen Augen einen Deut zu lange auf ihr ruhen.

Endlich war er verschwunden, sodass der kleine

Italiener, der sich als Herr di Lorenzo vorstellte, das Arbeitspensum darlegen und mit dem Unterricht beginnen konnte.

Der Kurs war noch langweiliger, als Sina befürchtet hatte. Trockene Theorie über Themen, die sie nicht im Geringsten interessierten. Da half es auch nichts, dass der kleine Italiener alle naslang anzügliche Witze auf Kosten der Kursteilnehmerinnen einstreute, die er selbst wohl für charmant hielt. Glücklicherweise wurde bald der Ruf nach einer Zigarettenpause laut. Sina verließ gemeinsam mit den anderen den Saal. Sie hielt sich zunächst im Foyer auf und wartete darauf, dass der erste Schwung ihrer Mitschüler vom Toilettengang zurückkam. Erst dann ging sie selbst die Stufen in den Kellertrakt hinab.

Der Flur war schummrig beleuchtet wie beim letzten Mal. Sina schritt den Gang langsam ab. Sie ging an den Toilettentüren vorbei bis ans Ende des schmalen Schlauchs. Vor der geschlossenen Tür des vermeintlichen Tresorraums verharrte sie einige Zeit. Nichts tat sich.

Als sie ihre Pause nicht weiter in die Länge ziehen konnte, ohne dabei aufzufallen, machte sie kehrt und ging zurück zur Treppe. Dort legte sie eine weitere Pause ein und lauschte in die Stille. Das Treppenhaus war leer. Niemand kam mehr herunter. Weder Mitschüler noch einer der Boten wie Schmidbauer. Aber was hatte sie denn erwartet? Sie durfte nicht zu ungeduldig sein.

Di Lorenzo machte weiter damit, den zähen Lernstoff durchzukauen, kaum dass alle Teilnehmer wieder auf ihren Plätzen saßen. Sina stützte ihren Kopf auf die verschränkten Finger – und fühlte sich allzu sehr an die eigene dröge Schulzeit erinnert.

Erst am späten Vormittag war ihnen eine zweite Pause vergönnt. Sina wartete wieder eine Weile ab und ging dann ins Kellergeschoss. Diesmal musste sie tatsächlich aufs Klo. Im Waschraum der Damentoilette traf sie auf eine andere Kursteilnehmerin, eine hübsche Blonde, die sich gerade den Lippenstift nachzog. Beide tauschten ein paar Floskeln aus. Dann ging die Frau. Sina war wieder allein. Sie suchte eine der Kabinen auf. Sie genoss es, wenigstens beim Pinkeln nicht die penetrante Stimme des kleinen Italieners hören zu müssen.

Anschließend machte sie abermals ihre Runde durch den Flur. Sie näherte sich der Tür des Tresorraums und konnte es sich nicht verkneifen, am Türknauf zu drehen. Natürlich war der Raum verriegelt.

Das war wohl nichts, dachte sich Sina und wandte sich zum Gehen. Im selben Moment zuckte sie zusammen. Wie aus dem Nichts war di Lorenzo aufgetaucht und stand ihr unmittelbar gegenüber. Seine schwarzen Augen blitzten, als er fragte: »Haben wir uns verlaufen?«

Sina japste nach Luft, so sehr hatte sie sich erschreckt. »Nein«, sagte sie hastig. »Ich war nur auf der Toilette.«

Ihr Gegenüber machte ein Gesicht, als ob ihm

gerade eine Menge durch den Kopf ging, und es sah nicht so aus, als handele es sich dabei um angenehme Gedanken. »Der Kurs geht weiter«, sagte er schließlich streng. Sina kam es so vor, als läge etwas Drohendes in seinem Tonfall.

Sie war eingeschüchtert, wollte es sich jedoch nicht anmerken lassen. »Ja, ja, schon gut. Ich komme mit«, antwortete sie mit aufgesetzter Lässigkeit.

Der kleine Italiener sah sie nachdrücklich an, bevor er zur Seite trat und den Weg freimachte. »Bitte. Gehen Sie voraus.«

Sina gehorchte. Als sie seinen Blick in ihrem Nacken spürte, schauderte sie.

23

Sina war völlig ausgelaugt, als sie die Akademie am späten Nachmittag verließ. Der Kurs hatte sich unendlich in die Länge gezogen. Die letzten beiden Pinkelpausen, die sie noch einlegen konnte, blieben ermittlungstechnisch völlig unergiebig. Außerdem traute sie sich nach ihrer Begegnung mit dem Kursleiter nicht mehr, sich länger als jeweils fünf Minuten im Kellertrakt aufzuhalten. Auch Schmidbauer war nicht aufgetaucht, ebenso wenig wie ein anderer Mann mit einem Akten- oder Pilotenkoffer, der groß genug für einen Goldtransport gewesen wäre.

»Fehlanzeige«, schimpfte sie vor sich hin, während sie mit wütenden Schritten auf den Haupteingang des Tiergartens zuhielt, dem Treffpunkt, an dem Klaus sie nach dem Kursus einsammeln sollte.

Tatsächlich wartete er bereits in seinem Golf und stieg winkend aus, kaum dass er sie erspäht hatte. Sina hatte nicht die geringste Lust auf die Fahrt an Klaus' Seite und erst recht nicht dazu, ihm von ihrem frustrierenden ersten Tag an der NHA zu berichteten. Aber natürlich musste sie es dennoch tun, denn alles andere wäre unhöflich gewesen. Also pflegte sie die Konversation, während Klaus sie chauffierte.

»Für den ersten Tag war das nicht übel«, meinte er, als Sina geendet hatte.

»Schmeichler«, gab sie etwas bissig zurück.

»Ganz und gar nicht. Du hast zwar keinen Zugang zum Tresorraum bekommen – was nicht anders zu erwarten war –, dafür aber bist du auf zwei schräge Vögel gestoßen, die vielleicht eine wichtige Rolle spielen: der kleine Italiener, wie du ihn nennst, und Oliver Kern, den Geschäftsführer.«

»Na ja«, wiegelte Sina ab. »Dass der Kursleiter nicht ganz sauber ist, mag schon stimmen. Aber Kern wirkt viel zu spießig und pedantisch, um Dreck am Stecken zu haben. Ich glaube, er ist der Saubermann im Unternehmen, der vom Goldschmuggel nichts weiß – wenn es diesen Schmuggel denn überhaupt gibt.«

»Wie dem auch sei, du hast deine Sache gut gemacht«, lobte Klaus.

Sie hielten an einer Ampel, als er überraschend über ihren Arm strich. Sina merkte, wie sich die Härchen auf ihrer Haut aufrichteten. Erst dachte sie, es wäre eine Abwehrreaktion. Aber dann erfasste sie das verwirrende Gefühl, dass sie sein Streicheln als angenehm empfand, ja … prickelnd.

»Soll ich dich bei Gabriele vorbeibringen oder willst du nach dem anstrengenden Tag gleich nach Hause?«, fragte Klaus mit selten gezeigter Fürsorge.

Sina hatte vorgehabt, ihrer Freundin heute noch Bericht zu erstatten. Doch nun war sie sich nicht mehr sicher, ob sie das wollte. Natürlich war sie erschöpft und auch frustriert über den unergiebigen Seminartag. Auf unerfindliche Weise war sie aber auch aufgeputscht und unternehmungslustig. Und

sie war … – sie sog Klaus' herbes Aftershave ein –
sie war erregt. Sie musterte ihren Ex, fühlte ihr Herz
fordernd klopfen. »Bring mich nach Hause«, hörte
sie sich dann selbst sehr entschieden sagen.

Man weiß ja, wie das ist, dachte sich Sina: Eine Frau
lädt ihn ein, noch auf ein Gläschen mit hochzukom-
men. Ein Nein als Antwort würde sie in einer solchen Situation nicht akzeptieren. Also ließ Sina Klaus
keine Gelegenheit zu einem Widerspruch. Als er den
Motor seines VW Golf nicht sofort abstellte, erle-
digte sie das für ihn. Sie drängte ihn aus dem Auto,
dirigierte ihn durch den Hausflur hinein in ihre Wohnung und ignorierte seine vielen Worte, die währenddessen auf sie einprasselten.

Sie zog sich in Windeseile aus. Sie handelte wie
ferngesteuert und beobachtete sich selbst dabei, wie
sich Teile ihres Körpers im Zeitraffertempo entblöß-
ten und die Kleidungsstücke durch die Gegend flogen. Sina hatte es brandeilig. Während Klaus zauderte,
zögerte und sich in ungewohnter Schüchternheit übte,
hatte Sina längst sein Hemd aufgeknöpft, seinen Gür-
tel aufgeschnallt, die Hose heruntergezogen und ver-
senkte ihre Hände in seinem Slip. So kannte sie sich
selbst nicht, aber es war ihr auch egal. Sie spürte eine
alles andere überwältigende Gier in sich aufkeimen.
Eine Gier, die sie hier und jetzt stillen musste.

Klaus machte den Mund auf, um angesichts dieses
Sturmangriffs zu protestieren oder auch das Gegenteil. Da klammerte sich Sina schon an seinen Hals

und schubste ihn unsanft ins Wohnzimmer und dann direkt aufs Sofa. Sie übersprang jede Form eines Vorspiels und kam sofort zur Sache. Dabei packte sie seine Pobacken und schob sie fest zwischen ihre Schenkel.

Klaus ging das alles zu fix. Er konnte mit Sinas Tempo kaum mithalten und verweigerte ihr den vorbestimmten Rhythmus. Daraufhin klemmte sie ihm die Fersen ins Kreuz und bestimmte seine Bewegungen. Endlich kam auch Klaus auf Touren. Er kreiste und presste ganz nach Sinas Wünschen, vergrub seine Hände in ihren Haaren, saugte an ihrer Brust.

Sina stieß einen tiefen Seufzer aus. Jetzt hatte sie Klaus da, wo sie ihn schon lange einmal wieder haben wollte. Und für die nächsten Minuten würde sie ihn nicht mehr loslassen.

»Diese Aussprache war längst mal fällig«, sagte sie und wackelte sanft mit dem Becken, als sie sich daran machte, die Vorhänge zuzuziehen, um die Blicke neugieriger Nachbarn abzuwenden.

»Aussprache?« Klaus lag noch immer halb nackt auf dem Sofa und sah sie verdutzt an. Sein Haar war zerwühlt, seine Wangen gerötet.

»Ja. Nonverbale Aussprache.« Da Klaus sie noch immer recht belämmert ansah, zwinkerte Sina ihm zu. »Ist egal. Leg dich wieder hin.« Damit verschwand sie ins Badezimmer und drehte die Dusche auf.

24

Zu einer ausgiebigeren Wiederholung der ›Aussprache‹ kam es nicht: Als Sina – frisch gemacht und in
ihren neckischsten Dessous – das Badezimmer verließ, war ihr Sofa leer. Klaus hatte sich aus dem Staub
gemacht! Sina blickte sich verstört um: Nicht mal
eine kleine Abschiedsbotschaft hatte er zurückgelassen.

Einmal ein Schuft, immer ein Schuft, dachte sie mit
wieder aufsteigender Verbitterung. Der Spaß, den sie
genossen hatte, wurde ihr durch Klaus' schäbigen
Abgang nachhaltig vermiest. Sie ließ sich auf ihr
Sofa fallen, löste die zwickenden Strumpfhalter und
lehnte sich zurück. Sofort ergriff die Müdigkeit von
ihr Besitz. Ihre Augen flatterten. Sina gähnte herzhaft.

Sie dachte kurz darüber nach, ob sie sich noch einmal umziehen und sich wieder ins Bett legen sollte.
Aber eigentlich war das doch gleichgültig. Sie legte
den Kopf zur Seite und wurde augenblicklich vom
Schlaf überwältigt.

Ihr Schlaf blieb nicht lange traumlos. Zunächst wiederholten sich die Szenen des Abends, der Sex mit
Klaus. Bald mischten sich andere, frühere Erfahrungen darunter. Sina wurde von einer Welle der
Emotionen erfasst, erlebte euphorische Momente

aus ihrer Vergangenheit noch einmal neu. Es waren seltsame, stimulierende Bilder. Verstörend und anregend gleichermaßen. Sina erfuhr Glückmomente – doch waren sie nicht greifbar, nicht zu halten: Niemals waren sie erfüllend, nie wirklich befriedigend. Es blieb bei der Andeutung von überwältigenden Emotionen. Es war nur ein Abglanz der vollkommenen Zufriedenheit.

Allmählich verblassten die Eindrücke und wurden von einem warmen Nebel geschluckt. Die Bilder wurden durch neue verdrängt: Sina sah jetzt ihre eigene Wohnung. Sie war nicht allein, denn schattenhafte Gestalten bewegten sich um sie herum. Die Schatten stellten keine Bedrohung dar, sie bewegten sich langsam und behutsam.

Einer der Schatten kam auf sie zu. Seine Hand streifte über ihren Arm. Die Hand war groß und warm. Wie bei einem Masseur. Sina durchströmte es wohlig.

Doch die Hand war auch rau. Die Finger schlossen sich um ihr Gelenk. So fest, dass Sina nicht länger bereit war, sich hinzugeben. Sie wollte mehr erkennen, dem Schatten ein Gesicht entlocken. Sie konzentrierte sich darauf, die verschwommenen Konturen zu fokussieren. Doch es gelang ihr nicht. Dann sah sie ein Glitzern. Es war ganz nah. Es war eine Reflexion, ausgelöst von einem Röhrchen, einer Spitze – einer Nadel.

Sina erschrak. Jetzt erkannte sie sie ganz deutlich: Eine Injektionsnadel schwebte wenige Millimeter über ihrem Arm. Das Gift! Sina erstarrte vor Angst. Reglos sah sie mit an, wie die Spritze ihr Ziel suchte – eine gut durchblutete Vene. Sie kreiste dicht über ihrer Haut. Dann stach sie zu. Sina spürte den Pieks. Kein großer Schmerz, aber ihr kam es so vor, als wäre die winzige Verletzung die Vorahnung ihres nahenden Todes.

Ihre Gedanken verschwammen …

… bis sie wieder neue, fremde Bilder sah: Sie trug noch immer ihr hauchdünnes Hemdchen, die roten Seidenstrümpfe – aber sie lag nicht mehr auf ihrem Sofa. Auch ihre Wohnung war verschwunden. Jemand hatte sie ausgetauscht gegen einen kalten, klammen Kellerraum. Sina fror erbärmlich.

Sie sah sich um, konnte aber nichts erkennen. Die Wände des Raumes standen nicht still, sondern bewegten sich unentwegt und boten keinen Anhaltspunkt. Bald waren auch wieder die Schatten da. Ein großer und ein kleiner. Der Große war derjenige gewesen, der ihr die Spritze verpasst hatte. Sina konzentrierte sich auf ihn. Sie wartete, bis er näher kam. Er hatte einen bulligen Körper. Furcht einflößend, abschreckend. Sein Atem stank nach Zigarettenrauch, Alkohol und Zwiebeln. Sina hatte das Bestreben, sich abzuwenden, doch sie überwand diesen Impuls und sah genau hin: Aus dem Schattenriss formte sich ganz langsam ein Porträt.

Erst war sie nicht sicher, doch dann identifizierte sie ihn: Es war der irische Bauer, der rothaarige Schläger! Sina erkannte ihn nun klar und deutlich.

Es schüttelte sie vor Abscheu. Reichte es nicht, dass er ihr im wahren Leben Angst und Schrecken eingejagt hatte? Musste er ihr jetzt auch noch in ihre Träume folgen?

Sina schrie ihn an. Sie wusste nicht, was sie für Beleidigungen ausspie, aber sie waren allesamt derb und verletzend. Der irische Bauer reagierte prompt und verpasste ihr eine Ohrfeige. Sina bemühte sich, den Schmerz zu unterdrücken, doch es gelang ihr nicht. Ihre Wange glühte wie in der realen Welt.

Nun mischte sich der zweite, kleinere Schatten ein. Er kam näher, schob den Bauern beiseite und begann zu reden: »Sehen Sie uns das Eindringen in Ihre Privatsphäre nach – aber wir müssen Sie sprechen.« Die Stimme einer Frau. Keiner jungen Frau. Sie sprach mit einem osteuropäischen Akzent.

»J… ja?«, antwortete Sina, während ihre Gedanken munter kreisten.

»Sie und Ihre Freundin sind nicht besonders empfänglich für Mahnungen, Warnungen und Drohungen«, sagte die Frau, die klein, drahtig und zäh wirkte. Ihre Stimme kam Sina vage bekannt vor.

»W… was war in der Spritze?« Sina fiel es schwer zu sprechen. Zunge und Lippen waren wie betäubt.

Die kleine Frau kam näher. Sie hatte ein Gesicht voller Falten. Ihre Haare waren grau, die Augen aber flink und lebendig. »Es war nur ein Beruhigungsmittel, ein leichtes Narkotikum mit kleiner hypnotischer Nebenwirkung, das Sie für unsere Botschaft empfänglich macht.«

»Wa… was wollen Sie … von m… mir?«, rang sich Sina ab.

»Sie und Ihre Freundin schreiben unsere Warnungen permanent in den Wind«, sagte die alte Frau resolut. »Was sollen wir noch tun, um Sie zu schützen und vor Unheil zu bewahren?«

»Was … was meinen Sie?« Sina konnte ihre Zunge kaum vom Gaumen lösen.

Die Frau kam noch näher. »Ihnen ist wohl noch immer nicht klar, mit wem Sie es zu tun haben? Sie legen sich mit Mächten an, deren Möglichkeiten Ihren Horizont weit überschreiten. Uns können Sie nicht aufhalten, geschweige denn entfliehen. Weder in Deutschland noch sonst wo auf der Welt.«

Sina schwirrte der Kopf. Doch sie sammelte all ihre Kräfte, um ihre Gesprächspartnerin besser erkennen zu können. Es gelang ihr, wenn auch nur für einen Moment, ein klares Bild zu bekommen. »Was wollen Sie von mir?«, rief Sina gegen ihre innere Lähmung an.

Die Frau sagte nichts mehr und begutachte Sina stattdessen wie ein Stück Vieh. Sina kam sich in ihrer dünnen Reizwäsche wehrlos und ausgeliefert vor. Mit abfälliger Geste wandte sich die Anführerin einem dunklen Plastikvorhang zu, der Sinas Liege vom Rest des Raumes abtrennte. Sie riss den Vorhang mit einem Ruck zurück.

Zu Sinas Bestürzung wurde ihr Blick auf eine weitere Liege frei. Darauf lag, mit dicken Fesseln fixiert, ihr Seminarleiter – der kleine Italiener!

Der Mann war geknebelt worden. Er konnte nichts sagen, doch er winselte wie ein Hund. Seine Augen standen vor Angst weit heraus. Sina sah voller Sorge und Ekel, dass seine Hose im Schritt dunkel verfärbt war. Ihr Lehrer hatte sich in die Hosen gemacht.

»Wir wollen Ihnen eine letzte, ich wiederhole, allerletzte Lektion erteilen«, sagte die kleine alte Frau streng. »Wir zeigen Ihnen, was mit Menschen passiert, die nicht in unserem Interesse handeln.« Damit legte sie eine flache silberne Schatulle frei und klappte sie auf. Zum Vorschein kam eine Sammlung klassischer chirurgischer Instrumente.

»Aber ... er hat nichts getan«, säuselte Sina und kämpfte gegen das lähmende Gefühl der Ohnmacht an. »Er ist nur ein ... ein Dozent.«

»Er war nicht wachsam genug«, sagte die Frau mitleidslos. »Er hat nicht in unserem Interesse gehandelt und ist unnötige Risiken eingegangen.« Sie nahm eine Art Kneifzange zur Hand. »Ich werde Ihnen demonstrieren, wie es denjenigen ergeht, die sich nicht an die Regeln halten.« Zu Sinas Entsetzen führte sie die Zange zu di Lorenzos Kopf. Sie gab dem Iren ein Zeichen, worauf dieser den Schopf des völlig verängstigten Lehrers griff und den Kopf nach hinten riss. Seine Peinigerin führte die Zange dicht vor seinen Augen entlang, die vor Anspannung aus den Höhlen zu treten drohten. Die Kneifzange glänzte silbern und lag der schmalen Frau schwer in der Hand. Dennoch bewegte sie das rohe Werkzeug mit geübter Geschicklichkeit.

Nach bangen Sekunden, in denen Sina fieberhaft über die nächsten Schritte der Frau nachdachte, legte diese die Zange endlich beiseite. Sina atmete auf, doch nur, um im nächsten Moment die Luft anzuhalten: Was sie sah, erfüllte sie mit neuem Grauen! Die alte Hexe – anders konnte Sina sie nicht mehr bezeichnen – zog sich in aller Seelenruhe ein Paar dunkelgrüner Gummihandschuhe über. Mit einem Lächeln, das an Boshaftigkeit und Heimtücke nicht zu überbieten war, griff sie erneut nach der Zange.

Der kleine Italiener stieß einen kehligen Laut aus. Verzweifelt versuchte er, sich von seinen Fesseln zu befreien. Aber der Ire hatte ihn unter Kontrolle. Wieder riss er ihn an den Haaren zurück. Mit der anderen Hand packte er das Kinn seines Opfers und öffnete ihm gewaltsam den Mund.

»Nein!«, schrie Sina. »Nein, bitte nicht!«

Die alte Hexe zeigte keinerlei Mitleid. Sie wiegte die Kneifzange in ihrer Rechten, näherte sie dann abermals dem Gesicht des Gefesselten. Der Lehrer schrie in heller Panik auf, als sie die Zange in seinen Mund einführte.

Sina wandte den Kopf ab. Doch nur für einen kurzen Augenblick. Dann musste sie wieder hinsehen – sie konnte nicht anders.

Blut spritzte in alle Richtungen. Der kleine Italiener quiekte wie ein Ferkel, als die Hexe die Zange aus seinem Mund zog. Sina war schockiert, als sie zwei weiße Stifte zwischen den Zangenbacken klemmen sah: die beiden herausgerissenen Schneidezähne, von denen das Blut wie zäher Sirup tropfte. »Oh mein Gott!«, stieß sie mit versagender Stimme aus.

Der Ire ließ den Kopf des kleinen Italieners los, worauf dieser nach vorn kippte und mit dem Kinn auf dem Brustkorb liegen blieb. Der Mann wimmerte nur noch.

»Das war bloß der Anfang«, sagte die Hexe. Sie legte die Zange beiseite und zog sich die Gummihandschuhe aus. An Sina gerichtet erklärte sie mit einer so ruhigen Stimme, als wäre nichts geschehen: »Sie und Ihre Freundin haben bereits mehr Warnungen erhalten, als das in unserer Branche üblich ist. Sie können von Glück sprechen, dass sie noch am Leben sind. Aber jede Glückssträhne endet einmal. Bedenken Sie das bei Ihren nächsten Schritten.«

Sina starrte die alte Frau voller Hass und Verachtung an. Sie suchte in ihren kleinen, grauen Augen nach dem Grund für die unvorstellbare Brutalität, mit der sie vorging. Nach dem Grund für ihre absolute Gewissenlosigkeit. Doch statt einer Antwort auf ihre Fragen stieß sie auf etwas anderes – auf eine Ahnung, ein drohendes Gefühl des Wiedererkennens. Die alte Hexe war …

In Sinas Kopf explodierten die Gedanken, als ihr bewusst wurde, dass sie nicht nur den grobschlächtigen Iren bereits kannte. Auch der alten Frau war sie schon einmal begegnet, wenn sie ihr auch nie zuvor gegenübergestanden hatte: Es handelte sich um dieselbe Frau, die im Peenemünder Bunker das Wort geführt hatte – die Anführerin der teuflischen Verbrecherbande, die Kontrolle über die Nazi-Bombe erlangen wollte!

Nun stand dieses Schreckgespenst in Fleisch und Blut vor ihr. Die Geister der Vergangenheit waren wieder da!

Sina nahm kaum wahr, wie sich der Ire neben ihr aufbaute, so sehr war sie von der unheilvollen Präsenz der alten Hexe gefangen. Erst im letzten Moment bemerkte sie, dass der Rothaarige wieder eine Spritze in der Hand hielt. Doch da war es schon zu spät, sich zur Wehr zu setzen. Die Nadel drang in die Haut ihres Oberarms wie ein Messer durch warme Butter.

Sofort verschwammen Sinas Sinneseindrücke. Alles drehte sich. Sie sah nur noch schemenhafte Konturen um sich herum. Dann verschwanden auch diese und wichen einer samtenen Dunkelheit.

Als Sina die Augen aufschlug, wurde sie vom Licht der Morgensonne geblendet. Es schien durch das Zimmerfenster und reflektierte vom Handspiegel auf Sinas Schminktisch. Sie richtete sich auf und sah sich um. Sie war in ihrer eigenen Wohnung. Kein Zweifel. Sie senkte den Blick und sah an sich herunter. Sie trug noch immer dieselben luftigen Dessous, mit denen sie sich schlafen gelegt hatte. Sina rieb sich die Stirn. Konnte ein Traum so realistisch sein?

Als sie aufstand, bemerkte sie ihre zittrigen Knie. Selbst wenn es nur ein Traum gewesen war, der sie in dieser Nacht umgetrieben hatte, hatte er sie heftig geschlaucht. Sie ging mit unsicheren Schritten ins Bad und goss sich ein großes Glas Wasser ein. Sie stürzte es in einem Zug herunter. Dann sah sie in den Spiegel, schüttelte sich das krause Haar aus der Stirn und musterte prüfend ihr Antlitz.

Müde sah sie aus. Müde und abgespannt. Aber sonst fehlte ihr nichts. Sie war gesund, hatte keine Schmerzen oder Anzeichen von Übelkeit. Sina entdeckte nichts, was auf ihre albtraumhaften Erinnerungen an die letzte Nacht hindeutete. Sollte das alles tatsächlich nur ihrer Fantasie entsprungen sein? Waren das etwa erste Anzeichen von Paranoia?

Sina putzte sich die Zähne, wusch sich Gesicht und Achseln. Sie trug Deo auf, kämmte sich fahrig die Haare und verließ das Bad. Aus dem Kühlschrank nahm sie sich Margarine und Konfitüre, aus dem Brotkorb zwei Scheiben Toast. Während sie mit der rechten Hand die Brote strich, wählte sie mit links die Nummer von Gabriele. Den Telefonhörer hielt sie unters Kinn geklemmt.

»Wer stört um diese unchristliche Zeit? Sina, bist du das etwa?«, meldete sich eine Gabi, die noch verschlafener klang, als Sina sich fühlte.

»Ja, ich bin's«, antwortete Sina. »Ich musste dich anrufen, weil ich mich wie gerädert fühle. Das Detektivspielen ist nichts für mich. Ich habe Träume, bei denen einem die Haare zu Berge stehen.«

»Und?«, kam es misstrauisch durch den Hörer. »Was willst du mir damit sagen? Jeder träumt mal schlecht.«

»Ja, aber das war kein normaler Traum. Ich fange langsam an, die Wirklichkeit mit meiner Einbildung zu verwechseln. Genau wie damals auf dieser verfluchten Insel. Ich bin nervlich ziemlich am Ende.«

Gabi sagte darauf erst einmal gar nichts. Dann holte sie tief Luft und verkündete mit gepresster Stimme: »Falls du vorhast, dich krankzumelden: Vergiss es! Ich habe für deinen Kursus bezahlt, und du wirst an den Unterrichtsstunden bis zum bitteren Ende teilnehmen.« Etwas versöhnlicher fügte sie hinzu: »Sieh es mal so, Sina: Falls wir den Goldschmugglern nicht auf die Schliche kommen, hast du wenigstens etwas fürs spätere Berufsleben gelernt.«

»Ich will aber keine Kellnerin werden«, protestierte Sina.

»Je vielschichtiger die Ausbildung heutzutage ist, desto besser«, blieb Gabi beharrlich.

»Also gut«, willigte Sina mit leisem Murren ein. »Aber besonders große Lust dazu habe ich nicht mehr.«

Nachdem sie aufgelegt hatte, aß sie den ersten Toast. Vom zweiten biss sie nur einmal ab. Dann legte sie ihn beiseite, denn sie spürte ein unangenehmes Ziehen in ihrem Arm. Sie schob den Ärmel ihres Morgenmantels zurück und rieb über die schmerzende Stelle. Dabei fiel ihr auf, dass die Haut dort gerötet war. Es war ein kleiner roter Punkt. Fast wie bei einem Mückenstich.

25

Gabi mochte es gar nicht, vor dem ohnehin viel zu frühen Klingeln ihres Weckers durch Telefongebimmel aus dem Schlaf gerissen zu werden. Entsprechend mies gelaunt sprang sie nach ihrem Gespräch mit Sina aus den Federn und machte sich fertig für den vor ihr liegenden Tag im Geschäft.

Sie hielt den Kaffeebecher noch in der Hand, als sie den Rollladen ihrer Ladentür nach oben sausen ließ und aufsperrte. Den Mann, der vor der Tür stand und sein Gesicht zur Hälfte unter einem breitkrempigen Hut verborgen hatte, hielt sie zunächst für einen Kunden. Als sie die Tür öffnete, um ihn einzulassen, erkannte sie seinen Bart und seine ausdrucksstarke Nase und wusste, wen sie vor sich hatte:

»Ach, Herr Diehl! Was für eine Überraschung am frühen Morgen«, sagte sie mit ehrlicher Verblüffung.

Der Kommissar reichte ihr die Hand und schenkte ihr ein warmherziges Lächeln. Das irritierte Gabriele noch mehr. Diehl legte seinen Hut ab, knöpfte seinen Mantel auf und sagte: »Ich wollte hier sein, bevor die erste Kundenwelle einrollt.«

Gabriele musste unwillkürlich schmunzeln: »Von Kundenwellen kann in einem kleinen Geschäft wie meinem nicht die Rede sein. Schön wär's ja ...«

»Frau Doberstein, Sie wissen sicherlich, dass wir

Kripoleute normalerweise immer zu zweit auftreten. Heute komme ich aber allein, weil ich im Vertrauen unter vier Augen mit Ihnen sprechen möchte. Sie sind mir sympathisch«, kam der hochgewachsene Polizist nun ohne Umschweife auf den Punkt.

Gabriele spürte, wie sich ihre Wangen röteten. Wie unangenehm! »Das ist … ähm… nett von Ihnen«, sagte sie mit belegter Stimme. »Darf ich Sie auf einen Tee oder Kaffee in mein Büro bitten? – Und darf ich fragen, worum es geht?«

»Das dürfen Sie«, sagte Diehl und folgte Gabriele ins Hinterzimmer. Beide nahmen Platz. »Ich will ganz offen sein. Die Geschichte, die Sie uns neulich im Kommissariat aufgetischt haben, habe ich Ihnen nicht eine Sekunde abgekauft.«

Gabriele wurde abermals rot. Diesmal aber nicht aus Verlegenheit, sondern weil sie sich ertappt fühlte. »Wieso denn nicht?«, fragte sie und fand selbst, dass das ziemlich naiv klang.

Diehl stützte sich mit den Ellenbogen auf den Tisch und beugte sich mit dem Oberköper nach vorn. »Weil mir Ihre Antworten und Ihr Verhalten in Gestik und Mimik signalisiert hatten, dass Sie mit der Wahrheit hinterm Berg halten – aus welchen Gründen auch immer.« Er sah Gabriele sehr ernst an. »Aber hier geht es um ein Kapitalverbrechen, um Mord. In diesem Zusammenhang werden Lügen leicht zu Falschaussagen – und die sind strafbar.«

»Wollen Sie mir drohen?«, wurde Gabriele allmählich wieder forscher.

Diehl schürzte die Lippen. »Das ist gar nicht nötig. Um Sie zur Einsicht zu bringen, reicht es wahrscheinlich, Ihnen von Cornelia Probst zu berichten.« Er sah Gabriele forschend an.

Diese konnte nicht verhindern, dass ihre Augenlider nervös zu zucken begannen. »Probst? Nie gehört«, log sie wenig überzeugend.

Der Kommissar hielt seinen Blick fest auf sie gerichtet. »Botulinumtoxin«, sagte er bedeutungsschwanger. »Frau Probst ist an demselben Gift gestorben wie Werner Engelhardt.«

»Ja ... und?«, fragte Gabriele, der das Herz jetzt bis zum Hals schlug.

»Sie beide wurden am Tatort gesehen. Wenige Stunden nach dem Giftanschlag auf Frau Probst hat Sie ein Zeuge ganz in der Nähe des Grundstücks beobachtet. Ein Obdachloser ...«

»Oh nein«, entfuhr es Gabriele. Jetzt wurde es brenzlig für sie. Verflucht brenzlig! Sie raffte all ihre Courage zusammen. Beschwörend redete sie auf Diehl ein: »Sie müssen mir glauben, bitte, diesmal müssen Sie mir glauben: Meine Freundin und ich haben mit den Morden nichts zu tun. Ja, es ist richtig, dass wir mit beiden Opfern in Verbindung standen. Frau Probst war eine Kundin von mir, das heißt, sie war gerade dabei, eine zu werden, bevor sie unerwartet starb. Auch bei Herrn Engelhardt war unsere Verbindung von rein geschäftlicher Natur.« Sie schluckte. »Ich streite nicht ab, dass diese Geschäfte sich als reichlich ominös herausgestellt haben. Es wurde kompliziert und gefährlich. Meine Freundin und ich haben daraufhin beschlossen, uns aus der ganzen vertrackten Angelegenheit ein für alle Mal herauszuhalten.«

»Dafür ist es zu spät.« Ehe sich Gabriele versah, hatte Diehl seine große warme Hand auf ihre gelegt. Er drückte sie sanft, aber entschieden. »Wie gesagt, Sie sind mir sympathisch. Sympathisch genug, um mir Anlass zu geben, mich näher mit Ihrer Vergangenheit zu beschäftigen.«

»So?« Gabriele schwante Böses. Sie verspürte den Impuls, ihre Hand zurückzuziehen, aber sie tat es nicht.

»Ich habe mir Akteneinsicht bei meinen Kollegen in Usedom gewähren lassen. Die Peenemünder Unterlagen waren nicht gerade umfangreich und wenig aussagekräftig. Aber für den Anfang hat es mir genügt.«

»Warum sprechen Sie plötzlich von Peenemünde?«, fragte Gabriele gequält. »Das ist lange her …«

»Weil wir in den Hinterlassenschaften von Cornelia Probst auf einige interessante Unterlagen gestoßen sind, die einem zu denken geben sollten – insbesondere Ihnen, liebe Frau Doberstein.« Mit diesen Worten entließ er ihre Hände aus seiner wohlig warmen und doch bedrohlichen Pranke und bückte sich nach seiner Aktentasche. Er holte einen Stoß Fotokopien hervor und verteilte sie auf dem Tisch.

Gabriele sah auf Dokumente, an denen ihr weder die Typografie der veralteten Schreibmaschinenschrift gefiel noch die Stempel und Briefköpfe: ›Geheime Reichssache‹, las sie und war versucht, den Blick sofort wieder abzuwenden. Aber sie wusste, dass Diehl darauf bestehen würde, die Unterlagen mit ihr durchzugehen. Also überwand sie ihren inneren Widerstand und ließ sich auf die Inhalte der Dokumente ein – tief verhasste und verdrängte Erinnerungen wurden wachgerufen.

Diehl schwieg. Er wartete ab, bis Gabriele den Inhalt der Kopien weitgehend erfasst hatte. Erst dann sprach er aus, was Gabriele am liebsten bis an ihr Lebensende nicht mehr gehört hätte: »Frau Probst hatte aus bislang unerfindlichen Gründen Einsicht in Akten, die bis heute der Geheimhaltung unterliegen. Demnach entwickelte das Dritte Reich Atomwaffen und entsprechende Trägersysteme in Form mehrstufiger Raketen. Die Angst der Amerikaner vor einem nuklearen Angriff auf New York oder andere Städte der Ostküste war in den letzten Kriegsjahren also durchaus gerechtfertigt.« Diehl wartete eine Reaktion Gabrieles ab. »Das ist für Sie nichts Neues, oder?« Er nahm eine der Kopien zur Hand und las: »›Operation Avalon – Reichsrüstungsminister Speer und SS-Obergruppenführer Kammler planen mithilfe der sogenannten »Siegeswaffe« nach dem Tode Hitlers die Errichtung eines Vierten Reichs. Die dafür notwendige Hochtechnologie stammte aus Thüringen, ein heimlicher Nukleartest soll in Auschwitz stattgefunden haben …‹«

»Hören Sie doch bitte auf«, flehte Gabriele, die

diesem Thema nicht noch einmal Zugang zu ihrem Leben gewähren wollte.

Diehl ging darüber hinweg und schnappte sich den nächsten Bogen Papier. »Auch das ist interessant: Amerikanische Spezialeinheiten erbeuten beim Vormarsch durch das im Niedergang befindliche Reich drei einsatzbereite Atombomben, verfrachten sie in die USA und testen eine der Bomben im Juli 1945. Der Test ist so erfolgreich, dass sie ihre Strategie im noch immer tobenden Pazifischen Krieg ändern: Sie setzen die beiden verbliebenen Bomben ein – gegen Hiroshima und Nagasaki.« Diehl legte das Dokument beiseite und sah fragend auf. »Alles bloß Spinnerei? Hirngespinste? Das dachte ich anfangs auch, denn heute weiß ja jeder, dass die Amerikaner die Bombentechnik mithilfe der besten Wissenschaftler ihrer Zeit in Los Alamos selbst entwickelt haben. Aber diese Unterlagen sehen erschreckend echt aus. Die vielen Details klingen überzeugend …« Er schob Gabriele eine vergilbte Auflistung sichergestellter deutscher Ingenieurleistungen über den Tisch: »Radiogesteuerte Mehrstufenraketen, Zyklotrone, 280-Millimeter-Atomkanonen – für meinen Geschmack hört sich das sehr beängstigend an. Und wie es scheint, haben Sie und Ihre Freundin von all diesen Dingen bereits mehr gesehen, als nur Buchstaben auf Papier.«

Gabriele schloss die Augen. Sie sah bunte Blitze, in ihren Ohren pfiff es wie bei einem Tinnitus. »Ja«, sagte sie leise. »Ich fürchte, ja.«

»Dann sagen Sie mir endlich, was Sie wissen!«, forderte Diehl sie auf. Jede Milde war aus seiner Stimme gewichen. »Was haben diese alten Nazigeschichten mit den Morden an Engelhardt und Probst zu tun?«

Gabriele hielt die Augen noch einige Sekunden geschlossen, als hoffte sie, damit der Realität entfliehen zu können. Doch dann hob sie die Lider und sah Diehl an. »Ich habe nicht die leiseste Ahnung. Für mich ergibt das alles genauso wenig Sinn wie für Sie!«

Der Kommissar stand mit einem Ruck auf. Durch seine hektische Bewegung fiel der Stuhl um. »Seit 35 Jahren mache ich diesen Job. Ich bin Profi! Halten Sie mich also bitte nicht zum Narren!«

Gabriele blieb sitzen. Sie sah noch einmal auf die Kopien. Schulterzuckend sagte sie: »Ich könnte Ihnen eine Menge erzählen über das, was wir im Peenemünder Bunker gesehen haben – fürwahr angsteinflößende Dinge. Aber es würde Ihnen für Ihre Ermittlungen nichts nützen.« Sie unterdrückte ein Schluchzen. »Ich habe keine Ahnung, warum die Journalistin und der Briefmarkenhändler sterben mussten. Das ist die Wahrheit.«

Als letzte Kursteilnehmerin betrat Sina den zum Tagungsraum umfunktionierten Speisesaal. Die Blicke einiger Teilnehmer folgten ihr, als sie zu ihrem Platz ging, andere Mitschüler sahen nur gelangweilt auf ihre Unterlagen. Die Blondine, die Sina neulich im Waschraum getroffen hatte, betrachtete prüfend ihre Fingernägel.

Obwohl der Kurs bereits begonnen haben sollte, ließ der Kursleiter auf sich warten. Sina wurde unruhig und schaute mehrmals nervös auf die Uhr. Wo blieb der kleine Italiener nur? Unwillkürlich kam ihr wieder der Albtraum von letzter Nacht in den Sinn.

Endlich – es war mehr als eine Viertelstunde über der Zeit – stieß jemand eine der beiden Schwenktüren auf, die zum Foyer hinausführten. Sina entspannte sich, jedoch war dies nicht von langer Dauer: Anstelle ihres Lehrers kam Geschäftsführer Oliver Kern herein und ging geradewegs auf das Pult neben dem Overheadprojektor zu. Wie beim letzten Mal war er pedantisch korrekt gekleidet, sein grasgrüner Binder harmonierte farblich mit dem eiergelb und grau karierten Sakko. Doch sein schwarzes Haar war heute nicht besonders sorgfältig gescheitelt und legte die kahle Kopfhaut frei.

Kern räusperte sich. »Meine Damen, meine Herren. Entschuldigen Sie den verspäteten Beginn. Ihr Kursleiter Herr di Lorenzo, ist momentan leider verhindert. Ich werde ihn vertreten. Wenn Sie bitte Ihre Schulungshefte auf der Seite 83 aufschlagen. Wir steigen gleich bei Kapitel drei ein: ›Der Gast ist König – Aktion statt Reaktion bei Problemen mit anspruchsvollen Kunden‹.«

Während die anderen Teilnehmer ohne zu murren ihre Ordner aufklappten, war Sina wie erstarrt.

Di Lorenzo, der kleine Italiener, war verhindert? Was mochte das bedeuten? Sina merkte, wie sich ihr Puls beschleunigte. War es doch kein Traum gewesen in der letzten Nacht? War dem Lehrer wirklich etwas zugestoßen? War er womöglich …?

»Fräulein Rubov.« Kern stand so plötzlich vor Sina, dass sie erschrocken nach Luft schnappte. »Ist etwas nicht in Ordnung?«, erkundigte er sich und musterte sie aus tückisch glänzenden Augen.

»Doch, doch«, beeilte sich Sina zu versichern.

»Dann schlagen Sie doch bitte Seite 83 auf. Wir wollen anfangen.«

Diehl ging eine Weile auf und ab. So verstrichen mehrere Minuten. Dann blieb er unvermittelt stehen. Er hob die Brauen und überzog seine Stirn mit einer Vielzahl wulstiger Falten. Der Kommissar sah ernsthaft besorgt aus. »Meine liebe Frau Doberstein. Nürnberg ist eine vergleichsweise friedfertige Großstadt. Die Verbrechensrate ist relativ gering und die Zahl der Morde beschränkt sich auf ein Dutzend im Jahr; zumindest die der bekannt gewordenen. Es ist äußerst selten, dass wir es mit einer Verkettung der Taten zu tun bekommen, sprich mit Serientätern. Ende der 60er-Jahre trieb der berüchtigte Mittagsmörder sein Unwesen, dann hatten wir es einmal mit der sizilianischen Mafia zu tun. Aber auch das ist lange her. Und nun sind da Sie und Ihre beiden Morde.«

Gabriele hieb mit der Faust auf den Tisch. Fester, als ihr im Nachhinein lieb war. »Es steht Ihnen nicht zu, mich mit diesen beiden Todesfällen in einen so direkten Zusammenhang zu bringen«, sagte sie aufgebracht.

»Da liegen Sie falsch: Wenn es jemandem zusteht, dann einem Kripobeamten wie mir«, verbesserte Diehl sie.

Gabriele überhörte diesen Einwand. »Wie ich schon sagte: Ich weiß selbst nicht, was gespielt wird!«

»Aber Sie können nicht die Augen davor verschließen, dass es eine Verbindung gibt zwischen Ihren aktuellen Problemen und Ihren Erfahrungen auf Usedom. Zumindest legen das unsere Funde im Haus von Frau Probst nahe.«

»Aber …« Gabi mahlte mit den Zähnen. Sie konnte und wollte nicht mehr argumentieren. »Aber es kann auch alles purer Zufall sein.«

»Das glauben Sie selbst nicht.« Diehl deutete auf die Anrichte, auf der Gabrieles Kaffeemaschine gluckerte. »Darf ich?« Er goss sich ein. »Möchten Sie auch einen? Mit Milch und Zucker oder schwarz?«

»Schwarz«, sagte Gabriele gereizt. »Schwarz wie meine Seele.«

Sina befolgte Kerns Anordnung und schlug den Ordner auf. Ihre Finger zitterten, als sie bis zu der geforderten Seite vorblätterte. Hoffentlich bemerkte Kern ihre Aufregung nicht!

Sina wartete, bis Kern wieder zum Pult vor gegangen war und zu dozieren begann. Erst jetzt wagte sie, durchzuatmen. Was war mit di Lorenzo geschehen?, fragte sie sich erneut. Hatten sie ihn tatsächlich aus dem Weg geräumt, weil er Sina nicht gut genug überwacht hatte? Aber dann ..., dann wäre sie selbst mit Sicherheit die Nächste, die sie sich vornehmen würden! Schließlich hatte sie all die in der letzten Nacht an sie gerichteten Warnungen ignoriert und war erneut in die Akademie gegangen.

Sina stockte bei diesen Gedanken abermals der Atem. Wie ein Fisch auf dem Trockenen schnappte sie hektisch nach Luft und blies sie leise aus. Erst der kleine Italiener und als Nächstes sie ... Mit den Spitzen ihrer Zeigefinger massierte Sina ihre Schläfen, um das starke Pochen in ihrem Kopf zu mildern. Die Blondine von gegenüber warf ihr einen besorgten Blick zu.

Mit wenigen schnellen Schlucken trank Gabriele den Kaffee aus. Er schmeckte viel zu stark und bitter. Sie verzog den Mund. Dann stand sie ebenfalls auf und reichte Diehl die Hand. »Wenn Sie nichts dagegen haben, Herr Kommissar, bringe ich Sie jetzt zur Tür.«

Diehl zögerte, bevor er Gabrieles Hand fest in die seine nahm. »Ich habe eine Menge dagegen. Denn wenn ich gehe, nehme ich all die Fragezeichen wieder mit, mit denen ich gekommen bin. Einige davon betreffen meine beiden aktuellen Fälle. Andere kreisen um das unschöne Thema Nuklearwaffen. Da rattert und raucht es in meinem Beamtenhirn: Ich denke an Terrorismus und daran, den Verfassungsschutz einschalten zu müssen. Das BKA …«

Gabriele umrundete den Tisch und dirigierte Diehl mit spürbarem Druck auf seinen Arm aus dem Hinterzimmer. »Wenn Sie und der Verfassungsschutz und meinetwegen auch das Bundeskriminalamt uns vor einem Jahr auf dieser Teufelsinsel zur Hilfe gekommen wären, wären wir Ihnen aus Dankbarkeit um den Hals gefallen. Aber hier in meinem Laden kann ich weder Ihren Rat noch Ihre Drohungen gebrauchen.« Sie funkelte ihn an. »Wenn Sie etwas Konkretes gegen mich in der Hand haben, kommen Sie wieder. Lassen Sie einen Streifenwagen vorfahren und mich ganz offiziell abführen. Doch solange das nicht der Fall ist, lassen Sie mich und meine Freundin in Ruhe. Oder ich beschwere mich über Sie beim Polizeipräsidenten. Und wenn das nicht reicht, beim Oberbürgermeister. Und jetzt raus.«

Diehl, der viel größer und kräftiger war als Gabriele, ließ sich rückwärts durch den Verkaufsraum schieben. Auf Gabrieles Schimpfkanonade reagierte er ohne Widersprüche. Doch als sie an der Ladentür angekommen waren, sagte er sanft: »Ich mag Sie, Frau Doberstein. Das ist kein Ermittlungstrick und keine Finte, sondern meine ehrliche Meinung. Bitte rufen sie mich an, wenn Sie mir doch noch helfen oder umgekehrt meine Hilfe in Anspruch nehmen wollen.«

Als er ging, blieb Gabriele mit dem Gefühl zurück, dass Diehl sie alleingelassen hatte. Der große starke Mann war gegangen – und Gabriele fühlte sich mit einem Mal klein und verletzlich. Das war eine Wahrnehmung, die ihr bisher fremd gewesen war. Denn schließlich stand sie selbst ihren Mann. Seit über 40 Jahren.

Der Kurs erschien Sina wie eine Farce. Kern redete über Verhaltensmaßregeln, korrekte Kleidung, Wertschätzung des Gastes, die richtige Anordnung des Bestecks, während in Sinas Kopf die Gedanken um Blut und Gewalt, um Folter und Tod kreisten. Sie nahm ihre Umgebung kaum mehr wahr. Kerns Worte kamen verzerrt und unvollständig bei ihr an, ihre Mitschüler teilten sich in ihren Augen in gebrochene Bildfragmente auf wie in einem Kaleidoskop.

Sina schüttelte den Kopf. Was sollte sie bloß tun? Wenn sie jetzt aufstehen und gehen würde, liefe sie ihren Häschern wahrscheinlich geradewegs in die Arme. Sicher warteten sie draußen schon auf sie: die alte Hexe und der irische Bauer! Hier, inmitten ihrer Mitschüler, war sie sicher. Aber es war eine trügerische Sicherheit, die in absehbarer Zeit vorbei sein würde. Sina sah auf die Uhr. Bis zur ersten Zigarettenpause waren es nur noch wenige Minuten.

Gabriele schloss die Ladentür ab. Bevor sie den ersten Kunden ertragen konnte, brauchte sie etwas Zeit für sich und ihre Gedanken. Diehls Besuch hatte sie aufgewühlt und einen stärkeren Eindruck hinterlassen, als sie bereit war, sich einzugestehen. Dieser Kommissar verstand es, sie aus der Ruhe zu bringen – und das gelang nicht vielen. Seine Argumente klangen einleuchtend und sein Mitgefühl wirkte echt. Entweder war er ein begnadeter Ermittler, der die Schwachstellen seiner Verdächtigen perfekt auszuloten verstand, oder aber er hatte ehrlich etwas für sie übrig. Letzter Gedanke verwirrte Gabriele nachhaltig. Es passte einfach nicht in ihr streng auf sich und ihre beruflichen Ziele ausgerichtetes Leben, einem Mann einen Platz darin einzuräumen. Männergeschichten! An diesem Thema hatte Gabriele eigentlich längst das Interesse verloren. Eigentlich …

»… So ist das von Ihnen dem Gast gegenüber gezeigte Zuvorkommen letzten Endes nicht nur Pflicht und Schuld Ihrem Haus gegenüber, sondern erhöht auch Ihre Chancen auf ein gutes Trinkgeld. Und zwar erheblich.« Oliver Kern grinste, aber selbst das wirkte steif und aufgesetzt. »Wir schauen auf die Uhr. Zeit für eine kurze Kaffeepause.«

Bei diesen Worten rutschte Sina das Herz in die Hose. Sie hörte das Scharren von Stuhlbeinen auf dem Boden. Alle um sie herum standen auf. Sie musste es ihnen gleichtun. Unbedingt! Sie musste sich an die anderen heften, an ihnen kleben, keinen Schritt von ihrer Seite weichen. Das war ihre einzige Chance, um zu überleben. Vielleicht würde sie es so aus der Akademie herausschaffen. Denn inmitten der anderen konnten sie ihr nichts anhaben. Das würden Sie nicht wagen!

Gabriele ging in ihrem Laden auf und ab, passierte einen Paravent mit Pariser Charme der 20er-Jahre und eine Kommode aus Kaiser Wilhelms Zeiten und machte sich Sorgen um ihr inneres Gleichgewicht. Sie hatte erhebliche Schwierigkeiten damit, ihre Gefühle gegen die reinen Fakten aufzuwiegen. Konnte sie Diehl trauen? Wollte sie Diehl trauen? Hatte sie es überhaupt nötig, ihm zu trauen? Gabriele zermarterte sich das Gehirn, während sie versuchte, den Ablauf der letzten Tage zu rekonstruieren und eine Beziehung zu ihren Erlebnissen auf Usedom herzustellen: das Gold – und die Atombombe. Wo zum Teufel war die Verbindung?

Der einzig naheliegende Schluss war der, dass die Entwicklung und der Bau einer solchen Bombe mit dazugehöriger Raketentechnologie eine Menge Geld kostete. Oder eben Gold als krisensicheres Zahlungsmittel. Sollte das Gold also für die Bombe ausgegeben werden?

Aber das konnte nicht sein, überlegte Gabi. Denn war die Bombe nicht längst pulverisiert und somit unbrauchbar? Warum floss der Goldstrom noch immer, wenn doch der Plan – wie auch immer er aussah – mit dem Scheitern der Peenemünder Aktion längst schiefgegangen war?

Gabriele ließ sich Diehls Worte noch einmal durch den Kopf gehen. Hatte er nicht von mehreren Bomben gesprochen? Von mehreren hochgefährlichen Nachlässen aus dem Nazireich?

Sina nahm all ihren Mut zusammen. Sie stand auf und reihte sich ein in den Strom der Schüler, die hinaus ins Foyer strebten und bereits ungeduldig nach ihren Zigaretten fingerten.

»Eine kleine Durchsage«, meldete sich Kern noch einmal zu Wort. »Nach der Pause übernimmt wie gewohnt wieder mein Mitarbeiter Herr di Lorenzo.«

Sina stockte mitten im Schritt. Sie wollte zunächst ihren Ohren und gleich darauf ihren Augen nicht trauen, als der kleine Italiener in eben diesem Moment durch die Schwenktür kam und in die Runde lächelte. Die anderen beachteten ihn nicht weiter. Wohl aber Sina. Sie starrte ihn mit weit aufgerissenen Augen an.

Di Lorenzo war gesund und munter. Seine Gesichtsfarbe war frisch und gebräunt wie stets. Er wirkte ausgeschlafen und gut aufgelegt. Als er Sinas ungläubigen Blick bemerkte, kam er auf sie zu und sprach sie an: »Buongiorno, Frau Rubov. Wären Sie so nett, mir kurz zu helfen? Wir brauchen einige neue Arbeitsmaterialien.« Er wandte sich rasch ab, sprach auch die Blondine an. »Zu dritt schaffen wir das ganz schnell.«

Sina war wie paralysiert, als sie dem kleinen Italiener folgte. Seite an Seite mit der Blondine. Sina wandelte zwischen den Welten: Realität und Fiktion waren für sie kaum noch zu unterscheiden.

Sie durchquerten das Foyer, gingen die Treppenstufen ins Kellergeschoss hinab und liefen durch den schummrigen Gang. Sina war mulmig zumute. Aber wenigstens wähnte sie Blondchen an ihrer Seite. Sie war nicht allein, immerhin.

Noch während Sinas Gedanken um sich selbst und ihr Schicksal kreisten, machte der kleine Italiener Anstalten, Sina das große Rätsel zu offenbaren, auf dessen Lösung sie die letzten Tagen so erpicht gewesen war: Di Lorenzo blieb vor der Tür des Tresorraums stehen – und holte sein Schlüsselbund hervor.

Die Luft stand still. Alles erstarrte in der Bewegung. Sina konnte es kaum fassen. Unerwartet war sie ihrem Ziel so nahe gekommen, wie sie es sich längst nicht mehr erhofft hatte. Di Lorenzo war drauf und dran, den Tresorraum aufzuschließen. Den geheimen Lagerplatz des DDR-Goldes! Warum tat er das? Was konnte das bedeuten? Was hieß das für Sinas weiteres Schicksal?

»Kommen Sie bitte mit, meine fleißigen Helferinnen«, sagte di Lorenzo leichthin. »Sie werden sehen. Es ist gar nicht schwer.«

Mit großen Augen und voller Erwartung betrat Sina den Kellerraum. Vor ihrem geistigen Auge konnte sie das Gold schon sehen. Blank polierte Barren, in Regalen geschichtet, fein säuberlich gestapelt. Ein Wert von vielen Millionen Mark.

»Nehmen Sie bitte den Stapel und Sie, Frau Rubov, den anderen.« Die Stimme des kleinen Italieners klang für Sina wie von einem anderen Stern.

Es waren keine Goldbarren in diesem Raum. Nicht einmal eine Goldmünze lag irgendwo verloren herum. Sie standen hier in einem großen, nüchternen Lager voller Aktenordner, Kartons und Papierhaufen. Auf allem ruhte eine Staubschicht. Dieses Papierlager bestand bereits seit etlicher Zeit und wurde augenscheinlich nur selten aufgesucht.

Kein Gold. Kein toter Italiener. Sina war am ernüchternden Ende ihrer Recherchen angelangt. Dieser Tag würde für sie der letzte an der NHA sein. Da war sie sich sicher. Stumm verrichtete sie ihren Hilfsdienst und schleppte die Schulungsunterlagen in den Unterrichtsraum.

Nach dem Kurs packte sie ihre Hefte zusammen, verabschiedete sich von den anderen und ging. Sie umrundete den mit Baumaterial und Steinen beladenen Pritschenwagen, der mal wieder vor der Tür stand, und machte sich mit trüben Gedanken auf den Weg zur Straßenbahnhaltestelle. Was blieb hier denn sonst noch zu tun?

26

Der Nachmittag war bereits fortgeschritten, als Sina zu Hause eintraf. Niedergeschlagen und müde, wie sie war, entschloss sie sich dazu, ihren Rechenschaftsbericht bei Gabi auf später zu verschieben. Sie hatte keine Lust zum Telefonieren und auch nicht dazu, sich von ihrer Freundin Unzulänglichkeit als Kundschafterin vorwerfen zu lassen.

Am liebsten wollte Sina jetzt nur eines – nichts tun! Einfach nur dasitzen und ihren Gedanken freien Lauf lassen. Sie brauchte eine Pause und geistigen Abstand zu den Dingen, die sie belasteten.

Hatte Cornelia Probst bei ihren Recherchen auch manchmal so empfunden? Sina fragte sich, ob die Journalistin angesichts schleppender Fortschritte bei ihrer Story ab und zu daran gedacht hatte, die Flinte ins Korn zu werfen. Dass sie Teile ihrer Aufzeichnungen in Gabrieles Sekretär verstaut hatte, sprach zumindest dafür. Vielleicht hatte Cornelia Probst vorgehabt, den Fall für eine Weile ruhen zu lassen. Um einer Bedrohung zu entgehen, sich einige Tage aus der Schusslinie zu bringen oder um sich aus der Sache auszuklinken. Womöglich.

Sina versuchte sich in die Gedankenwelt der Journalistin einzufinden. Versuchte, deren letzten Tage nachvollziehen zu können. Dabei kamen ihr die Eindrücke von ihrem vergeblichen Versuch in den

Sinn, Cornelia Probst in ihrem Haus aufzusuchen. Sina stellte sich das Gebäude vor, den Garten. Dann dachte sie an die Garage, in der das Auto der Journalistin geparkt war. Mit diesem Wagen war Cornelia Probst vermutlich zu ihren Reportagen gefahren. Er war stark verschmutzt gewesen, erinnerte sich Sina. Bei welchem Anlass das Auto wohl so dreckig geworden war? Um zur Akademie zu fahren, hatte Cornelia Probst weder Feldwege noch unbefestigte Seitenstraßen befahren müssen. Soweit Sina wusste, lag auch keine größere Baustelle auf dem Weg dorthin. Woher stammten also die Schlammspritzer?

Sina spürte, dass sie diese Frage mehr beschäftigte, als es eigentlich gerechtfertigt sein sollte. Doch sie fühlte instinktiv, dass sie auf etwas gestoßen war. Sie wusste nur noch nicht genau, was es war.

Also noch einmal ganz langsam und systematisch, zwang sich Sina zur Konzentration: Cornelia Probst ist einer heißen Story auf der Spur. Sie stellt Nachforschungen im Umfeld der Akademie an. Ihr Auto ist daraufhin mit Schmutz übersät. Sina rief sich die Einzelheiten ihrer Beobachtungen in Erinnerung. Was genau waren das für Verunreinigungen gewesen? Es war ein humusartiger Dreck, Erde mit vergammeltem Laub und Kiefernnadeln – Waldboden …

Sina richtete sich kerzengrade auf ihrem Sofa auf. Der Groschen war gefallen! Wenn sie ihre Beobachtungen richtig deutete, dann konnte das nur eines heißen: Cornelia Probst hatte die NHA gar nicht von innen, sondern von außen ausgekund-schaftet. Statt – wie Sina – in der Akademie selbst zu schnüffeln, hatte die Journalistin ihre Observation von einem sicheren Posten aus vorgezogen. Nämlich aus dem nahe gelegenen Reichswald, der einerseits eine gute Deckung, andererseits ein freies Sichtfeld auf das Akademiegebäude und sein Umfeld bot.

Was, fragte sich Sina mit aufkeimender Unruhe, hatte Cornelia Probst von ihrem Unterschlupf im Wald gesehen? Es gab nur einen Weg, das heraus-zufinden! Sina rappelte sich auf. Sie sah auf die Uhr. Noch war es nicht zu spät, noch war es nicht dun-kel draußen.

Sina klingelte bei ihrer Nachbarin. »Hallo, Annette, darf ich mir deinen Peugeot leihen?«

»Hast du mal wieder einen Großeinkauf zu erle-digen?«, fragte die sanftmütige Frau von Gegenüber und reichte ihr die Schlüssel.

»So ähnlich. Danke.« Bereits im Gehen fügte Sina hinzu: »Ach ja, er könnte etwas dreckig werden.«

»Das ist bei der alten Kiste auch schon egal«, gab sich Annette gelassen.

Sina umkreiste die Akademie im klapprigen Auto ihrer Nachbarin und achtete dabei auf einen gebüh-renden Abstand zu dem Gebäude. Sie richtete ihr Augenmerk auf die Ausläufer des Reichswaldes, die das NHA-Gelände umsäumten. Bald fand sie, wonach sie Ausschau gehalten hatte: einen schmalen Forstweg. Gerade breit genug, damit sie mit ihrem

Wagen hineinfahren konnte. Sina bugsierte den Peugeot im Rückwärtsgang in den Weg und parkte ihn neben einem Schichtholzstoß. Sie öffnete die Tür und trat auf feuchte, weiche Walderde – gesäumt von Nadelbaumzweigen. Ob Cornelia Probst die Akademie tatsächlich von hier aus beobachtet hatte? Vieles sprach dafür.

Aber was konnte sie aus dieser Entfernung sehen, was Sina mitten in dem Gebäude nicht erkannt hatte? Sina beugte sich in den Wagen, öffnete das Handschuhfach und holte einen handlichen Feldstecher hervor, den sie vorsorglich mitgebracht hatte.

Sorgfältig und ruhig ließ sie ihren Blick damit über das Gebäude gleiten. War etwas Verdächtiges zu sehen? Hatte sich etwas getan, seit sie vor einigen Stunden hier gewesen war? Nein. Die NHA blieb auch bei der Betrachtung aus der Ferne nichts weiter als ein zur Schule umfunktioniertes Hotel. Alles war genau so, wie es immer war. Das Gebäude war unverändert, die Bepflanzung der Grünlagen, der kleine Gartenteich. Ja, selbst der Bauwagen stand noch immer vor der Tür. Komisch eigentlich, zu dieser Zeit, da Bauarbeiter normalerweise längst Feierabend gemacht hätten.

Sina kam ins Grübeln. Jetzt, da sie darüber nachdachte, fiel ihr auf, dass es weder im noch am Gebäude eine Baustelle gab. Seltsam. Sie richtete das Fernglas auf den Pritschenwagen. Es handelte sich um ein ganz gewöhnliches Nutzfahrzeug mit reichlich Gebrauchsspuren. Auf der Ladefläche lag das ein oder andere Werkzeug. Auch der Stapel mit Backsteinen war noch da. Sina stutzte. Ihr schien es so, als sei der Haufen an Steinen inzwischen beträchtlich angewachsen.

Sie kam nicht dazu, weiter darüber nachzudenken. Denn dies war der Moment, in dem Schmidbauer auftauchte.

Eine der dunklen Limousinen aus dem NHA-Fuhrpark rollte auf die Zufahrt. Schmidbauer stieg aus dem Fond des Wagens, in der Hand hielt er einen großen Aktenkoffer. Sein Besuch war perfekt getimt: Er kam zu einer Zeit, da alle Kurse bereits geendet hatten und sich außer der Rezeptionistin niemand im Foyer aufhielt.

Sina beobachtete das weitere Geschehen durch das Fernglas. Ihre Hände zitterten. Schmidbauer ging zügig auf den Eingang zu. Doch Sina hatte Glück: Durch die große Fensterfront konnte sie ihn auch noch sehen, als er eingetreten war. Er ging zunächst zur Rezeption. Nach kurzem Gespräch mit der Empfangsdame sah es so aus, als würde er die Kellertreppe nehmen. Also doch!

Aber dann bog Schmidbauer nicht etwa ab, um die Stufen in den Kellertrakt hinunterzugehen, sondern setzte seinen Weg durch das Foyer fort. Er ging auf die hintere Ecke zu, dort, wo eigentlich nur Schränke mit Tischtüchern und Dekomaterial standen, ein Regal mit Zeitschriften und Büchern und – und ein stillgelegter Lastenaufzug.

Sina zuckte zusammen, als die Erkenntnis sie traf

wie ein Blitz. Hektisch fummelte sie am Verschluss ihrer Jackentasche und zerrte eine Nachzeichnung des Fluchtplans heraus. Sie faltete ihn auseinander und breitete ihn auf der Motorhaube aus. Zwar stellte der Plan nur das Untergeschoss dar, doch auch hier war der Aufzugsschacht eingezeichnet. Er war recht groß für einen Fahrstuhl, der einst ja nur dazu gedient hatte, leichte Materialien wie Wäsche oder Geschirr zwischen den Stockwerken hin und her zu transportieren. Außerdem war er mit einem rückwärtigen Versorgungsraum verbunden. Dieser hatte die Abmessungen eines kleinen Zimmers von etwa vier mal fünf Metern Grundfläche. Genug Platz, um hier etwas Stapelbares zu lagern und vor neugierigen Blicken zu schützen.

Als sie ihr Fernglas wieder zur Hand nahm, war Schmidbauer verschwunden.

27

Klaus war der Letzte, der eintraf, und er hatte sehr schlechte Laune mitgebracht. »Was soll denn das? Wie viele von diesen sinnlosen konspirativen Treffen sollen wir noch abhalten?«

Sie standen inmitten von Gabrieles Antiquitätensammlung. Da es draußen längst dunkel war und sie nur die indirekte Beleuchtung eingeschaltet hatte, hatte Klaus' Formulierung ›konspiratives Treffen‹ durchaus Berechtigung, dachte Sina. Aber auf die Befindlichkeiten ihrer Mitstreiter konnte sie jetzt keine Rücksicht nehmen. Sie war froh, dass es ihr gelungen war, alle vier so schnell noch einmal zusammenzutrommeln, und wollte nun gleich zur Sache kommen: »Ich kann mich irren. Aber wenn nicht, habe ich das System der Goldwäsche durch die NHA durchschaut. Ich bin ihnen auf die Schliche gekommen ...«

Sina legte zum Erstaunen der anderen ihre Beobachtungen des späten Nachmittags dar und beschrieb detailliert ihre Eindrücke. Sie ließ nichts aus, dichtete aber auch keine eigenen Schlussfolgerungen dazu. Schließlich – nachdem sich die anderen selbst ihre Meinungen bilden konnten – endete sie mit der einzig logischen Quintessenz: »Die biedere Fassade der Akademie, die häufigen Besuche Schmidbauers, die vielen Spuren in Richtung

DDR-Goldreserve und schließlich der Pritschenwagen, der ständig vor dem Hotel steht – all das sind
Teile eines Puzzles, die sich allmählich zusammen-
fügen lassen: Schmidbauer ist, wie wir es vermutet
hatten, ein Kurier. Er bringt das Gold in handlichen, unauffälligen Mengen in die Akademie, wo
es im Versorgungsraum des stillgelegten Aufzugs
gelagert und für den weiteren Transport ins Ausland präpariert wird. Die Tarnung ist sehr clever: Die
Barren werden in eine Gussform gelegt und mit ton-
haltigem Lehm umgeben. Anschließend kommen sie
in einen Brennofen und sehen danach aus wie ganz
normale Mauersteine. Auf einem gewöhnlichen Bauwagen werden sie anschließend Fuhre für Fuhre zum
nächsten Punkt der Transportkette gekarrt. Ein tod-
sicheres Verfahren. Kein Außenstehender schöpft
Verdacht.«
»Das hört sich ebenso einfach wie genial an.«
Friedhelm zeigte einen Anflug von Begeisterung und
ließ damit für wenige Augenblicke sein angeborenes
phlegmatisches Temperament vergessen.
Auch seine Schwester war durchaus erfreut über
Sinas Entdeckung. »Gut gemacht, Kleine. Es sieht
ganz so aus, als würden wir am Ende doch noch unser
Stück von der Torte abbekommen.«
Die miese Laune von Klaus hingegen hatte sich
auch nach Sinas Vortrag nicht gebessert. »Wie willst
du das denn anstellen?«, fuhr er Gabriele gereizt an.
»Zum Lastwagen laufen und dir so viele goldgefüllte
Backsteine unter den Arm klemmen, wie du tragen

kannst?« Mit wegwerfender Handbewegung meinte er: »Ich bin diese Mätzchen allmählich leid. Wir sehen uns hier skrupellosen Schwerverbrechern gegenüber, und ihr tut so, als wäre alles nur ein harmloses Cowboy- und Indianer-Spiel!«

»Sachte, sachte«, sagte Gabriele ruhig. »Es steht völlig außer Frage, dass wir mit einem unüberlegten Schnellschuss rein gar nichts erreichen. Am wichtigsten ist erst einmal, dass wir uns absichern, bevor wir über die nächsten konkreten Schritte nachdenken. Absichern können wir uns nur, indem wir uns stichhaltige Beweise aneignen.«

»Die haben wir doch schon«, meinte Friedhelm. »Wir haben Sina als Zeugin. Sie hat alles beobachtet.«

Gabriele sah ihren Bruder schief an. »Ach ja? Was genau hat sie denn beobachtet? Einen Mann, der in einer Aufzugstür verschwunden ist, und einen Kleinlaster mit Steinen auf der Pritsche. Das allein reicht nicht aus.«

»Stimmt. Die Polizei würde mich auslachen und wieder nach Hause schicken, wenn ich denen mit meiner Story komme«, sagte Sina und klang betrübt.

»An die Polizei denke ich gar nicht«, stellte Gabriele klar. »Ich rede von Beweisen, die uns vor möglichen Übergriffen dieser Gangsterbande schützen. Und da würden vermutlich einige aussagekräftige Fotos ausreichen.«

»Was, zum Teufel, heckst du nun schon wieder aus?«, fragte Klaus.

Gabriele redete selbstbewusst weiter: »Folgendes: Wir werden uns erkundigen, wann mit der nächsten Goldanlieferung zu rechnen ist, legen uns auf die Lauer und halten das ganze Szenario mit einer Kamera fest. Wir deponieren die Negative an sicherer Stelle und sprechen bei der NHA vor. Wir sagen ihnen, was wir wissen, legen die Fotoabzüge auf den Tisch ...«

»... und lassen uns unser Schweigen teuer bezahlen«, führte Friedhelm den Gedanken zu Ende. Ein gieriges Lächeln umspielte seine schmalen Lippen.

»Verdient hätten wir es nach all der Mühe und den Scherereien, die wir durch diese Verbrecher schon hatten«, stimmte Gabriele lakonisch zu.

Erpressung also, fand Sina das richtige Wort für Gabrieles Vorhaben. Aber sie sprach es nicht aus, auch wenn ihr dieser neue Plan ziemlich gegen den Strich ging. Immerhin, den ersten Teil der Übung fand auch Sina gar nicht schlecht. Denn wenn sie Fotos von den wesentlichen Schritten des Golddeals in der Hand hätten, würden sie sich später leichter tun, ihre Beobachtungen zu belegen. Allerdings nicht für Erpressungsversuche. Sina nahm sich vor, auf Gabriele einzuwirken und die Bilder Kommissar Diehl zu überlassen.

»Ihr spinnt«, sagte Klaus hart. »Anders kann ich es leider nicht mehr ausdrücken. Was ihr vorhabt, ist nicht nur kindisch und naiv, sondern höllisch gefährlich.«

»Keiner zwingt dich, weiter mitzumachen«, entgegnete Gabriele. »Aber beschwer dich später nicht, wenn du keinen Anteil bekommst.«

Klaus sah Gabriele an, musterte dann auch die anderen beiden aus zusammengekniffenen Augen. »Habt ihr es noch immer nicht begriffen? Die werden nicht lange fackeln und euch erledigen wie die Journalistin und den Briefmarkenhändler!« Damit drehte er sich um und ging mit energischen Schritten auf den Ausgang zu. »Ich bin raus aus dem Spiel! Macht, was ihr wollt!«

Mit Karacho fiel die Ladentür ins Schloss, nachdem Klaus das Geschäft verlassen hatte.

»Wow! Was für ein Abgang«, kommentierte Gabriele mit kaum überspielter Genugtuung. »Einer weniger, der nervt.«

Sina fand das Ganze nicht so amüsant. Auch sie war besorgt und sah die Gefahren, die ein weiteres Belauern der Akademie mit sich brachte. Dann kam sie aber doch auf Gabrieles Plan zurück: »Du sagtest, dass wir uns nach dem nächsten Goldtransport erkundigen wollen. Wie soll das funktionieren? Willst du etwa bei denen anrufen und fragen?«

Gabriele schmunzelte. »Nicht bei denen. Ich denke da eher an Kapitän Huber, unseren Piloten.«

»Ach ...« Sina begriff. »Du willst ihn bitten, die nächsten Flüge von Schmidbauers Jet auszukundschaften.«

»Genau. Für ihn als Flieger mit den nötigen Verbindungen dürfte es nicht schwer sein, die entsprechenden Daten bei der Flugsicherung zu erfragen.«

»Na dann …« Sina hob die Mundwinkel zu einem Lächeln und machte sich damit selbst neuen Mut.

Doch das Quantum Mut, das sie ansammeln konnte, schmolz dahin wie Eis in der Sonne, als sie auf dem Nachhauseweg ausführlich über alles nachdachte. Eine gemeinsame Bespitzelung der Akademie war zwar eine Option, die durchaus erfolgsversprechend war. Klaus' wütender Abgang jedoch hatte bei Sina Spuren hinterlassen. Er hatte ja recht: Dies war kein Kinderspiel. Profiverbrecher würden sich von ihnen ganz sicher nicht an der Nase herumführen lassen.

Die beste Lösung bestünde darin, Diehl sofort ins Bild zu setzen. Statt erst Beweisfotos zu schießen, sollten sie den Kripochef ohne weiteren Zeitverzug einweihen – in der Hoffnung, dass er ihnen auch ohne konkrete Belege Glauben schenken würde. Damit wären sie auf der sicheren Seite und müssten ihr Schicksal nicht an den vagen Plan von Gabriele knüpfen.

Ja, dachte sich Sina und stellte mit Genugtuung fest, dass ihr der Anflug von Vernunft guttat. Auch Gabriele würde sie noch überzeugen können. Sie müsste nur die geeigneten Argumente finden.

Als ihr Telefon klingelte, nahm sie mit neu gefasstem Schwung ab: »Sina Rubov. Wer ist dran?«

»Ich bin's, Kleine.« Gabriele klang unternehmungslustig. »Geh heute früh schlafen. Du musst fit sein, wenn es so weit ist.«

»Äh, Gabi …« Sina hatte mit diesem Anruf nicht

gerechnet. Noch nicht. Es hatte ihr die Zeit gefehlt, sich die richtigen Worte für ihre Freundin zurechtzulegen.

»Ich habe mit Huber gesprochen. Er hat mir ohne Umschweife den nächsten geplanten Flug von Schmidbauer durchgegeben.«

»Ähm …« Sina suchte nach dem passenden Einstieg für ihren geplanten Ausstieg, fand ihn aber nicht. Stattdessen fragte sie: »Wann soll's denn losgehen?«

»Morgen Abend«, kam es wie aus der Pistole geschossen.

Gabriele hatte längst aufgelegt, als Sina noch immer darüber nachsann, wie sie sich jetzt noch aus der Affäre ziehen könnte.

28

Der Peugeot war gegen Gabrieles VW Bulli ausgetauscht und die Teilnehmerzahl um Gabi und Friedhelm ergänzt worden. Ansonsten war die Situation die gleiche wie tags zuvor: Sina hatte den selben Waldweg als Ausgangspunkt ihrer Observation gewählt und schon auf dem Weg dorthin festgestellt, dass das verdächtige Baufahrzeug wie erhofft wieder vor dem Eingang der Akademie stand.

Dennoch gab es Unterschiede im Vergleich zum letzten Mal. Zum einen durch die nicht gerade angenehme Anwesenheit Friedhelms, der alle fünf Minuten völlig unkonstruktive Ratschläge zum Besten gab und außerdem Mundgeruch hatte. Zum anderen machte es die fortgeschrittene Tageszeit ihnen nicht leichter. Das Akademiegebäude war längst nur noch als kastenförmiger Schattenriss zu erkennen. Was rundherum passierte, konnten die beiden Frauen beim Blick durch ihre Ferngläser nur erahnen. Denn beleuchtet war lediglich die Straße, die zur NHA führte und das unmittelbare Umfeld, das vom schwachen, durch die Fenster scheinenden Gelb der Innenbeleuchtung erhellt wurde.

Schweigsam und konzentriert suchten sie das Terrain ab. Sie schwenkten ihre Ferngläser langsam hin und her. Sie wollten sicherstellen, dass sie nichts übersahen, wenn es richtig losging. Denn wenn

Schmidbauers Limousine vorfahren würde, hätten sie keine Gelegenheit mehr, sich um das Umfeld zu kümmern.

Ihre Augen brannten von der ungewohnten Anstrengung, als sie ohne Resultat aufgaben. »Nichts«, stellte Gabriele fest. »Nichts rührt sich. Nicht einmal ein Mäuschen.«

Von hinten knisterte es. »Möchtet ihr auch eine Minisalami?«, fragte Friedhelm kauend.

Gabriele warf ihm einen bösen Blick zu. »Wenn du schon jetzt alle Vorräte aufbrauchst, haben wir nichts mehr für die Nacht.«

»Nacht?«, fragte ihr Bruder entgeistert. »Wie lange gedenkt Frau Detektivin denn hierzubleiben?«

»Solange es nötig ist.«

Friedhelm verzog das Gesicht. Sina fand, es sah nun aus wie ein zerknautschter Sack.

Schmidbauer war längst überfällig, als Gabriele den Zeigerstand ihrer Uhr zum wiederholten Mal mit der Uhr im Armaturenbrett verglich, weil sie glaubte, ihre ginge vor. »Wo bleibt er denn?«, murmelte sie.

Sina, die bis eben konzentriert durch ihr Fernglas geschaut hatte, gähnte herzhaft. »Bist du sicher, dass du Huber richtig verstanden hast? Wenn ich mich nicht täusche, haben die in der Luftfahrt andere Zeitangaben. Vielleicht hast du da was verwechselt.«

»Ich habe nichts verwechselt«, gab Gabriele giftig zurück. »Huber hat mir die geplante Ankunft der Maschine in Ortszeit mitgeteilt. Ich bin doch nicht blöd.«

»Na ja …«, traute sich Friedhelm anzumerken und entging knapp einer Ohrfeige.

Sina musste lachen. »Ortszeit hin oder her. Jedenfalls ist Schmidbauer nicht da. Obwohl er – die Strecke vom Airport bis hierher mitgerechnet – vor mindestens einer Stunde angekommen sein müsste.«

»Vielleicht hat sich der Abflug in Berlin verzögert oder die Maschine musste eine Schlechtwetterfront umfliegen«, mutmaßte Gabriele. »Wie auch immer: Wir müssen uns in Geduld üben und warten.«

»Wenn das so ist«, auf der Rückbank wurde es wieder unruhig, »dann muss ich erst einmal Platz in meiner Blase schaffen.« Friedhelm schob die Seitentür auf.

»Aber beeil dich mit dem Pinkeln!«, rief ihm seine Schwester nach. »Wir brauchen deine Kamera, sobald Schmidbauer aufkreuzt.«

»Ja, ja, ich gebe mein Bestes«, meinte Friedhelm und verschwand hinter dem nächsten Holzstoß.

Sina schüttelte den Kopf und nahm wieder ihr Fernglas zur Hand. Die Akademie stand nach wie vor still und friedlich im Halbdunkel. Aus einem der beiden Schornsteine in der Dachmitte stieg ein feiner grauer Rauch auf. Sonst tat sich nichts.

Abermals musste sie gähnen. Sie merkte, wie ihre Augen durch die Monotonie ihrer Beschäftigung und wohl auch durch die einsetzende Müdigkeit zu jucken begannen.

»Schlaf nicht ein«, ermahnte Gabriele sie.

»Nein, nein, keine Sorge. Ich …« Sina stockte mitten im Satz, als plötzlich ohne ein vorwarnendes Geräusch oder das Aufleuchten von Autoscheinwerfern eine große dunkle Limousine vor der Akademie vorfuhr.

Obwohl Sina die ganze Zeit auf genau diesen Moment gewartet hatte, war sie nun völlig überrumpelt. Sie stieß Gabriele an, deutete mit wilder Geste durch die Frontscheibe.

Auch Gabriele griff jetzt zum Fernglas. Der große Wagen war inzwischen zum Stillstand gekommen. Die Fahrertür öffnete sich. »Schnell. Wir brauchen den Fotoapparat«, sagte sie zu Sina. Dann kurbelte sie die Seitenscheibe herunter und rief mit gedämpfter Stimme: »Friedhelm! Schnell! Schmidbauer ist gerade angekommen!« Mit besorgtem Blick in Richtung des Gebäudes sah sie, dass nun auch die Beifahrertür der Limousine geöffnet wurde. Ein Mann mit dunklem Trenchcoat stieg aus und ging gemessenen Schrittes auf den Kofferraum zu: Kein Zweifel, es war Schmidbauer. »Friedhelm!«, rief sie erneut.

»Ich beeile mich ja«, kam endlich eine Antwort aus der Dunkelheit. »Aber die Prostata … bei mir kommt's nur noch tröpfchenweise.«

»Oh Mann!«, stöhnte Gabriele und drehte sich um. Sie zerrte hektisch an der Fototasche ihres Bruders, die im hinteren Fußraum lag. »Dann müssen wir die Bilder eben selbst machen.«

Der Gurt der Tasche hatte sich an der Rückbank verhakt. Durch Gabrieles fahrige Bewegungen wurde er nur noch fester eingeklemmt. »Lass mich mal«, drängte Sina sie beiseite. Statt die ganze Tasche nach vorn zu holen, öffnete sie den Reißverschluss und nahm das Kameragehäuse heraus. Anschließend zog sie ein Teleobjektiv aus dem Futteral.

Gabriele hatte sich in der Zwischenzeit wieder das Fernglas geschnappt. »Jetzt hat er den Kofferraum geöffnet«, schilderte sie ihre Beobachtungen. »Er nimmt den Aktenkoffer heraus. Nun geht er auf den Eingang zu.« Sie sah zu ihrer Freundin hinüber. »Meine Güte, Sina, du musst schnell machen!«

»Ja, verdammt, ich weiß!« Sina hatte ihre liebe Not damit, den Bajonettverschluss des unhandlichen Objektivs in die Führungsschiene der Kamera einzufädeln.

»Noch fünf Meter bis zur Tür. Drei Meter ... gleich ist er außer Sichtweite!« Gabrieles Stimme klang schrill.

Endlich gab der Verschluss einen Klicklaut von sich und war eingerastet. Sina hob die Kamera an, zoomte auf die Tür. Doch ehe sie auslösen konnte, hatte der dunkle Schlund des Eingangs Schmidbauer mitsamt seines brisanten Handgepäcks verschluckt.

»Versuch, ihn im Foyer zu erwischen«, schärfte Gabriele ihr ein. »Du musst durch die Scheiben fotografieren.«

Sina bemühte sich, die Kamera entsprechend auszurichten. Doch was sich bei ihren ersten Beobachtungen von Schmidbauers Botengang noch deutlich sichtbar vor ihren Augen abgespielt hatte, war heute Nacht im kaum beleuchteten Foyer des Hotels nicht zu erkennen. Sie starrte durch den Sucher der Kamera, den Finger über dem Auslöser gekrümmt – aber alles, was sie vor die Linse bekam, beschränkte sich auf nicht aussagekräftige Schattenspiele. Schmidbauer war nicht mehr zu erkennen. Geschweige denn sein Koffer.

»So, da bin ich.« Friedhelm war noch damit beschäftigt, seinen Hosenschlitz zu schließen, als er in gebückter Haltung in den Wagen stieg.

Die beiden Frauen sahen ihn mit vor Fassungslosigkeit halb geöffneten Mündern an.

Der Streit, der sich in den folgenden Minuten in dem VW-Bus anbahnte, verursachte bei Sina einen spontanen Anflug von Kopfschmerzen.

»Du bist so ein unbeschreiblich verblödeter Vollidiot, du Oberdepp!«, wetterte Gabriele gegen ihren Bruder. »Wegen dir und deiner Altherrenblase haben wir den entscheidenden Moment verpasst! Die Beweise, auf die wir schon den ganzen Abend warten!«

»Wenn ihr nicht fähig seid, eine Kamera zu bedienen, seid ihr selbst schuld«, gab Friedhelm gekränkt zurück.

»Aber du hättest sie ja wenigstens schon zusammensetzen können! Hattest doch die letzten Stunden genug Zeit dafür!«, blieb Gabriele hart.

»Davon hast du mir nichts gesagt«, verteidigte sich Friedhelm.

»Schon mal was von Mitdenken gehört?«, fragte Gabriele mit vor Zorn gerötetem Gesicht. »Eigeninitiative hat noch niemandem geschadet. Aber seitdem dir Mama und Papa nicht mehr sagen können, wo es langgeht, bist du ja völlig aufgeschmissen.«

»Gabi, lass es gut sein«, mischte sich Sina ein und rieb sich die pochenden Schläfen. »Wir haben es verbockt und sind alle gleichermaßen schuld daran.«

»Ach, Mist!« Gabriele donnerte mit der Faust auf die Konsole. »Jetzt habe ich bald wirklich keine Lust mehr auf dieses saudumme Gold-Gschmarri!«

Da sprach Gabriele wahre Worte, dachte Sina. Genug war genug! Irgendwann musste ein Ende gemacht werden mit dem Dauerärger, der zu nichts führte als zu Frust. Selbst Friedhelm erweckte den Eindruck, als habe ihm seine Schwester ausnahmsweise einmal aus der Seele gesprochen. »Lassen wir es also bleiben?«, fragte Sina vorsichtig. Sie sah ihre Freundin forschend an. Auch Friedhelm hielt den Mund und blickte erwartungsvoll auf Gabriele.

Die atmete tief durch. Dann spreizte sie die Finger und fuhr sich mit beiden Händen langsam durch ihr lockiges Haar. Die Entscheidung, vor die sie nun schneller gestellt wurde, als sie erwartet hatte, fiel ihr nicht leicht. Noch immer keimte in ihr die Hoffnung, am Goldrausch teilhaben und davon profitieren zu können. Doch ihre eigene Opferbereitschaft war aufgebraucht, die Frustrationsgrenze überschritten und die Nerven am Ende. Hinzu kam die Müdigkeit. »Gut«, sagte sie leise und zermürbt. »Wir ziehen uns zurück.« Sie spürte, wie ihr Mund trocken wurde, als sie hinzufügte: »Ich danke euch dafür, dass ihr so viel Zeit und Kraft in diese Sache gesteckt habt. Vielleicht kann ich mich irgendwann einmal revanchieren.«

Friedhelm gab einen zufriedenen Grunzlaut von sich, als er sich entspannt in den Rücksitz lehnte und die Verpackung der letzten Minisalami aufriss. Gabriele startete den Motor. Sina schnallte sich an. Langsam fuhr Gabriele los und steuerte ihren Wagen im ersten Gang durch das unwegsame Gelände.

Sina nahm noch einmal das Fernglas zur Hand. Ein letzter Blick auf die Akademie sollte es sein. Sie sah die Limousine, die nach wie vor nahe dem Eingang parkte. Sie sah den Bauwagen mit den Backsteinen. Und sie sah eine dunkel gekleidete Gestalt, die sich an der Hauswand entlangschlich. Im ersten Moment hielt Sina sie für den Chauffeur, der sich ja in der Nähe des Autos aufhalten musste. Doch dann erkannte sie an Körperhaltung und Frisur, dass es jemand anderes war.

»Halt an!«, schrie sie.

Gabriele trat erschrocken auf die Bremse und würgte dabei den Motor ab.

»Das gibt es nicht! Das kann gar nicht sein!« Sina war außer sich.

Auch Gabriele hatte sofort wieder das Fernglas vor den Augen. Sie brauchte nicht lange, um die aus dem Nichts aufgetauchte Figur zu identifizieren: »Das ist … Klaus«, brachte sie stammelnd hervor. »Was tut er da, um Himmels willen?«

29

Es war einfach nicht zu fassen! Sina presste das Fernglas mit der Rechten dicht vor ihre Augen, während sie sich die linke Hand vor den Mund hielt. Als wollte sie verhindern, dass sich ein unbeabsichtigter Schrei löste.

»Was hat dein Freund bei der NHA zu suchen?«, fragte Gabriele mit zusammengepressten Zähnen.

Das ist mir selbst völlig schleierhaft, dachte Sina, war von den Geschehnissen aber viel zu gefesselt, um Gabriele eine Antwort zu geben.

In geduckter Haltung und sich dabei immer wieder nach allen Seiten umsehend, schlich Klaus an der Fassade des Hotels entlang. Er suchte Schutz hinter einer Hecke, doch nur, um seinen Weg gleich darauf fortzusetzen. Er zögerte, als er der Limousine vorm Eingang näher kam. Offenbar wollte er sich überzeugen, dass niemand darin saß.

»So ein verfluchter Idiot!«, schimpfte Gabriele. »Will er das Ding jetzt im Alleingang durchziehen?«

Sina schaute weiter gebannt durch das Fernglas. Klaus stand nun dicht vor dem Eingang. Er sah sich abermals um, dann ging er mit zwei schnellen Schritten auf die Tür zu. Er drehte am Knauf und prüfte, ob die Tür verschlossen war.

»Der hat uns alle getäuscht«, sagte Gabriele erzürnt. »Hat uns vorgespielt, dass er aussteigen will.

Ein Vorwand, um ganz allein Kasse machen zu können. Einen feinen Freund hast du!«

Ohne das Fernglas abzusetzen, sagte Sina: »Er ist nicht mehr mein Freund, das weißt du. Außerdem hatte ich genauso wenig Ahnung von seinen Plänen wie ihr!«

»Das klingt nicht sehr überzeugend«, mokierte sich Gabriele. »Ich weiß allmählich nicht mehr, wem ich trauen kann und wem nicht.«

Sina wollte widersprechen, ihrer Freundin gehörig die Meinung sagen. Aber dazu kam sie nicht. Voller Schrecken sah sie durch ihr Fernglas, wie die Hoteltür plötzlich aufgerissen wurde. Klaus erstarrte zur Salzsäule, als ihm unvermittelt eine hochgewachsene Person gegenüberstand. Der Ire! »Oh mein Gott!«

»Was ist?« Auch Gabriele konzentrierte sich schnell wieder auf das Geschehen vor der Akademie. »Haben sie ihn …? Ja, sie haben ihn erwischt!«

Die nackte Angst packte Sina, als sie mit ansehen musste, wie der kräftige Ire Klaus am Handgelenk griff. Ehe dieser sich versah, wurde er ins Innere des Gebäudes gezogen. Gleich darauf schloss sich die Tür hinter ihm.

»Die werden ihn umbringen!«, stieß Sina voller Verzweiflung aus.

»So ein Dummkopf. Bei seinem laienhaften Verhalten konnte er nichts anderes erwarten«, meinte Gabriele, der der Vorfall nicht wirklich ans Herz ging.

»Aber Gabi!«, appellierte Sina an ihr Mitgefühl. »Wir müssen ihm helfen! Jetzt! Sofort!«

Friedhelm, der sich auf dem Rücksitz bis eben ruhig verhalten hatte, hustete in seine Faust. »Ich kann meiner Schwester nur beipflichten. Klaus hat nichts anderes verdient. Außerdem … bin ich nicht zum Helden geboren.«

Sina mochte kaum glauben, was sie hörte: »Ist das euer Ernst? Wollt ihr wirklich tatenlos zusehen, wie sie mit Klaus sonst was anstellen? In Kauf nehmen, dass sie ihn foltern und gar töten?« Mit geweiteten Pupillen sah sie abwechselnd Gabriele und deren Bruder an.

Gabriele ließ das unbestreitbar befriedigende Gefühl darüber, dass Klaus in der Klemme saß, einige wohltuende Momente auf sich wirken. Dann verscheuchte sie all die niederen Triebe und Rachegelüste: »Nein«, sagte sie entschlossen. »Wir werden ihn nicht im Stich lassen.«

Sina atmete auf. »Danke, Gabi.«

Gabriele nickte ihr aufmunternd zu. Dann gab sie präzise Anweisungen für das weitere Vorgehen: »Friedhelm, du bist wahrlich kein Held. Du nimmst den VW-Bus, fährst zur nächsten Telefonzelle und alarmierst die Polizei. Am besten lässt du gleich Kommissar Diehl persönlich aus dem Bett klingeln. Und du, Sina, du wirst mit mir zusammen in die Höhle des Löwen gehen. Wir wollen einige Unruhe stiften in der Akademie und die feine Gesellschaft dort aufschrecken. Damit gewinnen wir Zeit – hoffentlich genügend, bis Friedhelm mit den Cops zurückkommt.«

Sina war nicht wohl bei der Vorstellung, gegen ihre Vorsätze doch noch einmal über die Schwelle der NHA zu treten. Aber sie wollte Klaus zu Hilfe kommen, und Gabrieles Vorschlag hatte Hand und Fuß. Es musste schnell gehen, wenn sie etwas ausrichten wollten. »Also gut«, sagte sie. »Machen wir es so.«

Auch Friedhelm signalisierte seine Zustimmung.

Sie warteten, bis der VW-Bus mit Friedhelm am Steuer außer Sichtweite war. Seite an Seite gingen sie auf die Akademie zu. Das Hotel, das bei Tageslicht betrachtet so harmlos aussah und in seinem braven 5oer-Jahre-Stil jeder Aggressivität entbehrte, wirkte bei Nacht ganz anders. Das diffuse Licht ließ einzelne Fassendenteile bedrohlich hervortreten, andere verschwanden lauernd in der Dunkelheit. Das Runde, Geschwungene trat in den Hintergrund, dagegen stachen Kanten und scharfe Vorsprünge deutlich hervor. Es war, als würden sie sich einem Geisterhaus nähern, dachte Sina schaudernd.

Sie machten sich nicht die Mühe, sich zu verstecken oder ihr Näherkommen durch gelegentliches Deckungssuchen zur verbergen. Sie wollten die Aufmerksamkeit auf sich lenken, ganz bewusst. Während Gabriele gemessenen Schrittes, aber zielstrebig auf den Eingang zuging, merkte Sina, dass ihre Beine immer weicher wurden, je weiter sie kamen.

»Gleich schnappt der Ire uns auch«, wollte sie Gabriele warnen, doch sie brachte bloß ein kaum verständliches Flüstern zustande.

»Was sagst du? Reiß dich zusammen. Wir müssen jetzt stark sein«, wies sie Gabriele zurecht.

Sie erreichten den Eingangsbereich. Die Tür war unmittelbar vor ihnen. Unbewegt. Sina rechnete damit, dass sie in der nächsten Sekunde aufgestoßen würde. Doch nichts geschah. Furchtsam wandte sie sich an Gabriele: »Was nun? Sollen wir versuchen, ob wir sie öffnen können?«

Gabriele starrte auf den Türknauf. Sie war kreidebleich. Sie merkte, dass sie die Anweisungen, die sie ihrer jungen Freundin gerade noch erteilt hatte, selbst nicht befolgen konnte. Stark sein – das war in dieser Situation zu viel verlangt.

»Sollen wir versuchen, ob wir reinkommen?«, wiederholte Sina.

Gabriele schloss sie Augen. Sie wartete, bis das Blut aus den Beinen zurückfloss und ihr Kopf wieder zu arbeiten begann. Erst dann entschied sie sich zum Vorstoß, griff an den Knauf und drehte ihn. Die Tür war nicht verschlossen. Sachte schob sie sie auf.

Als sie das weiträumige Foyer betraten, umfing sie eine bleierne Stille. Die Frauen trauten sich kaum, einen Fuß vor den anderen zu setzen, denn ihre Schritte hallten in dem saalartigen Vorraum verräterisch nach. Sie fielen auf. Doch genau das beabsichtigten sie ja – oder?

Sina war sich inzwischen nicht mehr sicher, zu groß

war ihr Fluchtinstinkt. Sie musste eine Flut innerer Warnungssignale eindämmen, bevor sie weitergehen und Gabriele folgen konnte.

Diese hatte ein Ziel anvisiert: den Schacht des Lastenaufzugs in der hinteren Ecke des Foyers. Zermürbend langsam kam sie voran, weil ihre Füße nicht so wollten wie ihr Kopf. Es war, als würde sie gegen einen Orkan ankämpfen, der ihr entgegenblies.

Als beide vor der schlichten Aufzugstür standen, die sich wie eine Ziehharmonika auffalten ließ, bemerkten sie ein grün leuchtendes Kontrolllämpchen an der Bedienungskonsole. Der Fahrstuhl war folglich nicht außer Betrieb, erfasste Gabriele die Lage. »Steigen wir ein«, forderte sie ihre Freundin auf.

»Meinst du, das ist klug?« Sina blieb in sicherer Distanz zurück.

»Klug sicherlich nicht. Aber es ist eine Möglichkeit, zwei Fliegen mit einer Klappe zu schlagen: Klaus zu retten und einen Blick auf das Golddepot zu werfen.«

Sina überwand ihre Ängste und folgte Gabriele in die niedrige Aufzugskabine. Sie musste sich bücken, um einzusteigen und konnte auch im Inneren der dunklen Kammer nicht aufrecht stehen. »Hier ist eine Schalttafel«, stellte sie nach schneller Orientierung fest. »Ich drücke den unteren Knopf.« Im gleichen Moment setzte sich der Aufzug in Bewegung. Die enge Kabine ruckelte und fuhr quietschend ins Kellergeschoss.

»Ich bin gespannt, was uns da unten erwartet.«
Gabrieles Stimme klang gepresst.

»Das bin ich auch.« Mehr konnte Sina nicht sagen,
denn ihre Kehle schnürte sich zusammen. Eine starke
Beklemmung ergriff von ihr Besitz. Die Angst wurde
übermächtig.

Der betagte Aufzug brauchte eine halbe Minute bis
ins Untergeschoss. Für Gabriele war es eine gefühlte
halbe Stunde. Endlich kam die Kabine zum Stillstand.
Endlich konnte sie dieser klaustrophobischen Enge
entfliehen. Sie fasste entschlossen an den Griff der
Falttür und zog sie auf.

Und dann sah sie es: Gold! Strahlendes, glänzen-
des Gold …

Sina presste sich die Hände vor den Mund. Ebenso
wie Gabriele war sie geblendet vom gleißenden Licht
der Deckenbeleuchtung, das von den über und über
mit Goldbarren gefüllten Wandregalen reflektiert
wurde. Ihre Empfindungen schwankten zwischen
spontanen Glücksgefühlen, weil sie ihr Ziel endlich
erreicht hatte, und einer neuen, wachsenden Angst.
Denn inmitten des unfassbar beeindruckenden Gold-
glanzes stand eine Gruppe Menschen, die ihre Blicke
streng auf sie gerichtet hielt.

Die Gruppe bestand aus NHA-Geschäftsführer Oliver Kern, Handlanger Kilian, dem kleinen
Italiener und – der Befehlshaberin von Usedom,
der alten Hexe! Sina trat reflexartig einen Schritte
zurück. Doch der Bedrohung konnte sie nicht mehr

entfliehen. Und sie wollte es auf eine Art auch gar nicht. Denn ebenso, wie ihr Fluchtinstinkt auf sie einwirkte, tat es auch die Neugierde. Die Personengruppe wurde noch durch einen weiteren Teilnehmer ergänzt, der keineswegs wie ein Gefangener wirkte, sondern selbstbewusst und tatenfroh dastand. Mit vor der Brust verschränkten Armen und einem siegessicheren Lächeln auf den Lippen: Klaus!

Sina drehte sich nach Gabriele um. Doch die stand wie hypnotisiert im Zugangsbereich des Lagers, unfähig, sich zu äußern oder Sina Erklärungen irgendeiner Art zu liefern.

»Willkommen in Eldorado«, sagte die alte Hexe. In ihrer Stimme lag gehässiger Zynismus.

Gabriele fixierte die Frau, die deutlich älter war als sie, aber von zäher Drahtigkeit und bei wachem Verstand. Das verrieten allein schon ihre kleinen, aufmerksamen Augen. Während sie sich auf die Anführerin und ihre Helfershelfer konzentrierte und über die ominöse Rolle von Klaus spekulierte, merkte sie kaum, wie sich der Aufzug hinter ihr wieder in Bewegung setzte.

»Klaus!«, entfuhr es Sina. »Was machst du da? Warum bist du nicht …«

»Tot?«, fragte Klaus, wobei sich sein Lächeln zu einem höhnischen Grinsen formte. »Wäre dir das lieber, ja?«

»Nein!« Sina hob die Hände. »Nein, auf keinen Fall. Aber wir dachten, dass du …« Sie brach mitten im Satz ab.

Klaus kam näher auf sie zu. »Ihr dachtet, dass ich so tölpelhaft bin und blindlings ins offene Messer laufe? Ja, das kann ich mir gut vorstellen. Vor allem deine Busenfreundin Gabriele hat mir einen solchen Fehler bestimmt zugetraut.« Sein feistes Grinsen nahm etwas Dämonisches an, als er weitersprach. »Ihr habt euch in mir getäuscht. Bitter getäuscht. Ich bin nicht länger einer von den Guten, die gleichzeitig immer die Loser sind. Dieses Mal habe ich mich auf die richtige Seite geschlagen.«

»Sie sind in eine Falle getappt«, vollendete die alte Hexe einen Gedanken, der in Sina langsam und schmerzlich aufkeimte. Sie wankte, als ihr die Tragweite dieser Erkenntnis bewusst wurde. In Sinas Kopf begann ein Film abzulaufen. Mit Szenen aus den letzten Tagen. In allen spielte Klaus die Hauptrolle: Zunächst die zaghafte Annäherung zwischen ihnen nach langer Funkstille. Dann das gemeinsame Pläneschmieden auf der Jagd nach dem Gold. Gefolgt von der ebenso spontanen wie stürmischen Liebesnacht. Das neu gefasste Vertrauen in ihn. Kurz darauf seine Abkehr und zuletzt der Verrat: Klaus hatte das Lager gewechselt und seine besten Freunde ans Messer geliefert. Sina fühlte sich elend, als sie dem Verräter in die Augen sah.

Während Sina in Lethargie zu verfallen schien, erholte sich Gabriele schnell vom ersten Schock. Von Klaus hatte sie nie besonders viel gehalten und daraus keinen Hehl gemacht. Dennoch interessierten sie seine Beweggründe. »Hast du dich kaufen lassen?«, fragte sie ihn, und es klang wie das Bellen eines angriffslustigen Hundes. »Wie viel Gold geben sie dir dafür, dass du deine Freunde hintergehst?«

Klaus' Lächeln wurde minimal schmaler, als er zu einer Antwort ansetzte. Die alte Hexe kam ihm jedoch zuvor: »Niemand anders als Sie selbst tragen die Verantwortung für die Lage, in die Sie sich gebracht haben. Warnungen, sich von uns fernzuhalten, gab es genug.« Sie deutete auf di Lorenzo, der mit einem schäbigen Grinsen seine makellosen Zähne entblößte.

Sina starrte ihn an. »Dann habe ich das wirklich erlebt? Die Folter – als Sie ihm mit der Zange ins Gesicht …«

»Ja«, sagte die Alte mit kratziger Stimme. »Eine kleine Inszenierung mit Theaterblut und Tierzähnen, um Ihnen den Ernst der Lage vor Augen zu führen. Aber was hat es gebracht?«

Sina kam erneut ins Wanken. Man hatte sie also verschleppt. Mitten in der Nacht mit Drogen vollgepumpt und vom Sofa gezerrt. Und ihr dann den Gewaltakt mit viel Geschrei und falschem Blut vorgespielt, um sie zu Tode zu erschrecken. Sina stand angesichts dieser schockierenden neuen Enthüllung kurz vor dem Zusammenbruch. Doch Gabriele stieß sie an und warf ihr einen entschiedenen Blick zu. Das half. Sina entsann sich ihrer Rückversicherung, ihrem heimlichen Ass im Ärmel. Friedhelm hatte sicher längst die Polizei gerufen!

Auch Gabriele klammerte sich an den dünnen Strohhalm ihrer Rettung: Friedhelm! In Kürze müsste er mit der Polizei im Schlepptau hier aufkreuzen. Dann würden die fiese Frau und vor allem auch der hinterfotzige Klaus eine böse Überraschung erleben. Klammheimlich rieb sie sich die Hände. »Wer, zum Teufel, sind Sie eigentlich?«, sprach sie die Alte direkt an, um das Gespräch in Gang zu halten und schlimmere Handlungen hinauszuzögern.

Die Alte war klein, aber gut in Form. Es bestand kein Zweifel daran, dass sie in der Gruppe den Ton angab. Die Rädelsführerin, dachte Gabriele, wie damals in Peenemünde. »Sie wollen wissen, wer wir sind? Unsere wirklichen Namen werden Sie nicht erfahren. Die kennen wir von unseren Kameraden teilweise selbst nicht. Aber ich will Ihnen verraten: Wir sind Söldner. Nicht im herkömmlichen Sinn und nicht auf einem Schlachtfeld. Aber das Prinzip ist das gleiche: Wir handeln im Auftrag.«

Gabriele war einen Moment abgelenkt, weil sie wieder das helle Surren des Aufzugsmotors hörte. Aber sie wollte die Gelegenheit nicht verstreichen lassen, mehr über die Verbrecherorganisation zu erfahren: »Wie lautet Ihr Auftrag? Wer sind Ihre Auftraggeber?«

Die Alte stieß ein spitzes, unangenehmes Lachen aus. »Unseren Auftraggeber werde ich Ihnen nicht nennen. Das erwarten Sie nicht wirklich, oder?« Ihre Augen wurden zu zwei schmalen Schlitzen, als sie ausführte: »Den Auftrag aber – den kennen Sie längst. Es ist noch immer der gleiche wie vor einem Jahr.«

Der Lastenaufzug ächzte, als er wieder zum Stehen

kam und seine Fracht ausspuckte: Zum Vorschein
kam der Ire, etwas derangiert und verschwitzt. Er
hielt ein elendes Bündel Mensch am Schlafittchen
gepackt, das zappelte, strampelte und quiekte wie
ein Ferkel, kurz vorm Abstechen.

»Jetzt haben sie auch Friedhelm«, hauchte Sina.
»Alles ist aus.«

Gabriele hatte weder die Kraft noch die Argumente, ihr zu widersprechen.

30

Mit roher Gewalt stieß der Ire den wehr- und willenlosen Friedhelm in eine Ecke, wo er wimmernd zusammensackte und sich die Hände schützend über den Kopf hielt.

»Ich habe ihn auf dem Gelände abgefangen«, sagte der Ire kalt und gefühllos. »Er wollte wohl zum Telefonieren fahren. Ich habe ihm ein paar verpasst.«

»Gut gemacht«, lobte die Alte. »Saubere Arbeit.«

Sinas Beine gaben nach. Sie suchte Halt an der Wand und sank neben Friedhelm in die Knie.

Gabriele verspürte den übermächtigen Drang, es den beiden gleichzutun. Sie wollte aufgeben, sich fallen lassen, alles hinter sich bringen. Was hatte es jetzt noch für einen Sinn, weiterzukämpfen? Ihr ging die Kraft aus, immer stark zu sein und zu funktionieren, wie man es von ihr erwartete. Doch sie brachte es nicht fertig, klein beizugeben und um ihr Leben zu flehen – noch nicht. Sie musste klären, auf was die Alte zuletzt angespielt hatte. Von welchem Auftrag hatte sie gesprochen? »Reden Sie weiter«, brachte Gabriele mühsam hervor. »Was haben Sie vor einem Jahr begonnen, das Sie nun zu Ende führen wollen?«

Die klein gewachsene Frau stellte sich ihr direkt gegenüber und fixierte sie feindselig. »Das wissen Sie nicht? Wirklich? Damals ist unser Auftrag doch einzig und allein gescheitert, weil Sie beide dazwischengefunkt haben – im wahrsten Sinne des Wortes. Aber dieses Mal wird es klappen.«

Auch Sina wurde wieder hellhörig. Die Worte der Alten rüttelten sie auf. »Sprechen sie von der …, der Bombe?«, fragte sie mit bebender Stimme. »Lautete Ihr Auftrag, New York mit einer Atombombe zu zerstören?«

Die Alte sah sie mit gespieltem Mitleid an. »Haben Sie es endlich begriffen, ja?« Sie lachte aggressiv. »Nachdem die erste Bombe durch Ihre Einmischung verloren gegeben werden musste, sahen wir uns gezwungen, uns um eine Nachfolgerin zu kümmern. Wir haben inzwischen das notwendige Material, das Know-how und durch das Goldgeschäft auch die finanziellen Ressourcen gesichert.«

»Sie wollen es noch einmal …?« Sinas Stimme versagte.

Gabriele fuhr für sie fort: »Sie wollen es ein zweites Mal versuchen? Ein atomares Attentat auf New York?«

»Natürlich«, sagte die Alte ohne jedes Zögern. »So lautet unser Auftrag. Dafür stehen wir im Sold. Ein Scheitern wird nicht akzeptiert.«

Sinas Augenlider begannen unkontrolliert zu flattern, als sie über die Bedeutung dieser simplen Worte nachdachte: Sie hatten es mit einer Söldnertruppe zu tun, bunt gemischt aus allen möglichen Nationalitäten, deren Auftraggeber das unfassbare Ziel verfolgte, die bedeutendste Metropole der Welt dem Erdboden gleichzumachen. Wer war dieser Auftraggeber? Oder handelte es sich vielmehr um eine Organisation, um eine terroristische Gruppierung? Länder wie Libyen und Afghanistan gingen ihr durch den Kopf, dann dachte sie an das zerfallende Jugoslawien und die Staaten der ehemaligen Sowjetunion, an Kuba und an China – Amerika hatte viele Feinde. Aber es musste ein besonders mächtiger Feind sein, der es schaffte, wiederholt in den Besitz von Nuklearwaffen zu gelangen.

»Und«, Gabriele räusperte sich, »wie geht es weiter? Was haben Sie mit uns vor?«

Die Chefin sah sie teilnahmslos an. So als hätte man sie nach einer buchhalterischen Marginalie gefragt. »Unsere Tarnung ist durch Ihre erneute Einmischung so gut wie aufgeflogen. Wir müssen das sichere Haus aufgeben, die Akademie räumen. Noch heute Nacht. Ehe Ihr Verschwinden jemandem auffällt.«

»Ich will wissen, was Sie mit uns vorhaben!«, wiederholte Gabriele eindringlich. »Was geschieht mit uns? Wo sollen wir hin?«

»Nirgendwo. Sie bleiben hier. In diesem Zimmer.« Die Alte deutete mit dem rechten Arm in den hinteren Bereich des Raumes. »Sehen Sie die Maschine mit der Antriebswelle für den Lift? Sie ist alt und störanfällig. Es kann jederzeit zu einem Schmorbrand kommen, der die maroden Kunststoffummantelungen der Kabel entzündet. Das Feuer wird sich schnell ausbreiten ...«

Sina konnte nicht anders. Sie fing an, laut, grell und anhaltend zu schreien. Für einen kurzen Moment zog sie alle Aufmerksamkeit auf sich.

Gabriele erfasste die Lage sofort. Sie spannte sämtliche Muskeln ihres Körpers an, machte einen gewagten Satz nach vorn und stürzte sich auf die Alte. Die zierliche Frau knickte unter Gabrieles Gewicht augenblicklich ein, wehrte sich aber mit spitzen Fausthieben.

Während Gabriele die Alte am Boden hielt, hoffte sie auf Unterstützung ihrer Begleiter. Friedhelm könnte versuchen, dem Iren beizukommen. Er könnte sich einen Goldbarren schnappen und ihn dem Unhold an den Kopf werfen. Sina müsste derweil versuchen, an eine Waffe zu gelangen und die anderen in Schach halten …

Nichts von all dem trat ein. Gabriele blieb die Einzige, die Courage zeigte. Sie hatte ihren letzten Gedanken kaum ausgesponnen, als sie bereits von dem Iren an der Schulter gepackt und zurückgerissen wurde. »Worauf warten wir noch?«, hörte sie seine hässliche, raue Stimme dicht über ihr. »Soll ich ihr die Spritze setzen?«

»Nein«, antwortete die Alte entschieden, nachdem sie sich aufgerappelt hatte. »Ich möchte, dass die drei ohne toxische Rückstände im Körper aufgefunden werden. Das Feuer erledigt die Arbeit für uns.«

Sina schrie erneut auf. Diesmal beachtete sie niemand.

Die Anführerin gab knappe Befehle an ihre Männer, woraufhin sie sich mithilfe von Sackkarren daranmachten, die Goldbarren aus dem Lager zu schaffen. Auch Klaus legte mit Hand an und belud eine Sackkarre. Er war einer der Ersten, die den Raum verließen – ohne sich noch einmal nach Sina und ihren Begleitern umgesehen zu haben. Sina versetzte das einen weiteren tiefen Stich. Doch sie spürte ihn kaum noch. Jegliche Hoffnung auf eine Wendung zum Besseren hatte sie längst aufgegeben.

31

Alles vorbei. Leben ade! Gabriele war dabei, mit ihrem irdischen Dasein abzuschließen. Das Goldlager war inzwischen geräumt. Sie beobachtete die anderen dabei, wie sie Kanister voller Benzin heranschafften. Frappierende Parallelen zu ihren Erlebnissen auf Usedom drängten sich ihr auf – aber was brachte es? Es blieb belanglos, denn ihr Ende war ohnehin besiegelt. Vielleicht hätte sie schon bei ihrem ersten Zusammentreffen mit den Fremden umkommen sollen. Das Schicksal hatte ihr ein zusätzliches Jahr gegönnt, aber nun war auch diese letzte Schonfrist verstrichen. Aus und vorbei …

Sina registrierte das hektische Treiben um sie herum nur noch verschwommen, verzerrt, wie in einem Traum. Ihr war bewusst, dass man sie abgeschrieben hatte. Sie musste sich damit abfinden. Klaglos wie ein Opferlamm in den Tod gehen. Unwillkürlich näherte sie sich ihrer Freundin. Sie suchte nach ihrer Hand, bekam sie zu fassen und drückte sie fest. Das war also das Ende.

Der Schuss, den sie hörten, klang einem knallenden Sektkorken sehr ähnlich. Obwohl ihn anfangs weder Gabriele noch Sina zuordnen konnten, blieb er beiden nachhaltig in Erinnerung.

Dem Schuss folgten weitere. Es knallte rings um

sie herum. Sie sahen Blitze von Mündungsfeuer. Putz und Farbe spritzten von der Wand, Holzsplitter lösten sich von den Regalen. Dazu kamen die Stimmen. Es waren kurz gehaltene Befehle.

Sina verstand nur: »Runter!« Immer wieder: »Runter!« Folgsam duckte sie sich, machte sich ganz klein.

Gabriele tat es ihr gleich. Nur nicht auffallen, dachte sie sich in diesem Moment. Aus der Schusslinie halten! Sich kleinmachen, möglichst unsichtbar!

Gleich darauf brach das Chaos über sie herein. Schwarz gekleidete Gestalten stürmten auf sie zu. Von allen Seiten. Sie schrien, brüllten, dann warfen sie Rauchgranaten.

Sina spürte, wie ihre Augen zu brennen begannen. Sie hustete, spuckte und verlor das Bewusstsein …

»Nicht schießen!« Gabriele hörte die sich überschlagende Stimme ihres Bruders, konnte ihn aber im beißenden Rauch nicht sehen. »Wir gehören nicht zu denen!«, rief er laut. »Wir sind unbewaffnet.«

Das ohrenbetäubende Knallen aber setzte sich fort. Gabriele blieb flach auf dem Boden liegen. Sie wagte es kaum, aufzusehen. In den kurzen Momenten, in denen sie ihren Kopf vorsichtig anhob, sah sie Mündungsfeuer auf beiden Seiten des Raumes: Die Söldner erwiderten das Feuer der Angreifer, anstatt sich zu ergeben. Was für ein Wahnsinn!

Eine laute Stimme, wohl durch ein Megafon verstärkt, hob sich über das Knallen der Schüsse in dröhnendem Widerhall hinweg: »Achtung, hier spricht die Polizei. Ein Sondereinsatzkommando hat das gesamte Gebäude gesichert. Legen Sie die Waffen nieder. Treten Sie mit erhobenen Händen vor!«

Gabriele fieberte einer vernünftigen Reaktion der Söldner entgegen. Doch alles, was folgte, waren weitere Schüsse.

Der Sturmtrupp der Polizei stand der Feuerkraft des kleinen, verbliebenen Teams um die alte Hexe in nichts nach. Ganze Salven erschütterten den Raum. Wieder spritzte Putz und Farbe von den Wänden, flogen Splitter, lösten sich Brocken aus der Betondecke.

Schutz suchend robbte Gabriele in Richtung der leergeräumten Regale. Sie verkroch sich unter dem tiefsten Brett. Sie spürte einen Widerstand und war beruhigt, als sie merkte, dass es Sina war, die aufgewacht und an dieser Stelle ebenfalls einen Unterschlupf gefunden hatte.

Munitionshülsen prasselten wie ein Hagelschauer neben ihnen nieder. Die Schüsse folgten in immer dichteren Abständen. Es stank beißend nach Schwefel.

Wie lange müssen wir das noch aushalten?, fragte sich Gabriele. Sina, die wieder nach ihrer Hand gegriffen hatte, fühlte ebenso. Gabriele zermarterte sich den Kopf darüber, ob es einen Ausweg für sie gab, einen Fluchtweg aus dieser Hölle.

Mitten in ihren Gedanken hörte sie eine wehklagende Stimme. Es war ein lauter Schrei, der sich gegen das Geheul der Geschosse und die harten Klänge der einschlagenden Projektile abhob. Eine Frau, durchfuhr es Gabriele – etwa die Alte?

Wenige Sekunden später war der Spuk vorüber. Die Söldner stellten das Feuer ein, gleich darauf auch das Einsatzkommando.

Eine gespenstische Stille herrschte. Gabriele und Sina hielten die Luft an.

Ganz langsam legte sich der Dunst aus Granatenrauch und Mündungsqualm. Aus dem Nebel formten sich auf der einen Seite schwarz gekleidete Figuren mit Atemmasken und Gesichtsschutzvisieren, die in geduckter Haltung und mit vorgehaltenen Waffen voranschritten. Auf der anderen Seite standen Schmidbauer, Kilian und Kern. An ihren kraftlos am Körper herunterhängenden Armen hingen Pistolen, deren Läufe noch müde dampften. Zu ihren Füßen lag di Lorenzo, mit verdrehten Augen und aus einer klaffenden Kopfwunde blutend. Zusammengesackt und ebenfalls blutend, kauerte daneben die alte Hexe.

Gabriele rappelte sich auf. Vorsichtshalber hob sie ihre Hände, als sie zusammen mit den Männern der Spezialeinheit auf ihre Peiniger zuging. Es waren nur wenige Schritte, die sie zurücklegen musste. Aber diese Schritte erschienen Gabriele ähnlich anstrengend wie ein Marathonlauf.

Schmidbauer, Kilian und dem Geschäftsführer wurden sofort Handschellen angelegt. Um ihre Chefin kümmerten sich nicht weniger als vier Polizisten. Mit äußerster Vorsicht brachten sie die Alte mithilfe ihrer Gewehrkolben aus ihrer zusammengekrümmten Haltung. Die Frau machte keine Anstalten, sich zu wehren, sondern kippte kraftlos nach hinten und schlug mit dem Hinterkopf auf den Bodenfliesen auf. Gabriele konnte erst jetzt das volle Ausmaß ihrer Verletzungen erkennen: Offenbar hatte die Alte einen Bauchschuss erlitten. Ihr gesamter Unterleib war voller Blut. Auch aus ihren Mundwinkeln und aus der Nase floss Blut.

Die Frau lag im Sterben, dem war sich Gabriele bewusst. Sie bemühte sich, näher an sie heran zu kommen. Sie studierte ihr Gesicht, das selbst im Angesicht des Todes teilnahmslos und kalt blieb.

Doch dann, für einen winzigen Moment, lächelte die Alte. Es war ein siegessicheres Lächeln. Voller Überheblichkeit. Oder bildete sich Gabriele das nur ein?

»Sie ist tot«, hörte sie einen der SEK-Beamten sagen, der den Puls der Alten fühlte. Dann schwanden Gabriele die Sinne. Ihr wurde schwarz vor Augen …

32

Sie ließ sich nicht lumpen: Weil sie allen Unkenrufen zum Trotz beweisen wollte, dass sie eine gute Verliererin war, lud Gabriele alle Beteiligten ins – wie üblich proppenvolle – ›La Mamma‹ zum Abendessen ein. Inklusive Vor- und Nachspeise.

Sina war gut aufgelegt und auch Friedhelm wirkte an diesem Abend nicht ganz so stocksteif wie üblich. Die erheiterndste Wirkung auf sie aber hatte Kommissar Diehl. Der sympathisch brummige Bulle hatte auf Gabrieles telefonische Einladung hin ohne Zögern zugesagt. Nun saßen sie einträchtig zusammen, verspeisten die Hausspezialität ›Duetto‹ und sinnierten über die turbulente Zeit, die hinter ihnen lag.

Einer fehlte in der Runde, aber das machte Gabriele nicht das Geringste aus. Im Gegenteil! Mochte er ruhig eine Weile schmoren und hinter Gittern über seine Missetaten und seinen miesen Charakter nachdenken.

Als könnte Sina ihre Gelüste nach Revanche erahnen, fragte sie: »Wie lange er wohl noch in Untersuchungshaft bleiben muss?«

Bei dem Wort ›Haft‹ fühlte sich Diehl angesprochen. Kauend antwortete er: »Das kommt ganz darauf an, wie der Untersuchungsrichter befindet. Es gibt Hinweise, die nahelegen, dass Ihr Bekannter

Klaus mit den Tatverdächtigen gemeinsame Sache gemacht hat. Demgegenüber steht seine eigene Aussage, nach der er sich nur zum Schein mit der Bande eingelassen hatte, um Sie zu schützen und im entscheidenden Moment Hilfe zu holen.«

Gabriele verschluckte sich an ihrem letzten Happen und hustete heftig, bevor sie einwandte: »Das war eine faule Ausrede! Oder hat er Sie etwa wirklich angerufen?«

Diehl neigte den Kopf: »Das hat er nicht. Denn wir waren ohnehin längst in Stellung. Ich habe Sie und Ihre Freundin seit unserem letzten Gespräch rund um die Uhr beschatten lassen ...«

»Wie heimtückisch«, meinte Gabriele eher verschmitzt als vorwurfsvoll.

Diehl quittierte das mit souveränem Lächeln. »Es geschah nur zu Ihrem eigenen Besten, wie sich herausstellte.«

»Ja, aber vielleicht hätte Klaus ja doch noch die Polizei verständigt, wenn er die Gelegenheit dazu gehabt hätte«, warf Sina ein, glaubte jedoch selbst nicht mehr daran.

Diehl bemühte sich um einen einfühlsamen Ton: »Liebe Frau Rubov, ich kenne meine Klientel nach all den Dienstjahren recht gut. Glauben Sie mir: Ich weiß, wann jemand lügt und wann er die Wahrheit sagt. Ihr Bekannter, der Klaus ...«

Sina hob die Hand. »Sagen Sie es bitte nicht. Lassen Sie mir einen letzten Funken Hoffnung. Selbst wenn es bloß eine Illusion ist.«

»Träumerin«, schalt sie Gabriele. Dann wechselte sie das Thema und fragte: »Was geschieht mit all dem schönen Gold?«

Diehl wandte sich seinem Essen zu und erklärte eher beiläufig: »Das ist nun Sache der zuständigen Behörden. Die Oberfinanzdirektion ist dran, und auch der Zoll hat sich gemeldet.« Er gönnte sich eine weitere Gabel mit Gnocchi in Gorgonzolasoße. »Damit können sich die Bürohengste herumplagen. Das geht mich nichts an und kümmert mich auch nicht«, meinte er leicht abfällig. »Einzig interessant ist aus meiner Sicht die Spur in die Staaten.«

»In die Staaten?« Gabriele wurde hellhörig. »Sie meinen die USA?«

Diehl nickte kauend und schluckte herunter, bevor er antwortete. »Ja, der Goldtransfer lief über Mittelsmänner ab, die von Amerika aus agierten. Da beneide ich meine Kollegen von der Wirtschaftskriminalität nicht, denn die Amis lassen sich nicht gern in die Karten schauen. Zumal die Spur Gerüchten zufolge bis in präsidiale Kreise führt ...«

»Was?« Gabriele war baff. »Reden wir hier etwa vom Weißen Haus?«

Diehl verzog das Gesicht. »So weit würde ich nicht gehen. Aber die Sache wird von den zuständigen Kollegen ziemlich hoch aufgehängt.«

Sina konnte kaum folgen: »Ergibt das denn einen Sinn? Ich dachte, die Alte und ihre Söldnertruppe hätte gegen die Amis gearbeitet und nicht für sie!«

Diehl zuckte die Schultern, worauf Gabriele eine

neue Frage vorbrachte: »Apropos die Alte. Wer war sie eigentlich? Konnte man ihre wahre Identität inzwischen feststellen?«

»Ja, aber es war nicht leicht«, antwortete Diehl. »Die ganze Organisation bestand aus einem bunt gemischten Haufen Krimineller. NHA-Geschäftsführer Oliver Kern, der im wahren Leben Jochen Hufnagel heißt, hatte bereits mehrere Jahre wegen Unterschlagungen und diversen Betrügereien gesessen. Di Lorenzo, dem Italiener, wurden Verbindungen zur sizilianischen Mafia nachgesagt. Bei dem Iren, der uns während des Zugriffs leider durch einen versteckten zweiten Ausgang entkommen und damit durch die Lappen gegangen ist, handelt es sich der Beschreibung nach um einen mit internationalem Haftbefehl gesuchten mehrfachen Mörder, der für seine große Brutalität und Skrupellosigkeit bekannt ist. Er stammt übrigens tatsächlich von der grünen Insel. Schmidbauer fällt als Einziger aus der Reihe, denn gegen ihn lag bis dato nichts vor. Wir untersuchen seine Rolle noch. Möglicherweise wurde er zu seinen Botengängen durch Erpressung gezwungen.« Diehl setzte ein zufriedenes Lächeln auf, als er weitersprach. »Darauf, dass wir den vermeintlichen Kopf der Bande erwischt haben, bin ich besonders stolz. Die Alte, wie Sie sie nennen, trug den schönen Namen Irina Gaidar. Sie bekleidete bis in die späten 80er-Jahre hinein einen hohen Rang bei der sowjetischen Spionageabwehr, geriet in Ungnade, verschwand dann von der Bildfläche.

Die Russen suchten sie seither, weil ihr terroristische Aktivitäten nachgesagt wurden.«

»Das hat sich ja nun erledigt«, kommentierte Gabriele zynisch. »Was mir nach wie vor nicht ganz klar ist, ist der Sinn der beiden Morde an der Journalistin und dem Briefmarkenhändler. Warum mussten Werner Engelhardt und Cornelia Probst sterben?«, wollte sie noch wissen.

»Da kann ich nur das bestätigen, was Sie selbst schon vermutet hatten: Frau Probst war eine engagierte und furchtlose Reporterin. Sie kam den Golddealern durch sorgfältige und hartnäckige Recherche auf die Schliche und sah in Ihnen beiden wohl eine Art Verbündete, als sie erfuhr, dass Sie ebenfalls schon einmal Kontakt zu diesem Syndikat gehabt hatten. Daher brachte sie einen Teil ihrer Rechercheunterlagen bei Ihnen unter, als sie sich selbst in Gefahr wähnte. Ihr Leben gerettet hat diese Rückversicherung allerdings nicht.« Diehl nahm einen Bissen zu sich, bevor er weiterredete: »Engelhardt spielte – soweit wir bisher wissen – eine Doppelrolle: Er war zum einen ein Teil des Netzwerkes und am Goldschmuggel unmittelbar beteiligt. Doch er war auch das schwache Glied in der Kette und gab Informationen an Cornelia Probst weiter. Dies war schließlich sein Todesurteil.« Er hob sein Weinglas: »Nun aber sollten wir darauf anstoßen, dass die Übeltäter gefasst sind – zumindest die führenden Köpfe unter ihnen.«

Sina konnte sich über die Festnahmen nicht recht freuen: »Nichts gegen Ihre Ermittlungserfolge, Herr

Diehl. Aber ist es nicht viel wichtiger zu klären, was die Verbrecher mit ihrer Atomwaffe vorhatten?«, schaltete sie sich in das Gespräch ein. »Da war die Rede von einer zweiten Bombe. Sollte man diesen Hinweis nicht ernst nehmen?«

»Ich glaube kaum«, meinte Diehl und ließ sich nicht aus der Ruhe bringen. »Mal angenommen, es wäre tatsächlich so einfach, in den Besitz einer solchen Waffe zu gelangen: Meinen Sie nicht, dass sich dann sämtliche einigermaßen finanzstarken Terroristen längst mit Kernwaffen ausgerüstet und sie auch eingesetzt hätten? Ich halte das Gerede um die Bombe für einen Bluff. Die alte Irina war ausgebufft und heimtückisch. Sie wollte Ihnen Angst einjagen und Sie mit der Bombengeschichte vom eigentlichen Coup ablenken: dem Goldtransfer.«

Sina musste dieser Erklärung mangels überzeugender Gegenargumente zwangsläufig zustimmen. »Wir lassen also einfach alles auf sich beruhen?«, fragte sie mit ungutem Gefühl.

Gabriele stieß sie freundschaftlich an. »Wir beide sind nicht die Weltpolizei, Kleines. Widme dich endlich mal wieder den schönen Seiten des Lebens.« Mit diesen Worten warf sie Diehl einen Blick zu, der freundschaftlich gemeint war, aber schmachtend ausfiel.

Der Kommissar antwortete ihr, indem er interessiert die Brauen hob.

ENDE

DANKSAGUNG

Danken möchte ich Dr. Uwe Meier und Kerstin Hase-winkel, mit denen ich die Personen und die Story des ersten Teils dieser Reihe, ›Feuerfrauen‹, entwickelt habe. Mein Dank für seine hilfreiche und kompe-tente Beratung bei den Flugszenen gebührt Klaus Huber. Meinem Sohn Felix danke ich dafür, dass er mich auf die originelle Idee für den Schmuggel von Goldbarren gebracht hat.

    Ein Dankeschön auch an meine Frau und kritische ›Erstleserin‹ Susanna Gräwe und an Claudia Seng-haas für ihr sorgfältiges Lektorat.

    Jan Beinßen

Führt die Goldspur, auf die die beiden Frauen gestoßen sind, wirklich bis ins Weiße Haus nach Washington? Was ist dran an den Gerüchten um eine weitere Atomwaffe in der Hand der skrupellosen Söldnertruppe?

Für Gabriele Doberstein und Sina Rubov sind die Gefahren längst nicht ausgestanden. Mehr darüber lesen Sie im dritten Band: ›Todesfrauen‹.

Weitere Krimis finden Sie auf den
folgenden Seiten und im Internet:
www.gmeiner-verlag.de

JAN BEINSSEN
Feuerfrauen

....

373 Seiten, Paperback.
ISBN 978-3-8392-1043-7.

GEGEN DIE ZEIT Die Nürnberger Antiquitätenhändlerin Gabriele Doberstein hat sich auf die Beschaffung wertvoller Gemälde spezialisiert, die in der Fachwelt als verschollen gelten. Unterstützt wird sie dabei von ihrer jüngeren Freundin Sina Rubov, einer Studentin der Elektrotechnik.

Nach dem Fall der Mauer ist das ungleiche Duo im Osten unterwegs: Auf der Ostseeinsel Usedom soll sich in einem alten Nazi-Bunker bei Peenemünde eine verborgene Schatzkammer befinden. Doch als die beiden Frauen in das Innere der Festung eindringen, erleben sie eine gefährliche Überraschung ...

RAIMUND A. MADER
Schindlerjüdin

....

319 Seiten, Paperback.
ISBN 978-3-8392-1105-2.

ZWISCHEN DAMALS UND HEUTE Frühjahr 1948, kurz vor der Währungsreform. In Regensburg werden drei Männer auf brutale Art und Weise ermordet. Schnell ist klar, dass es sich bei den Opfern um ehemalige SS-Mitglieder handelt. Im Zuge der Ermittlungen taucht überdies ein bekannter Name auf: Oskar Schindler, wohnhaft in Regensburg.

Mehr als 50 Jahre später wird ein Zeuge der damaligen Taten, Paul Gemsa, ein schlesischer Heimatvertriebener und mittlerweile hochrangiger Bürger der Stadt, selbst ermordet. Kommissar Adolf Bichlmaier ist sich sicher, dass es einen Zusammenhang zwischen den Verbrechen geben muss ...

Wir machen's spannend

FRIEDERIKE SCHMÖE
Wieweitdugehst
....

227 Seiten, Paperback.
ISBN 978-3-8392-1098-7.

WIESN-MORDE Auf dem Münchner Oktoberfest wird ein 14-jähriger Junge in der Geisterbahn ermordet. Ghostwriterin und »Wiesn-Muffel« Kea Laverde begleitet ihren Freund Nero Keller, Hauptkommissar im LKA, bei den Ermittlungen. Dabei trifft sie auf Neta, die beruflich Kranken und Trauernden Geschichten erzählt, um deren Schmerz zu lindern. Als auf Neta ein Mordanschlag verübt wird, versucht Kea den Hintergründen auf die Spur zu kommen. Sie stößt auf einen Sumpf aus Gier, Lügen und unerfüllter Liebe ...

SABINE THOMAS (Hrsg.)
Tod am Starnberger See
....

176 Seiten, Paperback.
ISBN 978-3-8392-1103-8.

MYTHOS STARNBERGER SEE Hier kam Märchenkönig Ludwig II. unter mysteriösen Umständen ums Leben, hier residieren hinter hohen Mauern in prachtvollen Villen die meisten Millionäre Deutschlands – und solche, die es werden wollen. Notfalls gehen sie dabei auch über Leichen ... 12 Autoren haben sich zusammengetan und den bayerischen See zum Schauplatz ihrer Kurzkrimis gemacht. Ob ein Sommerfest in der geschichtsträchtigen Villa Waldberta, das zum Sommernachtsalbtraum gerät oder ein morbides Damenkränzchen im Seniorenheim, das sich Zeit mit bösen Spielchen vertreibt: Die Geschichten sind so unterschiedlich wie ihre Autoren und deren Protagonisten: bitterböse, spannend, beklemmend, literarisch, aber auch witzig oder skurril.

Wir machen's spannend

MARCUS IMBSWEILER
Butenschön

····································

321 Seiten, Paperback.
ISBN 978-3-8392-1106-9.

BRANDHEISSES MATERIAL Prof. Albert Butenschön, der fast hundertjährige Chemiker und Molekularbiologe aus Heidelberg, gilt als einer der wichtigsten deutschen Nachkriegswissenschaftler. Warum wird auf das Büro der Historikerin Evelyn Deininger, die an einer Promotion über sein Leben und Werk arbeitet, ein Brandanschlag verübt? Hat Butenschön etwas zu verbergen? Oder stecken rabiate Studenten dahinter? Bei seinen Ermittlungen gerät Max Koller nicht nur zwischen die Fronten universitärer Scharmützel, sondern erfährt auch einiges über das Verhältnis von Politik, Wissenschaft und Moral ...

OLIVER VON SCHAEWEN
Räuberblut

····································

319 Seiten, Paperback.
ISBN 978-3-8392-1081-9.

RÄUBERSCHARMÜTZEL Eine Leiche treibt auf dem See des Schlosses Monrepos in Ludwigsburg. Ist Altverleger Hermann Moosburger Opfer eines Gewaltverbrechens geworden? Verdächtig sind die beiden Söhne des Unternehmers. Frank Moosburger sollte das Zeitschriftenimperium des 76-Jährigen übernehmen, war aber möglicherweise in Ungnade gefallen. Kai Moosburger hat den Absprung aus der Yellow-Press-Welt geschafft und lebt fernab des Familienclans im Wald, wo er Survival Camps anbietet.

Kommissar Peter Struve aus Stuttgart fischt im Trüben. Doch dann wendet sich das Blatt ...

Wir machen's spannend

MICHAEL KRUG
Bahnhofsmission

···

273 Seiten, Paperback
ISBN 978-3-8392-1091-8.

GROSSER BAHNHOF In Stuttgart erregt das Bahnhofsprojekt Stuttgart 21 die Gemüter. Als der Vorstandsvorsitzende der größten Bank des Landes in einem Kellerraum des Stuttgarter Hauptbahnhofs erschlagen aufgefunden wird, gerät der Bahn-Manager Norbert Hagemann unter dringenden Mordverdacht. Der karrierebesessene Finanzjongleur war nicht nur zur Tatzeit am Tatort. Bald wird auch bekannt, dass er ein Verhältnis mit der Frau des toten Bankers hat. Doch diese Lösung scheint dem erfahrenen Kriminalbeamten Herbert Bolz viel zu einfach ...

BERND FRANZINGER
Zehnkampf

···

368 Seiten, Paperback.
ISBN 978-3-8392-1086-4.

UNTER BESCHUSS Tannenbergs Neffe nimmt an einem Zehnkampf teil. Während des 100m-Laufs wird ein Sprinter von der Kugel eines Heckenschützen niedergestreckt. Am nächsten Tag entdeckt man in einer Weitsprunggrube einen Sportler, der ebenfalls mit einem Präzisionsschuss getötet wurde. Der heimtückische Killer hat sich offenbar zum Ziel gesetzt, innerhalb eines engen Zeitfensters zehn Menschen mit jeweils nur einem einzigen Schuss zu töten. Plötzlich gerät Kommissar Tannenberg selbst ins Fadenkreuz ...

Wir machen's spannend

ANNI BÜRKL
Ausgetanzt

....

374 Seiten, Paperback.
ISBN 978-3-8392-1023-9.

TANZTEE Berenike Roithers neuer Teesalon im beschaulichen Kurort Altaussee im Salzkammergut verlangt ihre volle Aufmerksamkeit. Doch bald wird sie aus der gewohnten Arbeit herausgerissen: Ihre Tanzlehrerin Caro, die am mystischen Hallstätter Gräberfeld ein keltisches Tanzritual abhalten wollte, wird tot aufgefunden – in der Mitte entzwei gesägt und in einem Friseursalon zur Schau gestellt. Auch Berenike fragt sich, wer so viel Hass gegen die engagierte Frauenhausmitarbeiterin hegte. Und plötzlich steckt sie selbst mitten in den Ermittlungen …

PIERRE EMME
Diamantenschmaus

....

319 Seiten, Paperback.
ISBN 978-3-8392-1079-6.

VEREDELTE ASCHE Die Wiener Promidichte schwindet beträchtlich. Palinski hat es mit einer ganzen Reihe von Mordfällen an bekannten Persönlichkeiten der Hauptstadt zu tun. Zu den Opfern zählen ein stadtbekannter, tierquälender Kettenraucher, ein berühmter Kammersänger und ein belgischer Entertainer. Die nächste Schreckensnachricht lässt nicht lange auf sich warten: Hildi, die 22-jährige ›Prinzessin der Herzen‹, ein Star der Volksmusik, wurde entführt. Besteht ein Zusammenhang zwischen den einzelnen Morden und der Entführung? Und was haben die so genannten »Promi-Diamanten« damit zu tun, die im Internet meistbietend versteigert werden? Da Hildi in großer Gefahr ist, entschließt sich Palinski, die Entführer zu kontaktieren und ein Treffen zu vereinbaren.

Wir machen's spannend

Das neue KrimiJournal ist da!

2 x jährlich das Neueste
aus der Gmeiner-Krimi-Bibliothek

In jeder Ausgabe:

- Vorstellung der Neuerscheinungen
- Hintergrundinfos zu den Themen der Krimis
- Interviews mit den Autoren und Porträts
- Allgemeine Krimi-Infos
- Großes Gewinnspiel mit ›spannenden‹ Buchpreisen

ISBN 978-3-89977-950-9
kostenlos erhältlich in jeder Buchhandlung

KrimiNewsletter

Neues aus der Welt des Krimis

Haben Sie schon unseren KrimiNewsletter abonniert?
Alle zwei Monate erhalten Sie per E-Mail aktuelle Informationen aus der Welt des Krimis: Buchtipps, Berichte über Krimiautoren und ihre Arbeit, Veranstaltungshinweise, neue Krimiseiten im Internet, interessante Neuigkeiten zum Krimi im Allgemeinen.
Die Anmeldung zum KrimiNewsletter ist ganz einfach. Direkt auf der Homepage des Gmeiner-Verlags (www.gmeiner-verlag.de) finden Sie das entsprechende Anmeldeformular.

Ihre Meinung ist gefragt!

Mitmachen und gewinnen

Wir möchten Ihnen mit unseren Romanen immer beste Unterhaltung bieten. Sie können uns dabei unterstützen, indem Sie uns Ihre Meinung zu den Gmeiner-Romanen sagen! Senden Sie eine E-Mail an gewinnspiel@gmeiner-verlag.de und teilen Sie uns mit, welches Buch Sie gelesen haben und wie es Ihnen gefallen hat. Alle Einsendungen nehmen automatisch am großen Jahresgewinnspiel mit ›spannenden‹ Buchpreisen teil.

Wir machen's spannend

Wir machen's spannend

Alle Gmeiner-Autoren und ihre Romane auf einen Blick

Wir machen's spannend